LAISHI DE LU

来时的路

亲历者讲述红色故事

百色起义

张云逸 等◎著

孙宇光 王嘉琦 余 磊◎编

中国文史出版社

图书在版编目（CIP）数据

百色起义／张云逸等著；孙宇光，王嘉琦，余磊编
. -- 北京：中国文史出版社，2024.7
（来时的路：亲历者讲述红色故事／朱冬生主编）
ISBN 978 - 7 - 5205 - 4690 - 4

Ⅰ . ①百… Ⅱ . ①张… ②孙… ③王… ④余… Ⅲ.
①革命回忆录 - 作品集 - 中国 - 当代 Ⅳ. ①I251

中国国家版本馆 CIP 数据核字（2024）第 101977 号

责任编辑：金　硕

出版发行：**中国文史出版社**

社　　址：北京市海淀区西八里庄路 69 号　　邮编：100142
电　　话：010 - 81136606/6602/6603/6642（发行部）
传　　真：010 - 81136655
印　　装：廊坊市海涛印刷有限公司
经　　销：全国新华书店
开　　本：700mm×1000mm　1/16
印　　张：19.5
字　　数：187 千字
版　　次：2025 年 1 月北京第 1 版
印　　次：2025 年 1 月第 1 次印刷
定　　价：79.00 元

丛书编委会

总　主　编　朱冬生

执 行 主 编　史延胜　金　硕

执行副主编　吕　鹏　任德才　左厚锋

编　　　者　庞召力　孙召鹏　丁　伟　杨顺雨

　　　　　　彭　曾　倪慧慧　冯长青　牛胜启

　　　　　　冯华安　刘英芳

出版说明

选题缘起

一是贯彻落实习近平总书记提出的"要讲好党的故事、革命的故事、根据地的故事、英雄和烈士的故事，加强革命传统教育、爱国主义教育、青少年思想道德教育，把红色基因传承好，确保红色江山永不变色"重要指示精神，深入挖掘红色资源，丰富精神宝库。"采取青少年喜闻乐见、易于接受的形式"，讲好"四个故事"、加强"三个教育"，以高度的历史自觉培育有理想、有本领、有担当的时代新人。抚今追昔、鉴往知来，不忘初心、牢记使命，始终牢记"我们走得再远都不能忘记来时的路"，让信仰之火熊熊不息。

二是引导人们树立正确的历史观。中国共产党百年非凡奋斗历程为我们留下了丰厚的精神遗产，随着时间的推移，现阶段人们尤其是年青一代对当年那一段血与火的历

1

史已渐感陌生；网络时代媒体传播的多元化，极大丰富了人们的信息资源，但在一定程度上也干扰了人们对历史的正确认知，特别是关于党史和军史，存在不准确甚至不正确的史料传播。本丛书旨在通过收集和整理史料，让历史说话，用史实发言，为人们树立正确历史观提供翔实资料。

三是文史资料再开发的尝试。现存的权威军史资料大都时日已长，为防止宝贵的红色资源湮没在历史尘埃中，迫切需要对其进行深度挖掘、梳理整合，以"亲历、亲见、亲闻"的"三亲"史料的形式，让红色资源以新的体系、新的样态呈现在世人面前，更好地发挥教育功能。

编选原则

一是坚持正确的政治立场。牢牢坚持党性原则，牢牢坚持马克思主义新闻观，牢牢坚持正确舆论导向，牢牢坚持正面宣传为主。

二是主题鲜明。丛书反映了中国共产党团结带领中国人民，以"为有牺牲多壮志，敢教日月换新天"的大无畏气概，书写了中华民族几千年历史上最恢宏的史诗；展现了坚持真理、坚守理想，践行初心、担当使命，不怕牺牲、英勇斗争，对党忠诚、不负人民的伟大建党精神。

三是史料权威。丛书内容来源于《中国人民解放军历史资料丛书》《中国抗日战争军事史料丛书》《中国工农红军长征史料丛书》所收录的文章及老一辈革命家的回忆录等。涉及党内路线斗争的题材概不收入；涉及犯有重大错误的人员的情况只做客观描述，不做评述；理论性较强，不便于一般读者理解的文章慎重选录。

四是注重"三亲"性。所选文章紧扣"亲历、亲见、亲闻"的特点，内容感人至深、思想丰富深刻、语言通俗易懂，为加强红色资源的故事化提供生动范例，做到知识灌输与情感培养并举。

卷册专题划分

一是在纵向上按照中国革命的历史进程，讲述了土地革命战争时期、抗日战争时期、解放战争时期及新中国成立初期的党史和军史故事。

二是在横向上各个历史时期再按区域或按部队序列进行分述。如土地革命战争时期的各地武装起义，按照当年武装起义比较集中的地区，如湘赣、湘鄂西、鄂豫皖、苏浙闽沪、陕甘等分别编辑成册。抗日战争时期，按照八路军第一一五师、第一二〇师、第一二九师、新四军、华南抗日游击队、东北抗日联军等分别编辑成册。解放战争时期，按照第一、第二、第三、第四野战军和华北军区部队，以及剿匪斗争、策动国民党军起义投诚等分别编辑成册。后勤工作、军队院校等特殊领域，单独成册。

囿于文史资料的自身特点，作者个人身份立场、视野角度不同，一些人撰稿时年事已高、事隔经年，记忆恐有偏差，细节难求完全准确，有意偏重或弱化亦难避免。对此，我们力求维持原貌，体现多说并存，只对一些显而易见的讹误进行了谨慎订正。诚然如此，由于我们能力水平和主客观条件的限制，难免有疏漏之处，恳请广大读者批评指正！

编　者
2024 年 6 月

本书提要

土地革命战争时期，党从残酷的现实中认识到，没有革命的武装就无法战胜武装的反革命，就无法夺取中国革命胜利，就无法改变中国人民和中华民族的命运，必须以武装的革命反对武装的反革命。1927 年 8 月至 1937 年 6 月，中国共产党领导广大工农革命群众先后在全国各地举行了 680 余次武装起义，遍及 19 个省，起义风暴席卷了大半个中国。广西、四川、云南、贵州等地广大人民群众为反抗国民党的反动统治，先后举行了数十次武装起义，范围遍及四省 100 多个县，持续数年之久。1929 年 12 月 11 日，邓小平、张云逸、雷经天、韦拔群在广西百色举行起义，成立右江工农民主政府，开始了广西西部的工农武装割据。起义建立了中国工农红军第七军，这是在南昌

1

起义、秋收起义、广州起义的影响和鼓舞下，中国共产党在广西少数民族地区实行"工农武装割据"的一次光辉实践。本书收录的文章主要围绕广西、四川、云南、贵州地区武装斗争展开，国民党反动派四一二反革命政变后，大肆屠杀共产党员和革命群众，在革命力量严重受损的情况下，邓小平等同志深入广西城镇、农村，宣传和组织群众，发展党员，建立革命组织，举行武装起义和农民暴动的情况；以及中国共产党发动四川、云南、贵州三省广大农民和部分部队，反抗剥削压迫、建立革命武装、成立地方苏维埃政府的艰难历程。

目录

广西早期农民运动[*]

黄一平　雷经天

　　1924 年桂系军阀李宗仁、黄绍竑、白崇禧等人统一广西，他们的政治倾向仍然保持着封建割据的思想。北洋军阀统治时，他们不服从北京政府，大革命时期与广东国民政府也不往来，采取观望态度。故在国民党实行改组后，广东的革命运动处于高潮时，广西还是静止的，对于革命没有什么影响。当时宣传进步思想的刊物如《向导》《新青年》等虽传到了广西，但还没有产生作用。直到"五卅"反帝运动前，广西一般人对于革命的认识是很模糊的，群众组织除少数中等学校有学生会外，工农群众还没有任何组织。

　　在反帝高潮影响下，广西青年睁开了眼睛，逐渐地认识了革命。一部分有觉悟的学生率先加入中国共产党，并组织支部，龙启炎同志担任支部书记，广西党的组织基础才建立

---

　　* 本文原标题为《广西党组织的建立和早期农民运动》，收录时做了适当修改。

1

起来，共产主义青年团也随着党建立起来了。随之，农民运动也逐步发展起来。

广西的农民运动，一开始就是进行武装斗争。因为广西自国民党成立以来，就遭受着军阀的统治，这些军阀，大多是占有土地最多的大地主，至于一般的中小地主，凭借着封建剥削优越的经济条件，不仅能够过着富裕的生活，而且能够读书，能够做官，能够"闯世界"。在农村占据着统治地位的"团总"，绝大多数为地主阶级所把持，他们有军队、民团的武装来维持和巩固他们的统治；一部分的农民，被地主阶级残酷地压迫剥削，土地没有了，生活不能维持了，就铤而走险去当土匪；还有广大安分守己的农民，无论富农、中农、贫农，不当土匪就要防匪，他们也不得不武装起来，自己一人一家无力量买武器的，也要联合几人几家起来置备武器，正是这样，广西农民的武装是普遍的。地主与农民的冲突，往往是武装的冲突，这是广西农民运动的特点。

在桂平，于1926年开始农运，很快就有七八千农会会员，成立了区农会，领导农民抗租、捣毁税捐局，与地主豪绅进行武装斗争。桂平紫荆山的土豪刘谨堂之弟（团防局局长）压迫农民非常厉害，农民恨之入骨，群众起来把他打死，国民党即派军队来镇压，农会即集合将近3000人的武装农军，利用方姓土豪与刘姓土豪的矛盾，准方姓土豪加入农会，农军即驻在他家，反抗军队，这次打死军队十多人，农军亦有死伤。1927年再打刘家土豪的村庄，打了六天，

2

没有攻下；继续攻邓姓土豪家，将其全家杀光，房屋也烧光了；再打大同蓝姓的土豪，三天攻下，也镇压了一部分人，国民党又派两个团的军队来"围剿"，当时农军因受双方夹击，就撤退到大同、鹏化，当即提出打倒国民党反动派的口号，组织革命委员会，我党决定派黄启滔（黄一平）为浔州四属农军总指挥，农军转到平南附近入十八山与土匪在一起打游击，进行抵抗，战斗非常激烈，国民党增派 6 个团的军队围困十八山，屠杀山外的农会会员和共产党员 200 多人，焚烧房屋，使山内与山外断绝联系，农军突围走贵县，又复转回，因山上无粮，农军所剩不过百人，群众恐慌，不能再固守，又再突围，仅余四五十人，过后也零星打完了，负责领导指挥农军的龙禹武同志牺牲，黄启滔只身逃往梧州，桂平农民的武装斗争，即被反动力量镇压下去。

在怀集，受广宁农运的影响，在 1925 年即有农民的组织，我党于 1926 年即派林培斌、李爱等同志赴怀集领导该处的农运工作，成立区农民协会，开始与地主进行斗争，同时组织农民的武装，由李爱同志负责领导，和反动派作战多次后，被逼转入山中，与外面联络断绝，在 1927 年底很快就失败了。

在南宁，我党以国民党农民部的名义派宁培瑛同志组织市郊的农民，市郊的农会成立了，各区、乡的农会也相继成立。1926 年底，灵村的农民为抗税烧毁地主的谷子，并集中数千农民武装到南宁来示威，农民这次斗争胜利了，没有发生武装冲突，一直到国民党公开叛变革命屠杀工农以后，一些农民干部逃跑了，南宁的农民运动才停止。

在东兰、凤山，因交通困难、文化落后，农民的生活过于艰苦，地主便是当地的土皇帝，且杂居瑶民，政府不能管辖。1924年，韦拔群同志从广东农民运动讲习所第三期毕业后回到东兰，立志要学彭湃同志做农运工作，即在他的家乡组织农民，同时建立农民武装，反对豪绅地主，与豪绅地主进行武装斗争。

右江沿岸（奉议、恩隆、思林、果德等县），于1926年在南宁一中、三中及百色五中的学生黄治峰、黄永达、阮殿煊、滕德甫、黄永群等同志在各县组织农民，后我党从南宁派余少杰同志到右江负责领导各县的农运工作，组织农民，打反动派，还曾经攻占镇结的县城，斗争一直坚持到1929年，成为右江苏维埃的根据地。

1927年4月，国民党叛变革命，破坏共产党的组织，在全国屠杀共产党员及左派青年，在上海是"四一二"，在广州是"四一五"，而南宁是"四二六"。广西国民党的反动派，突然发动事变，实行"清党"，逮捕我党同志。同时在梧州我党的机关被破坏，首先是特委书记龙启炎同志被捕，即遭枪杀，钟山、甘立申同志被围捕时跳楼牺牲，团的领导者钟云同志被捕枪杀，其他在机关学校的党团员如陈漫远等同志20余人被捕坐牢，梧州市的组织完全被破坏了。苍梧农运办事处林培斌同志及国民党员陈之颖亦被捕枪决。桂林谢铁民同志及其他党员十余人被捕遭枪杀。此外，苍梧、容县、岑溪、桂林、贵县、东兰及右江沿岸各地，或逮捕革命分子，或派军队"围剿"农军，或解散革命的团体。党团及工农组织，受到巨大的摧残。

俞作柏是广西统治阶级中的首脑之一，当时是广西省财政厅厅长兼国民党省党部农民部部长，与黄绍竑发生矛盾，他比较与我党及群众接近，成为国民党"左"派的领袖，广西清党后，他亦被逼弃职出走，不久，黄绍竑即率国民革命军十五军出兵援粤，阻截在南昌起义回粤的叶、贺军队。广西的政治领导权即落入最反动的黄华表之手，他是广西"清党"委员会的主任，在军事上即由师长伍廷飏负责。

7月，南宁罗如川、雷沛涛、梁六度、陈立亚、雷天壮等六人同时被枪杀，到8月又逮捕南宁区党委书记罗少彦夫妇，敌人用尽各种残酷的肉刑，又故意设宴招待威逼利诱，希图他供出南宁党的组织及监中的同志，但他始终不屈。黄华表即在"清党"委员会上提议"清监"，主张将监中所有的政治犯全部杀掉，但伍廷飏反对，认为一些十多岁的青年学生应除外，相持不决，伍即愤而出走柳州，黄华表不敢放肆，只得将卢宝贤、张铮、李仁、张飞宇、梁砥、何福谦、莫吕佳等人枪决，其余的于1928年组织特别法庭，或判决徒刑或释放。当时在广西各地的革命同志被捕牺牲者，不知凡几。党的组织全被破坏，只留下少数同志，如黄启滔同志赴桂平，宁培瑛同志赴玉林，苏其礼同志赴桂林，余少杰同志赴右江等地，转入农村，领导农民，进行武装反抗，但在各地的战斗相继失败，宁培瑛、苏其礼、余少杰等同志均牺牲。右江的农民继续斗争保持力量到 1929 年，成为右江苏维埃运动的主力，其他各地的农民均被敌人镇压下去。

在国民党叛变革命，实行"清党"以后，我党在广西的组织遭受到极大的破坏，党的领导机关已经不复存在了。当时广东省委派在粤的广西留俄学生廖梦樵、邓拔奇同志，又从高州地委调黄启滔回广西工作，组织特委，即以廖梦樵同志为书记，邓拔奇、黄启滔、宁培瑛、罗少彦同志为委员，重建广西省领导机关。当时黄启滔在桂平工作，宁培瑛同志在玉林工作，罗少彦同志在南宁工作，而廖梦樵、邓拔奇同志则留在梧州，主持广西全省工作。

俞作柏被黄绍竑逼迫离开广西后，即留居香港，极不得志，时谋推翻李、黄、白在广西的统治，陈勉恕同志、刘漫予同志住俞处，借机与我党取得联系。当时国民党的革命分子对国民党叛变革命的"清党"行为亦不赞同，仍愿继续国共合作。因此，在广东国共两党共同组织两广肃反委员会，与国民党的反革命分子做斗争，广西亦组织肃反委员会，即以俞作柏为主席。我党派邓拔奇、黄启滔同志参加为委员，曾发表宣言，讨伐广西黄绍竑等反革命派。因为没有可以直接指挥的军队，各地农军正受着严重的"围剿"和镇压，而群众亦在革命失败时情绪低落，这一运动没有发展。

随后广西内地的党组织继续被破坏，在梧州的广西特委书记廖梦樵、组织部部长黄士韬等十余人被捕，没几天即遭枪毙。宁培瑛同志在玉林亦被捕随即枪决。苏其礼同志则在贵县的战斗中牺牲。各地党的组织，又复被破坏无遗，只留下邓拔奇同志，任特委书记。黄启滔仍在桂平单独领导农军打游击，坚持到1928年，农会委员昌景霖负伤被捕叛变了，黄启滔也去了南洋，广西特委，仅有邓拔奇同志一人。

广州起义失败后，广东省委决定恢复广西党的工作，于1928年1月，首先第一批派陈勉恕、钟良、朱士昆等同志从雷州半岛回广西贵县建立广西党的机关。但陈等到法属广州湾却发生动摇，因顾惜性命、惧怕危险，即退回香港。第二批再派朱锡昂等同志也从雷州半岛回广西博白、北流一带活动。朱到法属广州湾后，化装商人，不顾一切，坚决地向广西前进，结果竟到达了目的地，恢复博白、北流、玉林各县党的组织。又适逢广西内地党员派谢生桦同志到香港，来找党的组织关系。2月，又派第三批雷经天（即雷荣璞）随谢生桦同志从南路钦州回广西南宁恢复党的工作，到钦州沿途化装乞讨，经过许多阻难，也走到广西同正，即在同正建立广西党的组织，由谢生桦、陆显纶同志负责，不久雷即回到南宁，将在各学校的团员谢翱、潘海播、陈锡镇、韦佩珠、陈醒侬、沈静娴等同志首先恢复团的组织，再吸收雷祝平、雷八斤、关国、周松年、麻福田、雷会卿等同志，恢复党的组织，随派关国到柳州开展工作，雷子震到恩隆和右江与余少杰同志取得联络，复亲到宾阳，在芦圩成立党的支部，赵子谦同志为支部书记。南宁、柳州、宾阳、同正及右江各县的党组织，很快就恢复起来，同时与留在梧州的邓拔奇等同志亦接上了关系。

1928年5月，梧州封锁已解禁，广东省即派董铨汉同志来广西巡视工作，沿西江各县一直到达南宁，于6月在贵县召开广西党的第一次代表大会（应为中共广西特委扩大会议），党中央派恽代英同志出席参加，邓拔奇、朱锡昂、雷经天、董铨汉等同志均到会，各县代表十余人，主要的决定是建立党的领导机关，恢复各县党的工作，开展农民运动。经过到会代表的选举，选朱锡昂、邓拔奇、雷经天、董铨汉、郭金水、余少杰、昌景霖、杨翰崎等15人为委员，以朱锡昂同志为书记，成立广西省委，机关设在梧州，派雷经天回到南宁任省委特派员，负责领导南宁及右江各县的工作。广东省委又派谭景韶同志来参加广西省委负责梧州的工人运动。不久，朱锡昂同志亦回玉林、北流一路巡视，邓拔奇、郭金水、谭景韶三个同志留在梧州省委机关。11月，邓拔奇同志同省委委员昌景霖（昌景霖不出席贵县会议，他当选省委委员是邓拔奇同志介绍的）偕回省委机关，不日省委即遭破坏，郭金水、谭景韶两同志被捕牺牲，邓拔奇同志适外出脱险，后查悉昌在桂平工作时早已叛变，成为奸细，我们不慎竟选他参加省委，致使党受到损失。朱锡昂同志在北流工作非常艰苦，在北流某村被国民党军队包围，因他身体孱弱，眼又近视，无力突围，致遭俘获，被带去见队长时，队长认出是"朱先生"（朱锡昂同志当过中学校长、省参议员，在广西极有名望，尤其是北流、玉林一带差不多尽人皆知）给予优待，他一律拒绝，队长打电报去梧州给黄绍竑请示，黄怕在解送途中被截，复电就地枪决，朱遂遇害。余少杰同志在右江取道龙州赴香港，广东省委仍命其回广西，12 月到南宁时适雷经天已去港，不得相遇，仍住雷子震家，为国民党侦探梁鹤如所悉。余少杰同志回右江途中，轮船刚到达隆安，即被国民党驻军截击，不幸牺牲。当时，南宁第三女子师范学校团支部介绍一个国民党派出的女奸细刘尊贤参加校团，她将各校团的组织调查清楚以后，即向国民党告密，在同一天晚上，省一中、省三中的团员谢翱、潘海璠、陈锡镇、韦佩珠、孙醒侬、沈静娴等同志均被捕，韦佩珠同志病死狱中。刘尊贤曾屡次要求与雷经天会见，但均遭雷拒绝。党的组织不幸被破坏。12 月，雷经天从南宁去梧州向省委报告工作，但找不到省委机关，即直接赴港找广东省委，始悉广西省委已被破坏，省委各同志均牺牲。邓拔奇同志于省委机关破坏后，先到广东省委报告，省委派他回广西，但他不愿再在广西工作，向广东省委要求去苏联学习。

1929 年 1 月，广东省委决定让雷经天回南宁重建广西省委机关，并派工人文沛、聂根同志偕来，指定文沛为广西省委书记，首先整顿南宁附近各县党的工作。2 月，文沛同志要去广东省委报告工作，由雷经天负责代理省委书记。不久，雷住近郊的乡村为国民党十五军军部的侦探所察悉，在某天晚上国民党派军队将雷住处包围，雷经天、雷祝平两位同志趁天未明时突围逃走，幸未被捕，但国民党追索更急。当时粤桂战争已起，粤桂两军相持于西江下游，因交通阻塞，文沛同志没有回来，省委无人负责，雷经天虽已不能自由活动，但仍坚决不离开省委，在万难之中支撑下去，广西党的领导机关得以保存。

大革命时，俞作柏在广西素与我党接近，去港后仍有联系。1929年蒋桂战争爆发，俞即投蒋，勾结桂军旅长李明瑞（李是俞的表弟）在湖北反桂，升师长，李宗仁、白崇禧遂失败回据广西。1929年年初，李、白复攻粤，蒋令俞作柏、李明瑞率师入桂，驱逐李、白。俞、李于6月到南宁，蒋即委俞为广西省政府主席，李为绥靖公署主任兼军事特派员，俞、李遂获得广西政权。在"清党"时被捕的人员，一律释放任用，并开展群众运动，广西形势转变，俞一方面要求我党派同志到广西工作，一方面又与国民党改组派有关系，左右拉拢。党即派陈豪人、龚鹤村、石赤峰、李谦、张云逸、叶季壮、沈静斋、许卓、章健等同志到广西，分在政府及军队中工作，张云逸同志为警备第四大队大队长兼教导总队副主任，俞作豫同志（俞作柏的弟弟）为警备第五大队大队长，陈豪人任省政府的机要秘书，龚鹤村任省会南宁的公安局局长。因多数同志是在军队里面，所以，党在南宁已能做半公开的活动，立即恢复各地党的组织和关系。

广西省委决定趁可以活动的时机加紧进行群众工作，争取公开活动，即召集各地党的代表大会，但国民党改组派农民部部长陈协五、工人部部长黄家植，也希图从工农群众中抓一把，建立他们群众组织的基础。我党为争取工农群众的领导，首先召开全省农民代表大会，各地党的代表均参加（他们都是各地农协的代表），组建广西省农民协会，选出雷经天、韦拔群、黄永达、张第杰、张震球、李干、黄书祥、陈洪涛等 11 人为委员，以雷经天、韦拔群同志为正、副主任。广西农运直接受我党领导，在各地重新活动起来，扩大农协组织，建立农军，以广西农协的名义出版《广西农民》三日刊，成为广西省委的机关报，公开地提出我党的政治主张。我党领导下的工人运动，也比以前开展得顺利，在汽车轮船及兵工厂中，均有我党的支部，并成立了工会，准备继续召开全省工人代表大会。但因各地到来的工会代表不多，没有开成。9 月 10 日召开中共广西第一次党代会，党中央派贺昌、邓斌（即邓小平）同志出席参加，由贺昌同志传达党第六次全国代表大会的决议。大会决定武装农民，推翻国民党的统治，建立苏维埃政权，进行国民党的士兵运动，成立红军，加强城市的工人工作等，改广西省委为特委，直接归广东省委领导。改选雷经天、聂根、陈洪涛、黄永达、张第杰、杨翰峤、张震球等同志为特委委员，以雷经天为特委书记。同时，立即分派各代表回原地工作，执行决议。

俞、李为扩大自己的势力，亦武装农民，派人到各地与农民领袖联系，招抚土匪。东兰的农民领袖韦拔群同志带200多人徒手到南宁交给俞、李而领得200多支枪。同时经严敏同志在东兰多时的工作，正式向广西特委介绍韦拔群入党，韦后来成为我党一个忠诚的党员。黄启滔从南洋回来见俞作柏，俞发给枪支，令其当桂平县县长，将桂平的农民重新武装起来，但还没有成行，时局已变，左江的土匪头子冯飞龙，也到南宁来与俞、李洽商，俞亦发给一部分枪支。

俞作柏虽同我党合作，但在他的下面还有国民党的改组派，蒋介石的中央派人来活动，桂系李、白的旧部也占很大的势力，俞、李在广西的政权基础还没有巩固。因为省政府的秘书长是改组派分子，极得俞作柏的信任，怂恿俞、李与张发奎联合，继续反蒋，李、白旧部也表示赞成。但我党不同意，曾告诉俞作柏，不要上改组派的当，目前在广西最主要的工作是利用蒋介石的势力，巩固已获得的政权，扩大和加强自己的军队，肃清内部，等待时机。但俞、李一方面受改组派张发奎及李、白旧部的威胁；另一方面是个人野心勃勃，希图打下广东，占得更好的地盘，实行割据，俞、李不愿采纳我党的意见，决定继续进行反蒋的战争。

9月27日，俞、李在南宁召开反蒋大会，就任讨蒋军正副总指挥，实行誓师讨蒋。蒋介石即下令免俞、李职，以李、白旧部十六师师长吕焕炎为广西省政府主席兼"讨逆军"副总指挥，分路向南宁进军。蒋复分化李明瑞的部下，委五十七师师长杨腾辉为第四编遣分区主任，旅长黄权升为第十五军师长。队伍未出广西，杨腾辉、黄权等人即按兵不动，通电拥护蒋介石，逼迫俞、李下野。而李明瑞的基干团则在梧州被吕焕炎部缴械。俞、李的反蒋运动因此即行失败。

当俞、李发动反蒋的时候，我党认为过早，时机未到，眼看必会失败，决定派雷经天先到右江布置建立苏维埃政权，组织农民武装。不久，雷经天即离开南宁，由何誓达同志接替广西特委书记。广西的革命运动在我党的领导之下，又开辟另一个苏维埃的新阶段。

百色起义[*]

张云逸

  大革命时期，广西也和南方其他各省一样，在中国共产党的领导下，展开了轰轰烈烈的革命运动，"打倒军阀""打倒土豪劣绅""减租减息"等口号，像春雷一样响遍城市、乡村，工会、农民协会等革命群众组织纷纷建立。当时，党也掌握了一部分武装，领导人民展开了声势浩大的武装斗争。

  国民党蒋介石反动集团叛变革命，清党反共、屠杀工农群众、出卖国家民族、投降帝国主义之后，中国共产党仍坚持革命斗争，反对国民党投降叛变，号召全国人民组织工农武装、建立苏维埃政权，继续承担中国人民革命的光荣任务。在大革命失败时，广西党的组织和工农群众受到了极大的摧残，成千上万优秀的共产党员及革命群众被反动派捕杀

---

  * 本文原题为《百色起义与红七军的建立》，收录时做了适当修改。

或监禁。只有韦拔群同志领导的右江地区的群众，仍坚持着公开的武装斗争，其余的共产党员转入地下继续开展活动。

1929年夏，蒋桂军阀战争结束，李宗仁部师长李明瑞和杨腾辉当了广西省绥靖正、副司令，俞作柏做了广西省主席。那时，我们党中央决定利用这个时机，派一些同志利用各种社会关系进入广西，有的到李明瑞部队中进行工作，有的分头到左、右江农村发展革命力量，争取领导权，以便创立红军，建立苏维埃政权。先后到达广西的有邓小平、张云逸、叶季壮、袁任远、李干辉、袁振武（袁也烈）、李谦、冯达飞等同志，由邓小平同志负责领导。

我们到达南宁后，经过党组织研究，决定通过党员俞作豫同志（广西警备第五大队大队长）向李明瑞建议开办一个训练初级军官的教导总队，由我负责。李明瑞居然答应了。

教导总队有3个营9个连，学员都是从部队里抽调来的班、排长。后来，我们把广东和广西地方党陆续派来的工人、学生党员，除袁振武同志和一部分同志到第五大队进行工作外，其余的都安插在教导总队各连当干部和学员，并在各连队秘密建立了党的组织。这时，9个连的干部都是共产党员，排长也是挑选学员中思想"左"倾、比较接近我们的人来担任。另外有些党员则以教员的名义在总队部工作，袁任远等同志就是当时的政治教员。对那些政治上反动的旧军官，则采取了"调虎离山"的办法，给这些人以较高的职位，让他们专门担任军事训练，实际上是剥夺了他们的指挥权力，使他们与群众隔离开来。

我们将党的基层组织秘密设在连队里，是能迅速争取群众的重要原因。支部设在连队里，教育群众、争取群众就自然成为支部的一项日常的任务。同时，我们又把政治水平较高的党员都尽量地配置到连队里当学员，充实支部的力量，使每个党员都能与群众保持最广泛、最密切的联系，更加适时地、灵活地、有效地对更多的群众进行党的宣传和组织活动。控制了全局之后，我们就抓紧时机积极展开活动，加强党的秘密组织工作，两个月便发展了300多个新党员。如果没有这个时期的发展，我们就没有可能使革命的影响在全队占据上风，从而争取更多的群众到革命方面来；也没有可能在后来给四大队送了100多个党员，保证了党对四大队的改造。

一个多月后，通过党的活动，我又兼任了广西警备第四大队大队长。这是李明瑞来广西后，收容土匪、民团、散兵游勇编成的队伍，成分复杂，纪律极坏。李明瑞知道，大革命时期，国民革命军第四军由于有共产党员进行政治工作，战斗力之强是十分闻名的。因为我曾在那支队伍干过师参谋长，李就想利用我来帮助他带领四大队。他找我谈话，我当即提出了两个条件：第一，军纪太坏，要我兼可以，但要由我提名配一个得力的副大队长协助；第二，改造工作必须采取坚决、迅速的措施。他犹豫了一下，点头答应了。

党组织接到我们的报告后，决定派李谦同志担任副大队长，并给予了指示。我们一到那里，立即按照党的指示，发动士兵群众，揭露克扣军饷、虐待士兵的军官的罪恶行为。士兵群众一经发动，斗争异常坚决、勇敢，一致要求严厉惩办那些反动军官。我们当即严办了两个营长，只留下一个姓梁的营长（李明瑞的表弟）未动。连长以下的军官，除一部分撤职外，大多数被送到教导队进行教育改造，同时又从教导队调来了100名左右的党员，担任连排干部，符禄同志和何子祁同志当了营长。连长以下的军官，几乎全是我们的人，我们基本上掌握了这支部队。然后又进行整顿，进行革命教育，同时大量招收工人、农民和学生参加。一个月后，部队从原来的1000多人扩大到2000人，面貌焕然一新。

在党的秘密领导下，我们在四大队所采取的一系列坚定、果断的措施，保证了我们能够迅速地掌握和改造这支旧军队。在旧军队里，长官的命令是足以左右一切的。因此，首先我们掌握了大队的领导权，随后各级的领导权也迅速地落在我们手中，这就使党的意图能够通过行政的命令予以实现。其次是发动群众。在广大士兵群众中进行革命的民主教育，提高群众的政治觉悟，发动他们与反动军官进行斗争。通过斗争，一方面揭发了反动军官的罪恶行为，打掉了他们的威风；另一方面，群众的革命觉悟也在实际的斗争中进一步得到提高，更加拥护我们党的主张，从而越发密切地团结在我们的周围。同时，通过这一斗争，我们也深入地了解了群众中的积极分子，并加以培养教育，吸收到党内来，以建立或充实连队党的秘密组织，这是党的工作能够在每一个连队中得到组织的保证。这是改造旧式军队的最有效的方法之一。再次，是迅速果断撤换旧军官。经过士兵与反动军官的斗争，抓住群众要求惩办他们的时机，接受群众的意见，坚决撤换反动军官，并立即派遣党员干部掌握各级领导权，建立党的秘密支部。这样，连队党的秘密领导核心便迅速形成了。最后，改造部队的成分。除了加强政治教育外，从组织上注意增加工农成分的比例也是十分必要的。一支旧式军队，如果其中工农成分不占优势，那么它的坏作风、坏习气就很难改变，这支部队也就很难为我们所掌握，很难得到巩固。我们在改造四大队过程中，大量吸收工人、农民和进步学生参加，迅速增大了部队中工农成分的比重，这对我们能迅速巩固这支部队，联系和团结群众，起了决定性作用。

我们到南宁还不到三个月的时间，李明瑞和俞作柏突然决定反蒋。在这年 9 月，便大举进攻广东的陈济棠。李明瑞只有 3 个主力师，内部意见又不一致，来广西时间很短，立足未稳，根基很浅。我们党根据上述情况，预估他们一定会失败，因此，决定利用军阀混战之际，大胆地发展我们的力量。于是，我们便借口还没有训练好，不能配合作战，建议他们不要把教导队、四大队及五大队带去作战，而担任维护后方的任务。经我们一再说明和坚持，李、俞终于同意了我们的意见，只是从教导队调走了300多人回各师去。

他们出发后，我们党随即决定第四大队派1个营去右江地区，五大队派1个营去左江地区，并协同地方党组织发动群众，为今后的工作做准备。其余的部队留守南宁，继续加紧整顿补充。经过活动由我兼任了南宁的警备司令，利用这个职权，我接管了省军械库（军械库里储存着五六千支步枪以及山炮、迫击炮、机枪、电台和很多弹药）等机关，同时，将汽船预备好停在邕江边待用，在部队中做各种应变的准备工作。

谁知，李、俞的失败来得比我们预料的还要快。原来杨腾辉和黄权、吕焕炎等师长久已心怀不满，队伍刚开到桂平，他们就叛变了，把3个师及特务营全部带去投降了李宗仁，李、俞只剩下身边的几个马弁，黯然逃走，一回到南宁就向左江去了，前后只一个多月的时间，就结束了他们的一场好梦。

听到前方消息的当天，我们即按照原来的决定，立刻组织了大批的部队和民工，把军械、弹药搬上船，准备撤退到右江去。

失败的消息在教导队里引起了一些波动。原来学员们大多是从3个师里调来的，一听说部队倒戈，一部分人闹着要回去。党员们虽然积极展开了活动，但由于有些坏分子从中鼓动，风潮越闹越大。当夜，党组织就把各支部的书记和委员找来研究对策。决定第二天分成许多小组，各组都有党员参加，对那些思想反动的人进行斗争，在群众面前尽量地揭露他们的反动本质，坚决反对投降蒋介石、李宗仁的可耻行为，使他们在群众中孤立起来，同时指出革命的光明前途，以争取大多数可以争取的人到我们这边来。经过一天的反复争论，大部分人认清了是非，消除了顾虑，表示愿意跟我们到右江去干革命，但是还有些人坚持要走。

在小组斗争胜利的情况下，这天午后，我们把全体学员集合起来，我说："有些同学还是要走，这也可以，我们革命部队是由有革命觉悟的人组成的。现在就站队，愿意跟我们去右江继续革命的，站在这一边，愿意去投降反动派的，站在那一边！"队伍立刻散乱了，大部分人拥到我们这边来，那些思想反动的军官、兵痞、坏分子就往那边集中。还有些人在中间犹豫，许多党员和进步的学员就朝他们喊："站到这边来吧！""一失足成千古恨哪，看清前途，不要当反动派去呀……"那些犹豫着的，甚至已经跑到那边去的人，又陆续走过来一些。最后清点人数，愿意跟我们的有 500 多人，坚决要走的也有 100 人左右。

第二天，我们还特地开了一次会，对走的人做了最后一次教育工作。学员们纷纷上台讲话，都劝他们要为劳苦大众利益尽力，不要为军阀升官发财去打仗卖命。我们把这批人的枪统统留下，发给路费，把他们送走。这场斗争，由于党采取了依靠群众的正确政策，不但争取了大多数群众到革命方面来，还提高了党员、积极分子的政治思想水平，有力地教育了广大群众。

因为形势有了新的变化，在南宁时，党决定加强对右江工作的领导。1929年9月，先派雷经天等同志到右江去，建立党的右江特委，恢复工会、农会的组织和开展群众的武装斗争。当时党的右江特委机关就设在田东（又名平马），特委书记是雷经天同志。在特委的领导下，右江沿岸各县都有群众的武装斗争，与韦拔群同志领导的群众武装呼应起来，声势浩大。

在李明瑞、俞作柏逃往左江后，邓小平等同志先两天离开南宁，并指挥军械船和警卫部队溯右江上驶。我带着教导总队及大队，从陆路掩护前进。几天后，来到田东。从此我们党便由秘密工作状态变为公开了。

我们到达不久，军械船也到了。过不一会儿，看见叶季壮同志陪着一个不认识的同志向大队部走来。那位同志中等身材，20多岁年纪，神采奕奕，举止安详。我们连忙迎上前去，叶季壮同志就给我介绍说："这位就是邓小平同志！""哦！你就是邓小平同志！"我不禁欢呼起来。三四个月来，我经常得到他许多宝贵的工作指示，解决了许多工作中的疑难，但却一直没有见过面。小平同志也很激动，紧紧握着我的手不放，同志的感情充满心间，使我们一时忘记了说话。这时，雷经天和特委会的几位同志也来了，大家互相介绍，兴奋地谈笑。这时邓小平同志提议我们明天到百色去，大部分军械也带去，暂时不用的重武器和弹药运往东兰、田东的山区存放。大家都赞成这个意见。此次，大家分头出发，小平同志就和我住在一起。这时已是10月了。

小平同志首先召开了党的委员会议（后来称前敌委员会，书记是小平同志）。会上决定了几件事：第一，公开在部队和群众中宣传我们党的主张，发动群众；第二，整顿、补充部队，实行官兵平等，建立士兵委员会，发扬民主，反对军阀制度，反对贪污，反对虐待士兵；第三，组织和武装群众，在有工作基础的地方，通过地方党组织，将枪支发给群众，以便进行反霸斗争；第四，继续清洗部队中的反革命分子。

根据党委的决定，大家立刻行动起来。在部队中公开宣传党的主张，严办了一向克扣军饷、打骂士兵、为大家所痛恨的梁营长（即先派驻百色的第二营），这一工作推动了部队的民主改革，启发了士兵的政治觉悟，革命积极性也增强了。

部队整顿之后，便分散到各地帮助群众打地主恶霸，收缴其武装，没收其财产，发给群众。在部队和地方党的共同努力下，当地的群众革命运动大大地开展起来。群众政治觉悟提高了，更热爱自己的军队，踊跃报名参军，使部队迅速得到扩大。革命烈火燃烧着左右江地区，声威震动了全省各地。左右江是壮族人民占多数的地区，革命运动的开展，标志着壮族人民和汉族人民及其他各民族人民的团结战斗；而韦拔群同志则是右江地区出色的群众领袖，他领导着群众坚持英勇的武装斗争，做出了有历史意义的贡献。

我们在党委会上研究了这样一个问题：由于大队不能指挥地方政府，所以必须有个公开的行政名义，才能取得税收，为起义筹集经费。大家想到旧政府原设有右江督办和左江督办，便决定使用这个名称，在右江宣布我为右江督办，在左江宣布俞作豫同志为左江督办。宣布后，我立即通知右江各县县长、税务局局长全部税款上缴。这一带比较富庶，我们一次便收得了几万银圆。

可惜的是，那时我们还缺乏革命斗争经验，对革命的根本问题就是政权问题、政权掌握在谁手里就为谁服务的道理，理解不够，因此，当我们控制了旧政权之后，只知道收税解决财政问题，却不会利用它来做更多有利于革命的事情。例如，那时候我们完全可以发动农民群众向政府告状，揭发地主豪绅的罪恶行为（如私设公堂、监狱；敲诈、勒索；杀害人命等），然后利用政权的力量，抄没其家财，收缴其武装，将他们一网打尽。也可用各种办法，如以编训名义，将各县土豪武装分别集中起来，然后缴下他们的枪械。但我们没有这样做，这就使后来发动群众斗争依然遭到困难，并且影响了革命根据地的巩固，这是当时我们工作中的一个重大失误。

由于地主恶霸没有受到致命的打击，反革命气焰十分嚣张。因此，我们发动群众，镇压反革命的工作坚决地展开后，许多地主武装都跑到山里和我们对峙。有的大豪绅竟跑到南宁去勾结反动的广西警备第三大队，请求他们到右江来驻防，以对付我们革命的群众运动。我们已事先获得消息，早做了布置，决定让他们进到田东，坚决、干净予以消灭。当该大队大队长熊镐派人前来联络时，我们佯作欢迎。预定的计划执行得非常顺利，除了一部分稍稍抵抗了一阵外，其余的几乎没有费我们一枪一弹，这一仗，我们俘虏了1000多人，缴了700多支枪。地主恶霸的这着棋输了后，气焰顿时收敛了不少。我们趁着有利形势，配合地方武装展开活动，群众便大大地发动起来了。

过了几天，到上海向党中央请示工作的龚饮冰同志秘密回到百色，向我们传达了中央的指示。中央批准了我们的建议，要我们在左右江地区创建根据地，创建红军，颁给的番号是红七军，左江地区的部队编为红八军。我们再派龚回上海，把撤退到右江地区后部队和地方的情况向中央做了汇报，并且表示：我们坚决执行中央的指示，大概需要40天就可准备就绪，那时便立即宣布起义。

邓小平当即召开了党委会议，传达了中央的指示。在这次会上，决定加紧准备，在12月11日广州起义二周年纪念日那天，宣布起义，成立红军和右江苏维埃政府。会议结束，小平同志便带着一部分干部，到左江地区去布置工作了。后来，俞作豫同志领导的第五大队，在红七军成立之后，于1930年2月1日在龙州宣布成立了红八军。那时，俞作柏已逃去香港，李明瑞经过几番挫折，在我党的影响下，转到了革命营垒，随后加入了共产党，成为坚定的革命战士。红八军成立后，有力地策应了右江地区的革命斗争，但不久就遭到李宗仁部的进攻，终因敌我力量悬殊，部队基础较差，招致了严重的失败。红八军最后剩下的几百人，由袁振武等同志率领，转战到右江，与红七军会合，并加入了红七军。

在小平同志去左江后，我们便根据党委决定，将部队编成3个纵队：原四大队编为第一纵队，李谦同志担任纵队司令，沈静斋同志任政委；将机关枪营、特务营以及黄治峰同志和阮殿煊同志所领导的思林、奉议、恩隆等县地方武装合编为第二纵队，胡斌任司令（后为冯达飞同志），袁任远同志任政委；第三纵队是由韦拔群同志领导的东兰、凤山一带地方武装编成的，由韦拔群同志任司令，李朴同志任政委。1个纵队实力约相当于1个大团。后来改为第十九、二十、二十一师。同时扩大教导总队，从各纵队和地方武装中，抽调班排连长及优秀的战士来训练，以培养初级干部。这时，部队成分也较之前大有变化。战士中，从旧军队来的只有千余人，其余的都是右江的农民和工人、进步学生。

准备工作就绪后，我们在1929年12月11日这天，在右江地区的百色宣布起义，公布红七军正式成立，同时在田东宣布成立右江苏维埃政府。红军的干部和战士们，每人都领到一套新灰色军服，军帽上缀着引人注目的红五角星，个个精神抖擞；同时，上至军长，下至战士，都领到了同样的薪饷。

这一天，右江各县城乡，都热烈庆祝右江苏维埃政府和红军的诞生。前委派我到田东去参加当地的庆祝大会。天气特别晴朗，田东万人空巷，都聚集到镇北的广场上来。红军战士们威武、整齐地排列在主席台前。农民敲锣打鼓，妇女和小孩穿红着绿，从百十里外赶来，广场上挨挨挤挤站满了万余人，红旗如海，欢声雷动。庆祝会开过后，就在广场上进行了各种文艺活动，演戏、唱民歌，等等。这一带农村已经进行了土地改革，曾经饱受国民党和地主豪绅摧残的农民，当他们自己的苏维埃政府和红军成立的时候，怎能不欢欣鼓舞呢？这一整天人们都沉浸在狂欢中，右江苏维埃政府招待到会的五万人吃了饭，让大家尽欢而归。

下午，我们乘着一艘挂满镰刀斧头红旗的汽船回百色时，沿岸农民都从沸腾的村庄里拥到江边来，敲着锣鼓，举起红旗，朝船上欢呼："共产党万岁！苏维埃万岁！红军万岁！"我们船上的人也不断地向他们挥舞红旗，高呼口号，河上河下，口号汇成了一股巨大的声浪。这时，晴空万里，阳光耀眼，红旗招展如画，许多同志在此情景下，激动得流下泪来，大家一致说："我们一定要在共产党领导下，发展我们的力量，巩固我们的胜利！我们一定要把红旗插遍全中国！"

红七军能够这样迅速、顺利地建立与发展，首先是因为党的坚强的领导和党员们团结一致、艰苦努力的工作。我们部队里的党员，虽然有些是外省来的，有些是广西地方上来的，还有大部分是在部队中新发展的，但是大家非常团结，革命热情很高，都能自觉地服从组织的决定。他们都是红七军的政治骨干，更是红七军能够发展和巩固的有力保证。其次，是教育群众，争取群众。从旧军队转变为新型的革命军队，必须提高广大战士的革命觉悟。而反动军官正是压制民主、阻碍群众革命积极性的一种恶势力，是改造旧军队中的绊脚石。广大士兵群众对反动军官的虐待非常痛恨，我们如果不搬掉这块压在群众头上的石头，就不可能更好地联系群众，甚至会脱离群众。与此同时，也只有通过与反动军官的斗争，我们才能迅速地取得士兵群众的拥护。因此，发动群众与反动军官做斗争，就成了改造旧军队的最实际也是最有效的方法。正是由于我们从一开始就一直抓紧与反动军官的斗争，因而我们就教育了群众，争取了群众站到革命方面来。我们又通过党的活动，取得了部队的领导权。因而能自上而下地采取命令方式，使撤换、调配干部的工作顺利进行；又由下而上地取得了群众的支持，这两者一结合，我们所掌握的领导权便不可动摇了，从而达到上下一致、官兵一致，保证了党的政策的贯彻执行，部队也更加巩固。政治上、经济上官兵平等，同甘共苦，在制度上也固定下来了，这就促使部队内部越发地团结一致。

　　此外，我们依靠地方党组织与当地的革命群众相结合，是在短时间内建成红军并使红军得到巩固、发展的重要原因。总之，依靠党的领导、依靠革命群众、依靠革命政权，这是革命武装建设的最重要的条件。

龙州起义和红八军的建立[*]

吴　西

中国共产党在广西领导的龙州起义和百色起义一样，都是在毛主席的"枪杆子里面出政权"的光辉思想指引下，继南昌起义、秋收起义、广州起义之后，对国民党桂系军阀的严重威胁和对蒋介石在全国实行的白色恐怖的有力回击。虽然龙州起义失败了，但是它深刻表明：具有光荣革命传统的广西各族人民，在党的正确领导下，是不可压服的。起义失败后保存下来的红八军部分队伍，归入红七军建制，经过转战数千里，到达江西苏区，与中央红军会合，成为中央红军的一部分。龙州起义和红八军的建立，在党史和军史上，留下了光辉的篇章。

龙州是我国南部的一个边防重镇，位于广西左江上游，南面与越南接壤，东北通南宁，地势衢要，水陆交通便利，

---

[*]　本文原标题为《回忆龙州起义和红八军的建立》，收录时做了适当修改。

是左江上游各县的政治、经济、文化的中心，历来是帝国主义和反动军阀争夺的要地。

龙州一带地区，自从 1885 年中法战争以来，实际上已沦为法国的殖民地。这一带地区通用的货币，基本是法郎。本地的土司恶霸、土豪劣绅与法帝国主义、军阀、土匪头子，互相勾结，狼狈为奸，残酷地压迫剥削人民。加上连年军阀混战，兵也是匪，匪也是兵，兵匪多如牛毛，抢劫掳掠猖獗，苛捐杂税繁多，灾祸横行，民不聊生。大革命时期，这里就有了群众运动。但是，四一二反革命政变把刚刚兴起的工人、农民、学生运动扼杀于摇篮里。龙州人民在国民党桂系军阀的白色恐怖统治下，处于水深火热之中，迫切要求改变现状。

1929 年 5 月，蒋桂军阀战争结束，俞作柏、李明瑞回广西执政，给共产党领导百色起义和龙州起义创造了有利的条件。当时，俞作柏任广西省主席，李明瑞任广西绥靖公署主任和军事特派员。虽然俞、李都受蒋介石的委任，但是他们和蒋介石是有矛盾的。为了发展自己的势力，他们愿意与共产党合作，欢迎共产党派干部到广西工作。他们还释放政治犯，支持工农群众运动。何建南等同志和我就是那时先后从监狱被释放出来的。

邓小平和张云逸等到广西以后，加紧武装起义的准备，积极进行兵运工作，利用各种社会关系，掌握一部分军队的领导权，工作很有成效。张云逸担任了广西警备第四大队大队长兼教导总队的副主任，俞作豫担任第五大队的大队长，党利用所掌握的权力，在第四、第五大队中进行了部队的改造工作。邓小平参加了全省党代表大会。根据党的六大精神，决定武装农民，加强城市工人运动，派共产党员到国民党部队进行兵运工作，创建红军，推翻国民党反动派的统治，成立工农民主政权。大会把武装农民的重要性提到首位，并决定把广西省委改为广西特委，选举了特委机关，恢复了各地党组织的活动。

1929 年 9 月，正当革命形势极为有利的时候，俞作柏、李明瑞突然反蒋。我党早就估计到，俞、李到广西执政才两三个月，立足未稳，匆促反蒋，必然会失败。果然不出所料，俞、李还未出师，其所辖的 3 个师就叛变了。俞、李只带几个随从回到南宁。我党抓住南宁混乱的时机，把掌握的武装开到军阀统治薄弱的地区，张云逸率领第四大队和教导总队上右江，俞作豫率领第五大队上左江，和当地的农民运动相结合，开展武装斗争，开辟革命根据地，建立工农民主政权。在第四、第五大队上右江、左江之前，打开南宁的军库、银库，将军械、弹药和金银财物全部搬走，为武装起义准备了物质条件。俞作柏经越南出走香港。李明瑞跟随第五大队上左江，在我党的教育和争取下，参加革命，随后加入共产党，成为一名坚定的革命战士。

1929 年 9 月 10 日召开的中共广西省第一次代表大会，对龙州一带的形势做了正确的估计和分析，看到了龙州人民革命的可能性和迫切性。当俞、李刚酝酿反蒋战争时，党立即派出共产党员何建南、麦锦汉等到龙州恢复群众运动，组织工会、农会……随后又派第五大队独立营的几十个官兵前往，一面宣传群众、组织群众，一面扩大武装力量。苏松甲和我几个人在独立营工作，也一起去了。

我们受党的委派，宣传群众，组织群众，武装群众，为成立工农民主政权创造条件。公开宣传打倒帝国主义，打倒军阀，打倒贪官污吏土豪劣绅，废除苛捐杂税，实行耕者有其田……这些口号在群众中产生了强烈的反应。

何建南是龙州白沙街人，贫苦出身，他对龙州一带风土人情很熟悉，党派他回龙州搞群众工作是很适合的。到了龙州，他一方面抓工会恢复工作，发动工人游行示威，要求增加工资，实行八小时工作制，要求言论、集会、结社自由等。另一方面，深入农村，以下冻地区为据点，恢复农民协会组织，在下冻设立了"左江农民运动指导委员会"，并亲自担任主任委员。经过艰苦的工作，至 9 月中旬，恢复了下冻地区东乡、西乡、南乡、北乡农民协会，会员达 2000 多人。龙州城河南的荷屯、洞麦、渠道、弄相、土美，八角地区的上降，与龙州县接壤的上金县陇那、弄堪、叫城等地先后成立了农民协会组织，彬桥、罗回、武联、逐卜、广合等地也在积极筹备中。在恢复和建立农民协会的基础上，组织了农民自卫队。但是由于时间短，经验不足，农运的基础不够稳固，加上个别领导人如谢玉芳（后投敌当特务）存在严重的右倾思想，在恢复农会初期竟把"农民运动指导委员会"建立在大土豪梁怡金家里。梁怡金这个家伙投机革命，开始表示"欢迎"，后来在龙州起义失利时，他就下毒手杀害了南乡农会主席周和平等同志，对农民运动进行镇压，使农民协会遭到破坏。这是一个血的教训。

农会恢复的同时，工会也恢复起来了。皮革工人、搬运工人、店员、船民、理发工人，建立了自己的组织——"工人联合总会"，会员近300人，还组织了工人赤卫队。学校里的师生也经常上街宣传，有力地支援了工人运动。我们独立营到各县发动群众的同时，号召贫苦的农民青年参加革命队伍，扩大了武装力量。独立营迅速由几十个人增加至500人左右。革命武装力量的增长，有力地促进了工人、农民、学生运动。不少官僚资本家和土豪劣绅见势不妙，偷偷地溜出龙州城。

我们还在龙州出版了《群众报》，我是该报编辑之一。报纸是四开石印的，三天一期，内容是揭露国内外反动派的罪行，宣传革命主张。报纸一出版，市民和青年学生都抢着买，街上贴报的地方，常常围满了人。这对教育和组织群众起了很大的作用。

当龙州地区群众工作顺利开展的时候，俞作豫于10月13日率领第五大队从南宁到左江来了。随俞作豫上左江的还有共产党员宛旦平等同志。这对我们左江人民是很大的鼓舞。俞作豫同志率领部队到达龙州后，立即召开了党员骨干会议，传达了党准备在龙州进行武装起义、开辟革命根据地的重要指示，做了收编、改编旧军队和进一步开展地方群众工作的部署，使与会者心中有数、方向明确。

当时，第五大队到左江只有1000多人，加上我们的独立营，不过2000人左右。因此，俞作豫同志到龙州后，首先把扩大武装、发展革命力量放在重要位置上。他毫不迟疑地收缴了国民党吕焕炎师留在龙州的教导队多人的武器以及后方仓库的武器弹药，还收编了边防、地方的反动武装，将第五大队扩充为6个营。对当时的土匪采取了剿抚兼施的办法，收编盘踞在养利、左县一带的土匪头子冯飞龙为第一路游击司令；收编龙州土匪头子黄飞虎为第二路游击司令（大青山土匪武装周建鼎、下秀土匪陈敏良也编入黄飞虎部）；收编土匪钟显章为第三路游击司令。对不愿收编而又负隅顽抗的小股土匪则进行清剿消灭。同时，为了掌握左江行政大权，推行行政命令措施，俞作豫公开宣布兼任龙州"广西全边对汛督办公署"督办，以行政长官的合法身份，任免各县的县长，进行税收等各项工作。这些措施也有缺点错误，在扩充部队时不适当地采取招兵买马的办法，改造得不够好，基础不牢固，对收编的土匪改造不及时，有的甚至成为后患。如龙州县县长兼警备司令黄飞虎后来又叛变为匪。

在收编扩编旧军队的同时，俞作豫重视加强地方的农民武装，派出了一批政工人员配合何建南等同志，搞地方农运、工运工作，组织农民赤卫队和工人赤卫队，并从收缴的武器装备中抽出500多支枪、1万多发子弹，拨给下冻东乡、西乡、南乡、北乡的农民赤卫队。农民赤卫队在何建南等同志的带领下，白天生产，晚上操练，掌握本领，准备迎接即将到来的革命风暴！

1929年11月，粤桂战争继起，两军混战于桂平、贵县之间，南宁守军很少。我军打算乘机夺取南宁。但是，当俞作豫率领主力部队第一营到达驮卢时，大队副蒙志仁和他的胞弟蒙志华在途中叛变，竟胁迫后继部队转回龙州。留守龙州部队仅有新编的第六营（即原来的独立营扩编）和部分机关人员终因抵挡不住，从龙州退守下冻一带。龙州遂为蒙志仁叛军占据，俞作豫得知消息后，立即带部队日夜兼程，经响水回到龙州近郊的水陇。正好李明瑞率一个短枪连从右江到达这里。俞作豫和李明瑞会合后，立即召开了排以上干部的紧急军事会议。李明瑞是北伐战争中有名的将领。大家见他如此沉着镇定，心里都很踏实。会后，各人就按照李明瑞的意见分头去准备。我和独立营（后编为第二纵队）部分战士到乡村发动群众。何建南组织各乡农民赤卫队和农会会员前来支援，封锁城池，断绝敌人粮草来源，还组织"袭扰队"在夜里跑到城边打几枪，鸣锣呐喊，弄得叛匪不知虚实，日夜提心吊胆。叛匪得知李明瑞亲自督战攻城的消息，早已闻风丧胆。我主力军在农军的积极配合下，经过几个昼夜的攻击，敌人孤立无援、弹尽粮绝，连骡马都吃光了。我们乘势攻进城去，叛匪营长潘益被击毙，另一个营长受重伤，叛匪大部分被消灭，蒙志仁率余匪弃城而逃。当我们部队和农民浩浩荡荡开进龙州城时，全城鞭炮齐鸣，群众热烈欢迎。

蒙志仁的叛变，从反面给我们上了一课。军队内部成分复杂，对旧军队不进行整顿改造是不行的。我们收复龙州后，就抓住了这一问题。当时，第五大队原来扩编的6个营，第二、第四营跟蒙志仁叛变后已被我们基本消灭，第三营去靖西剿匪在调回途中因受反动连长郑超的策动，也叛变退居靖西；新编第五、第六营，经过战斗仅剩一部分，战斗力不强，比较完整的只有第一营。因此，就决定以第五大队第一营为基础，加上边防部队和其他零星可以调动的武装合编为2个团。第一团团长由原来一营营长何凤川担任，第二团团长由宛旦平担任。

党中央代表邓小平对龙州起义的准备工作，非常重视和关心。在部署百色起义的工作就绪后，他就带领共产党员何世昌、严敏等从右江到龙州，对龙州起义做了重要指示和部署。遵照邓小平的指示，俞作豫、李明瑞、严敏、何世昌、宛旦平、袁也烈、何建南、麦锦汉等立即着手进一步抓部队整顿改造工作和建立地方政权的筹备工作。根据右江第四大队改造军队的经验和当时党员数量少的具体情况，每一个营建立一个党支部，每个连队建立士兵委员会，实行官兵平等，反对打骂士兵，反对克扣军饷等。在部队中自下而上地发动士兵群众揭露反动军官的罪行，撤换反动军官的职务。

第一团团长何凤川，思想反动，贪污腐化，克扣士兵粮饷，士兵恨之入骨，敢怒不敢言。我们采取"调虎离山"的办法，把何凤川留在龙州，暗中监视，然后把全团的士兵带到靖西执行任务，在执行任务中，启发士兵的阶级觉悟，揭露何凤川和其他反动军官的罪行。向士兵宣讲士兵委员会条例，宣布官兵平等，使士兵懂得，当兵不是替军阀个人当工具，而是为人民大众谋利益，士兵的身份和人格应受到尊重，不许任何的虐待与侮辱。结果全体士兵一致要求撤换何凤川、李统承（一营营长）等反动军官的职务。李明瑞、俞作豫随即撤掉何凤川等人职务，并各给适当的旅费遣送出境。接着派何家荣任第一团团长，共产党员袁也烈任参谋长兼第一营营长，共产党员杨廷献任第二营营长。第一团排以上干部，不少是由共产党员和进步分子担任。第二团也进行了整顿改造，但整顿改造不如第一团好。

为了提高广大干部和战士的思想觉悟，除了通过办教导队、开会等形式外，俞作豫、何世昌、何建南等经常在中山公园给干部、战士和群众讲话，灌输革命思想。我们还把原来石印的《群众报》改为铅印《工农兵报》，增办了《左江红旗》刊物，宣传革命理论。在灌输革命思想的同时，还秘密地发展党的组织。我已在 10 月 10 日入党，实现了多年的愿望。跟我一道入党的有七八个同志。有了党的骨干，起义得到了有力保证。

在起义工作布置就绪以后，邓小平前往上海向中央汇报工作，李明瑞前往右江。

1930 年 2 月 1 日，是我终生难忘的日子。这天，祖国边陲的古城龙州，聚集着左江英雄儿女，在中国共产党领导下，第一次竖起了镰刀斧头红旗。这一天，在龙州新填地广场召开了庆祝大会。清晨，四乡农会会员、农民赤卫队队员扛着梭镖、土枪赶进城来；工人赤卫队雄赳赳、气昂昂，步入会场；学生排着整齐的队列，歌声嘹亮；士兵全副武装，红光满面，喜气盈盈，迈着矫健的步伐；居民扶老携幼涌向会场。霎时间，广场上聚集了 1 万多人，红旗招展，刀枪闪光，歌声四起，锣鼓喧天，一派欢腾的景象。

上午 9 点左右，大会开始。大会主席何世昌同志宣布了中国工农红军第八军的成立和左江革命委员会的诞生，宣布了中国共产党的主张：推翻国民党反动派的统治，建立工农民主政权；打土豪，分田地；废除帝国主义在中国的特权；保护工农大众的利益，开辟革命根据地，等等。这些革命主张一宣布，就得到参会群众热烈拥护。全场高呼："中国工农红军第八军万岁！中国共产党万岁！打倒国民党！"口号声震动山河，掌声经久不息。俞作豫、何建南等领导同志及工人、农民、士兵等代表先后在会上讲话。俞作豫在讲话中宣布官兵平等，严禁打骂、侮辱士兵，严禁侵犯老百姓的利益，勉励大家要为实现共产主义的理想，不惜任何牺牲，坚决革命到底。全场所有部队都在同一时间把国民党青天白日旗扯了下来，把国民党帽徽领章撕了下来。各个单位都高举起了红旗，每个人的脖子上都系上了红领带。全体官兵向红旗举行了庄严的宣誓。会后，举行游行示威，组织提灯晚会。

红八军成立后，将部队编成2个纵队，共3000多人。还成立了一个教导队，学员有100余人。我在第二纵队第一营做政治工作。全军干部，除部分是共产党员、共青团员外，还有一部分进步青年和随着革命浪潮卷进来而未改造好的旧军官。第一纵队党员较多，因为邓小平同志从右江带来的党员，大多数都分配在该部，部队改造得较好。第二纵队党员较少，有少数旧军官没有得到改造和考验。另外还有一些由土匪改编的游击纵队，原封未动，没有进行改造。

在红八军成立的同时，建立了中共左江特委，王逸任书记。成立左江革命委员会，王逸任主席。左江农民运动指导委员会主任、左江工农赤卫大队大队长是何建南。凭祥、宁明、明江、崇善、左县、雷平、养利等左江诸县相继建立了县革命委员会或县工农民主政府。

后来，在党的领导下，红八军和左江人民一起进行了一系列的捍卫革命根据地的斗争，因敌强我弱等原因，很快失败了。剩下的第一纵队千里转战之后到右江和红七军会师，汇入了中央苏区斗争的滚滚洪流。

隆安激战[*]

冼恒汉

  1929 年 12 月 11 日，中共中央派邓斌（邓小平）、张云逸领导广西国民党军警备第四大队和教导队及右江两岸的农军举行名震中外的百色起义，成立了中国工农红军第七军，政委邓斌、军长张云逸。下辖 3 个纵队，共计 2800 多人。我就在这时参加了红七军，开始在第一纵队政治部当宣传员，后任一连政治委员（相当于指导员）。

  右江两岸呼啦啦地竖起了革命红旗——组建红军、建立苏维埃政权。桂系军阀和地主豪绅、反动资本家哪能容得，他们勾结土匪武装，先后于 1929 年 12 月底和 1930 年 1 月初，向革命根据地中心百色发动两次袭击，均被红军击退。

  在连续两次粉碎敌人对百色的袭击和消灭恩隆（今田

---

  * 本文原标题为《从隆安激战到盘阳会议》，收录时做了适当修改。

东）那东、东兰边界那地、百色大所等反动武装之后，部队士气高涨，干部战士要求攻占南宁呼声很高。当时粤系军阀与桂系军阀在粤北和桂北一带正在混战。桂军吕焕炎部在梧州打出了反桂旗帜，造成桂系军阀内部分裂。当时桂军主力集中于平乐、荔浦一带，吕焕炎部又分散于玉林至贵县、南宁一线。南宁守敌只有蒙志仁、张贯之等部不过1500多人，且张部战斗力甚弱。

在此形势下，红七军前委认为：广西敌人在南宁的力量极为薄弱；桂军主力在柳州、桂林一带，受到粤军和梧州吕焕炎部的钳制，无力顾及南宁。因此，决定进攻南宁，进一步扩大红军的政治影响。具体的部署是：以左右江为后方，留二纵队的2个营守百色，赤卫军守平马（今田东县城）；军部率特务营、教导队、山炮连及一纵队、二纵队第一营、三纵队2个营和赤卫军1000余人，从右江向南宁进攻。

按照进攻南宁的计划，红七军各部队开始行动，一纵队于1930年1月21日占领了隆安县城，成立了隆安县苏维埃政府。此时，桂粤军混战形势发生突变，桂军战线南移，改由钦（州）廉（州）进攻粤军，为保障南宁及左右江后方基地安全，桂军派第八路军第七军第二师，以李画新为总指挥，率杨俊昆、覃兴、蒙志仁3个团和岑建英的特务营，从贵县经宾阳、武鸣向隆安直扑过来。

隆安与广西重镇南宁相距70多公里，水路陆路都直通南宁。自古以来，该地是南宁的咽喉，战略地位十分重要。红军攻占隆安后，以一纵队一营和1个重机枪排、1个迫击炮排及刚成立不久的县赤卫队，总兵力约500人守城，并将另一个步兵连前伸到城西约15公里的杨湾村。

2月4日，敌军在隆安城东10公里的小林村渡过右江，分两路从城东连安村和城南的南圩街向县城发起攻击。下午3点左右，敌覃兴部两个连逼近城东，其余敌人抢占了城东南的高地。

敌军兵临隆安城下，枪声四起，红军仓促应战。一纵队司令李谦冒着枪弹观察敌情，身负重伤。部队遂由政治部主任沈静斋指挥。红军官兵斗志旺盛，奋勇还击，以死相拼，保卫刚刚建立的苏维埃政权。一营营长何莽是员猛将，指挥灵活，率队很快将攻城敌兵击退，打开城门追歼逃敌至遂安村附近。因城内兵力空虚，怕有闪失，才停止追击，带领部队回到城中。这一仗，将2个团敌军击退，夺步枪100余支和机枪1挺。

2月5日，敌我双方在城南山坳上激战。敌岑建英营伤亡过半，敌团长蒙志仁受伤抬下阵地。红军一营营长何莽受伤，但他不下火线，仍指挥战斗。

这天下午，李明瑞、张云逸、韦拔群率红七军第三纵队、第二纵队第一营和百色、思林、果德、平马等县的地方武装驰援隆安。3个纵队分三路向敌人展开猛烈的攻击。我中路第一纵队方向是敌必夺我必守的主要作战地域，双方投入兵力多，战斗规模比较大，战斗异常激烈。红军官兵发扬了不怕流血牺牲的精神，打得勇敢，打得艰苦，多次击退敌人的进攻。

7日凌晨，敌人1个连占领了城西高地，红军浴血奋战，击退敌人五次疯狂冲击，给敌军以重大杀伤。战斗一直持续到上午9点左右，敌人援兵赶到，投入战斗。敌众我寡，为保存实力，红军全线撤出战斗。因通信联络不好，撤退时，城内红军和城外红军失去联系，未能撤出。他们孤军奋战，与敌展开巷战，损失惨重。第一纵队政治部主任沈静斋率20余名战士突围出城，因连续作战四昼夜，渡过右江到震东村，体力不支，被反动民团俘虏杀害，为人民的解放事业献出了年轻的生命。

隆安激战，是红七军建立后与桂军的第一次战斗，红军以不足2个团的兵力抗击敌军近4个团，毙伤敌军500余人，红军也付出了极大的代价，伤亡达300多人。

敌占领隆安后，又以重兵进占百色。留守百色的红七军第二纵队二营、三营撤往凌云，然后向东兰方向转移。右江两岸上空一时布满乌云，敌人进占到哪里，就烧杀抢掠到哪里。

红七军隆安失利后，即转移到恩隆县城平马镇一带的山区驻扎。原想在此地等待与从百色方向转移而来的红七军军部直属队及二纵队（欠一营）会合，进而攻打平马。这时，敌已追至并乘机侵占了恩隆县城。

2月12日，据情报获悉，平马之敌已大部开往百色，城内只有1个营兵力，于是，红七军领导决定以军教导队担任主攻，地方赤卫队配合，向平马发起反击，以恢复右江沿岸红色政权。红军与敌一接触，发现平马守敌是覃兴的1个营兵力。双方激战一日，红军打垮了防守平马外围马鞍山的1个营敌人，城内之敌大部则向奉议、百色方向撤退，红军进抵平马镇的牛行街。当夜，红军向扼守牛行街的敌人发动了数次进攻，未果。因怕敌人援兵赶来夹击，红军大部撤退，小部因未得到通知，仍在街里与敌交战两昼夜，后撤出。

红军平马未克，仓促撤出战斗，造成了敌军杨俊昆团从南岸渡右江包抄红军之势，军长张云逸即令红军撤出战斗，向恩隆县北部七里区山地转移。与此同时，敌军蒙志仁团从恩隆、奉议向红七军后路迂回，企图切断红军进入东（兰）凤（山）根据地的退路。红七军匆忙向东兰后撤，进到恩隆县城北部的燕峒、亭泗地区（今巴马县境）时，便与袁任远率领的留守百色撤退出来的红七军第二纵队2个营会合。

2月28日，在亭泗，与迂回之敌蒙志仁团遭遇，双方混战一日，战斗处于僵持状态，各自罢兵。敌退向奉议、百色，红军退至东兰、凤山一带。此次战斗，红军所携辎重、物资损失严重，部队伤亡500多人。

红七军主力撤出亭泗，经过两天两夜的行军，到达凤山县的盘阳区赐福乡驻扎。盘阳是"两多一少",即山多、石头多,土地少,周围几百里都是深山老林,地形险峻,山势陡峭,道路崎岖,易守难攻,是个藏兵的理想后方,因此,敌人也不敢贸然进兵骚扰。于是,红七军领导同志决定在盘阳进行休整,总结作战经验教训。但因这里山地贫瘠,物产不丰,供粮困难,部队的整训工作进展缓慢。红军官兵普遍感到,困在穷乡僻壤,没有出路。要生存,要发展,应该向外出击,扩大游击区,争取人民群众的大力支持。这样,就将如何解决当前部队的给养和弹药问题提到议事日程上来了。

3月初,红七军前委在盘阳举行会议,研究今后部队的行动方针。会议认为,南宁一带敌人兵力强大,是敌人反动统治的中心,红七军向南宁方向发展是不现实的。会议根据右江地区形势的变化和经济状况,认为必须开展游击战争,到敌人统治力量比较薄弱的地方去活动。会上,对开展游击战争的指导思想和今后红七军的行动方针等问题进行了热烈的讨论。会议经过严肃认真的研究,最后决定向外游击。第三纵队留守东兰、凤山地区,继续坚持右江根据地的斗争;一纵和二纵的3000多人,在张云逸、李明瑞的率领下,向河池方向桂黔边游击。

4月30日,红七军出苗山到达贵州军阀王家烈的老巢——榕江县城。上午对该城发起攻击,下午6点攻克,缴获甚丰,基本解决了红七军当时急需的军用物资。

5 月中旬，红七军回师右江，6 月初收复百色，乘胜东下，与各县赤卫队配合，迅速收复田州、平马、思林、果德等县城，至此，右江革命根据地又恢复了原来的面貌。

龙州起义与俞作豫烈士

袁也烈

1930 年 2 月 1 日，我党领导的广西龙州起义打垮了国民党反动派在龙州的统治，摧毁了法帝国主义在龙州地区政治上、经济上的特权。后来，由于敌强我弱、力量相差悬殊，斗争失利，但是这次起义却给龙州人民和广西各族人民继续革命、夺取新的胜利以极大的鼓舞。我党在龙州起义中的主要组织者和领导者之一俞作豫同志在斗争中英勇果断的革命精神，给大家留下了永远难忘的深刻印象。

俞作豫是广西北流县人。青少年时求学于北流中学。毕业后考入广东燕塘讲武学堂受训，随后参加桂军部队任营长。1925 年秋，国共合作的广东革命政府为了消灭军阀陈炯明的残余势力，统一广东，在第二次东征胜利后，又接着进行南征。俞作豫在桂军俞作柏部，参加了讨伐广东南路军阀的茂名等战役。当时，在声势浩大的省港工人大罢工的影响下，两广的工农革命运动正在蓬勃发展，俞作豫开始阅读一些革命书刊。1926 年，他参加北伐战争，任国民革命军第七军第一师李明瑞旅的团长。他英勇善战，在夺取汀泗桥、贺胜桥的战斗中，立下了赫赫战功。

1927 年 7 月，他离开部队经上海到香港。同年 10 月加入中国共产党，12 月参加举世闻名的广州起义。1928 年春，回到了北流，任中共北流县委委员、县委书记。

1929 年初，俞作豫受党组织的派遣，赶往武汉，以找亲戚关系谋职为名，再次到李明瑞部任团长，从事革命活动。这些经历，使他在武装斗争和地方工作方面都积累了不少经验。同年 4 月，蒋桂战争结束。5 月，李明瑞率领部队从武汉取道广东回广西。俞作柏任广西省主席，李明瑞任广西绥靖公署主任（又称司令）。俞作豫也随部队回到广西，就任广西警备第五大队大队长。俞作柏、李明瑞反蒋失败以后，在党中央代表邓小平领导下，俞作豫率领部队奔赴龙州，兼任龙州督办。龙州起义，正是俞作豫利用其督办的地位，发动群众，组织武装，高举革命红旗。这场起义是继我党在右江百色起义之后，在左江龙州一带，摧毁国民党反动派统治的又一次重大革命行动。

龙州地区与越南接壤。当时，从镇边（即今那坡县）、靖西、硕龙、镇南关（即今友谊关）到东兴，近千里的边界各县，是法帝国主义在我国的势力范围。法帝国主义攫取了这一地区政治上、经济上许多特权。特别是在经济上，当时龙州地区实际上已经殖民地化。例如：无论城市和乡村，凡货物交换，都以"法光"（法国光洋）为主币。而中国币只能做辅币使用。中国人失去了自己应有的主权地位。同时，在农村中，还普遍存在着封建地主阶级的残酷统治。有些偏僻地区甚至还实行土司制度，保留某些奴隶制的残余。广大人民在帝国主义、封建主义的残酷压迫和剥削下，过着牛马不如的生活，革命要求十分强烈。因此，早在大革命时期，龙州地区在共产党领导下，就曾开展过轰轰烈烈的革命群众运动。但为时不久，大革命失败了，革命群众运动也被国民党反动派镇压下去了，许多党员被迫转向外地。俞作豫到龙州后，一些在外地活动的共产党员，纷纷被派回龙州工作。

俞作豫到龙州任督办，只带了一个团的部队，即广西警备第五大队。这个大队当时党员少，从南宁到龙州时，只有六七个党员，除俞作豫外，还有后任龙州督办公署警卫营长的宛旦平等。到龙州不久，副大队长蒙志仁就带着大队部和二营叛变。接着，三营也叛变。这时俞作豫直接指挥的部队只剩下第一营和由宛旦平领导的督办公署警卫营。这两个营的战斗力还是比较强的，但政治素质差。部队的基层组织基本上掌握在原国民党军官手里，他们中相当一部分人是反对起义的。如何把这支部队改造成为起义的中坚力量，这是起义之前的中心工作。此外，还有龙州各县警备队和边防对汛局的边防巡查部队有人、枪各二三千。在俞作豫影响下，全部或部分争取这些部队参加红军，不但是可能的，而且是非常必要的。这也是起义之前的另一项重要工作。当时，龙州地区的地主民团武装、土司衙门武装以及散兵游勇和土匪等，不但数量大，而且分布广，坚决与我们为敌。俞作豫等同志就是在这种艰苦条件下，进行起义准备工作的。

这时，两广军阀正在混战，必须抓紧起义，以免贻误战机。党组织和俞作豫，对敌我力量进行了对比分析，认为有许多重大问题摆在面前，例如武装斗争、土地革命，等等。解决这些重大问题需要做很多工作，需要斗争经验丰富的领导干部。1929 年 12 月初党中央代表邓小平率领何世昌、严敏、我（当时叫袁振武）由百色到龙州，部署龙州起义和建立红八军的工作。另外党中央和南方局还派来了一些干部。我是从上海由中央军委派来的，分配在警备第五大队第一营工作。

领导龙州起义的组织名称，我记不得了。那时参加会议的人，主要是邓小平、俞作豫、何世昌、严敏、何建南等。有时，也吸收相关人员参加。俞作豫在起义的问题上是坚决的。由于当时的斗争十分复杂，邓小平、俞作豫、何世昌做了很多工作。我曾参加过两次会议：一次是起义前夕的准备会议；一次是成立革命委员会的筹备会议。关于改造旧军队的问题，就是这一组织决定的，主要措施是在连队建立士兵委员会，并赋予该委员会监督行政管理和经济之权，有建议撤换军官职务之权。其行动口号是：反对克扣军饷，反对贪污伙食费用；反对打人骂人，实行官兵平等。采取的方法是发动士兵群众，开展诉苦运动，大诉阶级压迫、剥削之苦，大诉旧军官侮辱、打骂、虐待士兵群众之苦，联系实际对部队进行阶级教育。我们在部队中推行了这一经验，当即收到良好的效果。不到一个月的时间，不少连队普遍建立了士兵委员会，士兵的阶级觉悟空前提高，革命意志十分坚定。少数虐待士兵的反动军官，被士兵揭发而有计划地撤换了。从此，部队面貌为之一新。这个工作，俞作豫是主要领导人之一。此外，在争取边防部队和县区武装到革命方面来，以及恢复工会、农会组织方面，俞作豫都做了大量的工作，并获得了较好的成绩，给龙州起义准备了有利条件。

1930年2月1日这天，在龙州的新填地广场上召开了盛大的工农兵群众大会。这时，邓小平已去上海向党中央汇报工作。会上，由俞作豫、何世昌等领导宣布了我党土地革命的行动纲领和各项政策，号召人民立即在左江各县行动起来。接着宣布成立中国工农红军第八军，由俞作豫任军长，邓小平兼任政治委员，何世昌为政治部主任。红八军的部队以改造后的第五大队第一营和督办公署警卫营为骨干，加上整编后的县区武装和边防部队，成立2个纵队，即第一纵队和第二纵队。这就是在左江地区第一次出现的一支新式的工农群众自己的武装部队。

不久，桂系反动军阀集中优势兵力，于3月20日，向我龙州发起突然袭击。这时，我军第一纵队正在靖西讨伐叛军。军部正率第二纵队在龙州城内及以南活动。在龙州城内，正在召开被土匪杀害的何建南烈士的追悼大会。我军对敌人这一突然袭击，猝不及防。龙州被包围，由于敌众我寡，力量对比悬殊，造成战斗不利局面。这次战斗，我第二纵队和工农赤卫队掩护军部突围，苦战一天，第二纵队纵队长宛旦平和第一游击队政治部主任严敏均壮烈牺牲。正在围攻靖西的第一纵队，由于与龙州联系中断，星夜赶回龙州增援，但为时已晚。到达雷平时，龙州已陷敌手，敌人又以全力指向我第一纵队。我第一纵队继续高举红八军旗帜，转移到敌人外围，开展游击战争，转战于广西、云南、贵州边境，历时半年之久。后与红七军在广西凌云县上岗（今属乐业县）会师。会师后，编入红七军。至此，红八军的活动，遂告结束。

俞作豫突围以后，继续受到敌人追击，部队基本失散。面临这一复杂情况，俞作豫决定去香港找党组织。他到了香港，误与叛徒接头，被引渡到广东深圳车站而被捕入狱。在狱中，受尽了敌人的严刑拷打，他始终坚贞不屈，同敌人进行了顽强的斗争。1930年9月6日早，年仅30岁的俞作豫被国民党反动派杀害于广州红花岗。临刑前他昂首高呼"打倒国民党！共产党万岁！"的口号，英勇就义，表现了一个共产主义战士大义凛然、宁死不屈的崇高品质。

俞作豫牺牲后，左江地区的革命军民在党的领导下，以俞作豫等烈士为榜样，发扬前仆后继的无产阶级大无畏精神，继续高举义旗，掀起了新的革命怒潮，在以后的历次革命战争中都做出了自己应有的贡献。

都安县苏维埃政府成立前后

韦世编

　　大革命时期，韦拔群派农民运动特派员陈铭玖（东兰人）到都安西部开展农民运动，建立农民协会。到1927年，全县先后建立镇江、江州、大化、镇西、隆福、拉烈和县城等100多个乡村农会和农民自卫队，在此基础上又建立县农民协会。各级农会建立后，以武力为后盾，推翻了由封建豪绅把持的反动政权，没收了他们的部分财产分给贫苦农民，取消了苛捐杂税。在农会和自卫队的建立过程中，培养和造就了一大批经过斗争锻炼的革命骨干分子。这就在政治上、组织上和军事上，为之后建立新的工农民主政权奠定了基础。

　　1929年12月中旬，韦拔群派黄大权（红七军某师参谋长）、黄宗、覃冠北等人到都安西部同陈铭玖一道指导都安县苏维埃政府的筹建工作。他们深入各乡，宣传右江革命斗争的形势，介绍红七军和右江苏维埃政府成立的情况，鼓励各级农会做好各项工作，迎接革命新高潮的到来。

12 月底，黄大权、陈铭玖等人在隆安乡达墨村（今江南乡江州村达墨屯）召开各级农民和农军领导人会议，选举产生了都安县苏维埃政府的领导班子，中共党员覃道平、黄梓英分别当选为正、副主席。县苏维埃政府内设军事、民政、宣传、财政、文化等六个科，韦仕祥任军事科科长，黄凤尉、韦碧山任民政科科长，我、吴介三任宣传科科长，唐向岩、覃桂才任建设科科长，韦忠武、唐毓东任财政科科长，覃瑞梧、覃西仑任文化科科长。会议同时决定，以镇江自卫队为基础，组建都安县赤卫营，由县苏维埃政府直接领导和指挥，覃道平兼任营长。

都安县苏维埃政府的成立，标志着都安革命斗争发展到了一个新的历史阶段。它是都安县人民为反封建、求解放而建立起来的新型工农民主政权，进一步推动都安革命运动的发展。

县苏维埃政府成立后，都安各族人民欢欣鼓舞，扬眉吐气。然而，各乡大小土豪却视为眼中钉，他们大肆造谣，欺骗群众，威胁农会贬低苏维埃政府成立的意义，还不时出动小股武装在苏维埃政府驻地周围骚扰。

都阳团统黄永然，网罗镇江、江州等地的大小土豪武装，从三面围困县苏维埃政府驻地隆安乡达墨村。为了打击敌人的嚣张气焰，县苏维埃政府于翌年 1 月中旬指挥县赤卫营突袭达墨土豪黄志柏和卢老柏，没收他们的白银 14 担、耕牛 10 余头，及其他物资一批。除留部分做政府活动经费外，其余都分给贫苦农民。

是月下旬，都安县赤卫营联合恩隆县（江州）农军，分路合围都阳黄永然的反动民团武装。当战斗打响后，黄永然化装逃往七百弄，其团队大部也逃散，黄的帮凶和从恩隆逃到都阳的土豪黄瑞祥、韦特三、韦特六、韦特七等 13 人被俘。攻克都阳之后，在都阳召开数千群众祝捷大会，会场锣鼓震天，热烈非凡。覃道平在会上宣布都安县苏维埃政府成立，并同时处决黄瑞祥等 12 名土豪。下午时分，韦拔群及其警卫队赶到都阳，接见了苏维埃政府领导人，视察了农军，观看了处决土豪的现场。当天晚上，韦拔群召开了县苏维埃政府和赤卫军领导人会议。他介绍右江革命的大好形势，布置新的战斗任务，号召赤卫军乘胜前进，攻打都安县城。同时宣布批准都安县苏维埃政府的成立。从此，都安县苏维埃政府的牌子就挂在黄永然的大院门口。

县苏维埃政府遵照韦拔群的布置，积极主动向敌人发动攻势，以巩固新生政权，扩大苏区。翌年 1 月 30 日，县赤卫营从都阳出发，攻打丹桂、古河的土豪武装，以打通从都阳至都安县城的通道。覃文贵等土豪率部逃跑。丹桂、古河解放。2 月 3 日，县赤卫营在古河召开祝捷大会，宣布成立古河区苏维埃政府，唐向岩任主席。与此同时，定岩区、江州区、镇嘉乡等也宣布成立苏维埃政府，各区乡自卫队改编为赤卫队。

2月7日，县赤卫营分两路从古河向县城进发。覃道平率县赤卫营的3个连经大化与花联君的赤卫队会合为一路。唐向岩率县赤卫营的2个连经合安与花卜凤的赤卫队会合为一路。覃友松也率领拉烈赤卫团从东面向县城进攻。形成东西两面夹击县城之势。当赤卫军逼近县城之际，县长王文翰和县团务总局局长韦还甫率部弃城逃往那马县。几天后，他们勾结那马县民团陆东海部向都安县城和大化一带反扑。赤卫军被迫弃城撤向西部，敌人尾追至古河、镇江、都阳一带，县苏维埃政府被迫迁回达墨，据险固守。

县赤卫营退回达墨之后，国民党增调武鸣团管区陆福祥部从西南面配合陆东海和都安、恩隆两县民团武装，转攻达墨、江州的赤卫军。覃道平、唐雨田分别率两支赤卫军与敌周旋。3月27日，红七军营长何子祁带1个营赶来支援，夹击陆东海部于达墨山脚与红水河之间。打死、淹死敌兵200多人，伤敌一批，缴获大批武器弹药和物资。陆东海和陆福祥部仓皇撤走。此次反击战的胜利，给赤卫军赢得了一个短暂的休整时间。县赤卫营受命整编为红七军第三纵队独立十三营，覃道平任营长。整编后，覃率队上东兰与红军主力会合。覃道平走后由覃桂才代理县苏维埃政府主席。7月，县苏维埃政府领导班子改选，韦碧山接任主席。8月，韦碧山上东兰向韦拔群汇报工作，返回途中得知江州、达墨被敌封锁，便改道回东兰。同花联君一道领导大化地区的反"围剿"斗争。黄凤尉接任县苏维埃政府主席。同年12月改选，覃瑞梧任主席。

　　县苏维埃政府及其部队退守达墨期间，遭到都安、恩隆两县的反动民团武装从南北两头夹击。这时候，已改编为红军的县赤卫军营主力已调到东兰，留守达墨的只有数十人枪。在敌众我寡的情况下，形势日益恶化。为了便于防守，以保存兵力，县苏维埃政府及其武装只好驻进达墨村背的一个大岩洞（称"达墨洞"），以岩洞为依托抗击敌军。是年11月至翌年2月，覃利祥、杨家德等几股土豪武装，轮番攻击达墨洞长达四个月之久，终于步步逼近洞口，接着，他们用火烟和辣椒熏岩洞。在危急之际，县苏维埃政府及其武装被迫于2月中旬突围出洞。除少数人上顶劳山与右江赤卫军独立营会合外，大部分分散隐蔽。同年5月，顶劳山被敌攻破，都安县苏维埃政府即完全解体，苏区全部陷敌，革命陷入低谷。

壮族农民运动的卓越领袖韦拔群*

黄　荣　黄美伦

　　中国共产党优秀党员、广西农民运动先驱、中国工农红军第七军和广西左右江革命根据地的创建者之一的韦拔群同志，是我们深为崇敬和爱戴的好首长、好长辈，也是壮乡人民众口赞誉的卓越的共产主义战士。

　　1925 年夏，骄阳似火，韦拔群风尘仆仆地从广州回到了灾难深重的壮乡。他回顾在广州农民运动讲习所学到的新鲜革命理论，总结过去领导农民武装斗争屡遭挫折的重要原因，就是缺乏明确的政治纲领和远大目标。他决心按广州农讲所传授的革命真理，一切重新干起。因此，他一回到家乡，就立即召开农运骨干会议。会上激动地对大家说："干革命，不能光凭一股热情和冲动，而要有革命理论指导。我这次回来，不能再像过去盲人骑瞎马那样蛮干，而是要有组

---

　　* 本文原标题为《忆壮族农民运动的卓越领袖韦拔群》，收录时做了适当修改。

织、有计划、有步骤地干，大干他一场，干他个翻天覆地满天红。"一个新的武装斗争宏图在韦拔群心里跃动！

为了实现这一目标，他先抓了对百姓骨干的培训。他与战友陈伯民一起，依照广州农讲所的做法，在东兰县武篆区北帝岩（后改称列宁岩）举办了广西最早的农民运动讲习所。

北帝岩位于武篆拉甲山上，原为群众春天祭祀北帝神的地方，岩洞内平坦宽敞，雄伟壮观，可容纳1000多人，是一个天然的课堂。

韦拔群克服了种种困难，于1925年9月正式举办了第一届农讲所，他亲自给学员讲课，经常用本地区阶级斗争的事例和通俗生动的语言，把革命道理讲得深入浅出、风趣盎然。

每天一大早，他便带领学员在山坡上做操、跑步或爬山，然后到河边洗冷水澡，冬天也坚持这样做。有些学员怕冷，他便教育学员说："冬天不冷就不像冬天，夏天不热就不叫夏天。革命人怕吃苦就不能革命！打仗的时候，哪能容你夏天撑把伞，冬天带个火笼？敌人更不会选定晴日天暖的日子来捣乱的！"他要求学员要锻炼出三个品性：一是立场坚定，意志刚强，不怕难，不怕死，为党和人民的利益不怕牺牲自己；二是要有结实的身体，能跑能跳，能吃苦耐劳；三是对敌斗争要灵活勇敢，大胆细心，变化无穷。这样，才能锻炼成有用的革命干部。

农讲所是一所新型的军政合一的革命学校，学员既学政治，又学军事，学员学习的课程有政治经济学概论、社会发展史、俄国革命史、农民运动章程、军事知识和训练等。他反复要求学员学好革命理论和农运章程，按他的话说，就是"好书不厌百回读"。同时，还非常重视学员的军事知识学习和军事训练，每星期安排星期一、星期三、星期五下午进行军事训练，并聘请本地和外地有丰富军事知识经验的人到农讲所担任军事教官，还聘请拳师教学员打拳。有些学员开始训练时感到笨手笨脚，他便经常到训练场地给予指导、鼓励，提高他们的信心。

农讲所坚持理论联系实际的原则，他经常组织学员走出课堂，深入农村进行社会调查和宣传，帮助组织农会、农军，并参加清算豪绅地主、打击贪官污吏的斗争，有效地提高学员从事农民革命斗争的实际工作能力。

经过努力，原来传播"命理由天"的北帝岩变成各族农运骨干学习马克思主义的大课堂和培育干部的摇篮，它像黑夜里的一座灯塔，照亮了壮乡各族贫苦农民的心，成为"乾人"（壮语，穷人之意）翻身解放的靠山。有的群众拉着豪绅地主到农讲所告状；有的群众送子女到农讲所参加学习；有的群众挑着木柴、蔬菜送给农讲所，帮农讲所解决经费困难等问题。在农讲所的宣传、发动下，附近农村的农民革命斗争更加蓬勃发展起来。

北帝岩农讲所的兴办，成为阶级敌人的心头大患。一天，被农民运动吓得三魂出窍的武篆区大土豪杜八带着农讲所写的传单和标语，钻进县城向知事黄守先告状说："韦拔群这野仔从广州回来后，如虎添翼，擅自在北帝岩举行农讲所，煽动刁民造反，如果不派兵弹压，任其造反和赤化下去，我们就要变成他们的枪口靶了！"

老奸巨猾的黄守先，早就把农讲所视为眼中钉、肉中刺，听了杜八的告状后，对农讲所更是恨之入骨。他于同年12月，亲自率领100多名县警，伙同武篆、江平的反动武装，气势汹汹地扑向农讲所，把农讲所围个水泄不通。

韦拔群早已做好防卫的准备，采取开门打狗的阵法，事先把大部分学员撤离到附近村庄埋伏起来，只留少数学员在洞里佯作抵抗。他指挥洞里的学员凭借有利地形，英勇地还击一阵敌人后，便悄悄地沿着洞内的"通天隧道"神速向山后撤退，敌人见洞内不再还击，便壮着胆子，搬来干柴、杂草到洞口，把农讲所烧得火光冲天。黄守先看着这熊熊烈火，以为韦拔群和学员已被烧死，便得意扬扬地率队伍到中和乡那禄村驻防，他们在村里杀牛、宰猪，大吃大喝，行令猜拳，庆祝"胜利"。

正当敌人喝得半醉不醒时，韦拔群便按照原来的计划，率领农讲所学员和附近农军共300多人，悄悄地来到那禄村，向敌人发起突然袭击，把敌人打得屁滚尿流，乱作一团。黄守先知道中计，便命令残兵突围夺路，从兰木一口气逃回县城，连续几天魂不守舍。

通过还击黄守先，韦拔群给农讲所的学员上了一堂政治课和军事课。第一届农讲所在战斗中提前结业。后韦拔群又于1926年和1927年举办两期农讲所。黄美伦同志就是第二届农讲所学员。即使在蒋介石发动四一二反革命政变后，韦拔群仍抓紧时机在武篆继续举办第三期农讲所。到1927年9月，敌人进犯凤山、东兰县时，农讲所才被迫停办，韦拔群便率领第三届农讲所学员前往凤山参加反"围剿"战斗。黄荣同志参加这届农讲所进行学习，并参加了这次反"围剿"战斗。

这三届农讲所，共为右江地区11个县培训了各族男女农运骨干500多人，这些学员经过一段时间的学习，回到农村革命斗争第一线，点燃了农民武装斗争的烈火，有力地推动了右江地区农民运动和革命武装斗争的蓬勃开展。

1927年8月，正当韦拔群在武篆抓紧举办第三届农讲所时，新桂系军阀派第七军第五师师长兼田南清乡督办刘日福部的黄明远营由百色经凌云向凤山县城进犯，并准备调派第五师的龚寿仪团和第七军直属部队林廷华营大举"清剿"东兰农军。敌人采取"分兵突破，全面进攻"的战术，妄图分散农军兵力，各个击破，气焰很嚣张，叫嚷"三个月内把东兰、凤山的农军全部消灭光"。

韦拔群闻讯后，立即在东兰县兰木区主持召开由东兰、凤山、凌云、百色县农军领导人参加的紧急军事会议。会上，韦拔群沉着、镇静，他分析当前严重的斗争形势，传达贯彻中共地下党领导的广西临时军政委员会关于武装反抗新桂系军阀血腥屠杀政策的指示，决定趁新桂系军队尚未形成对东兰、凤山包围态势之际，集中农军力量，歼灭进犯凤山县城的黄明远营。会上为加强对东凤地区农军的统一领导，适应反"围剿"斗争需要，正式宣布成立右江农民自卫军第一路军，韦拔群亲自担任总指挥，下设3个团和1个独立大队，要求各县农军加紧做好反"围剿"斗争的准备。

8月15日，当黄明远营进占凤山县城时，韦拔群立即率领农军3000多人包围凤山县城，先令农军第三团指挥员黄松坚、廖源芳攻占城郊巴旁、巴烈、弄郎等外围据点，并在久架与黄明远营的一个连展开激战，毙敌连副一个，士兵数人，敌龟缩在县城内。同时，命令独立大队与驳壳队、特务连等游击二都（现田阳百育镇和田东仑圩一带旧时的贯称），佯攻百色，扰敌后方；派韦国英、牙美元等到南丹那地一带组织武装暴动，以牵制凤山东面的敌人；还派人到河池联络绿林武装潘天甫，以孤立敌人的活动。8月17日，韦拔群写信给农军第二团指挥员黄大权，要他率该团进驻平乐，构成对黄明远营包围之势。这些部署，使黄明远营不敢轻举妄动，被围困在县城达一个月之久。

当他准备向凤山县城发起总攻时，新桂系军阀令第五师副师长朱为珍所部的龚寿仪团和林廷华营伙同地方反动武装共2000多人，分三路从百色和田州、河池窜犯东兰。为了保持有生力量，韦拔群便指挥第一路农军在凤山县的盘阳、赐福、凤凰、巴盘和东兰县的江平、武篆、都邑等地分头阻击敌人，然后主动转移到峰峦叠嶂、地势险要的西山，坚持与敌人做长期的武装斗争，设指挥部于西山平峒。

在西山里，韦拔群利用有利地形，运用灵活机动的战略战术，时而据险伏击，时而主动出击；时而化整为零，时而集零为整。尽管龚寿仪团把西山四面围得水泄不通，限令山内农民迁出把房子烧掉，并疯狂实行惨无人道的"三光"政策，但农军不但没有被消灭，反而打得敌人疲于奔命。

同年10月，龚寿仪集中兵力分数路进攻农军驻地的弄美，妄想直捣西山的后方。韦拔群便采取诱敌深入、分段歼敌的战术，先派小队与敌人交火后且战且退，把敌人引诱到农军设伏的山地，然后分段穷追猛打，充分发挥土枪、土炮、土地雷的威力。龚寿仪知道中计，急令集中火力突围，但撤退不多远，韦拔群又集中优势兵力紧紧追击，经过11个昼夜的战斗，龚寿仪眼看打下去有全军覆没的危险，便丢下累累尸体，狼狈地带着残部溃逃。农军共歼敌400多人，缴获武器弹药一大批。此役大捷，农军声势威震四方，大大鼓舞了各族人民反"围剿"的斗志。

同年11月20日，朱为珍在东兰县城召开"第一次东兰全属团务会议"，决定加紧"搜剿"农军，并决定改原来全面进攻的战术为长期周旋的战术。会后，敌人除留下一部分兵力驻守重要地段外，集中主力，刀锋直指西山一带，妄想在长期围困下，使西山农军弹尽粮绝，自行瓦解。

这时，韦拔群根据此新情况，与各团农军指挥员研究后，决定将退入西山、中山、东山等地的各团农军整编为数十支精干的农军暗杀队，派赴东兰、凤山、凌云、百色县广大乡村广泛开展夜袭战、地雷战、伏击战等游击战争，消灭敌人的有生力量。

他经常派出一小队一小队的农军暗杀队，越过封锁线，深入到敌人腹地的武篆、江平、那论、太平等乡村的敌军驻地贴标语、发传单、打冷枪、埋地雷、杀奸细，弄得敌人彻夜不宁。

一天，农军暗杀队在那论乡的更表坳伏击民团队队长韦鞍邦，击毙其卫兵一人。当敌军闻讯赶到时，暗杀队队员早已逃得无影无踪。当时，暗杀队还事先在更表坳上贴着这样的标语："打倒军阀龚寿仪！"并在附近安上一木炮，装上火药、铁砂，瞄准坳口，当敌军围看标语时，暗杀队即点燃木炮，杀伤敌军数名后穿进森林向西山退却。

又有一次，一支农军暗杀队在黑夜里摸到太平区的敌人驻地外围，埋下了地雷，上面放了一些衣物，旁边还放着一些酒肉鸡鸭。第二天一早，敌人以为是过路商人被打劫后拿不完的，大家争着去抢，结果，土地雷一一爆炸，敌人死伤不少。事先埋伏下来的农军又用土大炮轰击，敌人死伤更多。

1928 年 3 月 12 日，韦拔群探悉兰泗团局力量薄弱，便派黄大权的弟弟黄大业率 300 多名农军，从西山奔袭兰泗团局，击毙了前任东兰县知事的团总韦钟璜，缴枪10多支。

同年4月，他获悉武篆民团队队长陈恩良率数十个团丁到那论乡抢粮食的消息，立即派出农军前往截击，激战半天，民团伤数人，丢下粮食退回武篆。

韦拔群就是这样率领农军神出鬼没地打击敌人，以少胜多。经过一年艰苦的战斗，同年6月，被农军拖得筋疲力尽的朱为珍师龚寿仪团等部调回百色，敌人对东兰、凤山历时一年多的"清剿"，终于以失败而告终。

1929年6月，广西政局发生了有利于革命的变化，中共中央派邓小平等同志到南宁领导武装革命斗争工作。从此，广西的革命武装斗争进入风雷激荡的新时期。

同年8月，韦拔群化名"农友三"，秘密到南宁出席广西省第一次农民代表大会，会上，他被选为广西农民协会筹备处副主任委员。

在南宁期间，通过党组织的内部活动，省政府同意以成立"右江护商大队"的名义，拨给东兰、凤山农军一个营的武器装备。他立即抽调300多名优秀农军到南宁领枪和训练，每人领到一支汉阳造的步枪和400多发子弹，他高兴地对大家说："我们有了这些真家伙，回去就可以把敌人像抓鸡崽一样抓了！"

同年9月中旬，韦拔群从南宁率领这一支经过短期训练的生龙活虎般的农民武装队伍，雄赳赳、气昂昂地回到东兰县武篆那论村。逢第二天（9月14日），中共东兰县第一次代表大会在那论村召开，传达、贯彻中共广西"一大"会议精神，韦拔群出席了此次会议，并被选为县委委员。会议根据省"一大"精神，做出迅速解放东兰，建立苏维埃政权，实行土地革命的决议，韦拔群深受鼓舞。

为了贯彻省和县党代会的精神，迎接全省武装起义的高潮，韦拔群与中共广西特委派到东兰的军事教官钟鼎商议，制订了解放武篆、三石及东兰县城等计划。按其计划，他于同年9月16日，以东兰县革命委员会军事部主任的名义，命令从南宁领枪回来的新编农军第一连（连长陈恩深）、第二连（连长黄世新）、第三连（连长黄玉温）和附近民兵，于17日拂晓，分路向武篆的土劣民团进攻。当时，驻扎在武篆圩的民团武装约数百人，武器弹药比较充足，大都是龚寿仪团撤回百色时留下的。他于16日晚上命令六洞民兵队队长韦道安率民兵在甲里设伏，同时令黄大业率兰木、泗孟民兵从林乐上圩向武篆靠拢，拂晓时令黄玉温连从竹田村背后居高临下射击敌人，韦拔群与钟鼎率领黄世新连由巴学方向进攻，陈恩深连取北路与黄大业会合堵击败退之敌。战斗打响后，农军斗志昂扬，加上枪精弹足，个个像猛虎下山一样英勇地向敌人冲击。开始，敌人跳出闸外顽抗，后见农军火力猛烈，遂向北溃逃，遭到陈恩深、黄大业两部合力堵击后，其残部又向甲里溃退，又被韦道安率领的民兵截击，敌人死伤无数。武篆有名的大土豪陈舜裔被农军追至六老坡时击毙。武篆获得了解放。

同一天，韦拔群为使武篆与三石的敌人首尾不能相顾，命令新成立的农军第四连连长黄昉日率领该连战士分三路攻打三石区的团局武装。当时，200多个团丁凭着坚固的寨子，死守在闸内顽抗。黄昉日按韦拔群的部署，组织一支农军砍闸队，在火力掩护下，勇猛将敌人据点的闸门砍开。经过一天一夜的激战，敌人趁黑夜向板弓方向逃跑，三石获得解放。

　　接着，他指挥农军先后扫荡都彝、羌圩区等地的反动武装，势如破竹，击毙了羌圩区大土豪谭典章，缴获敌人大批武器弹药，为解放东兰县城打下基础。

　　同年10月中旬，邓小平等率领中共在南宁掌握的广西警备第四大队等武装挺进右江地区，与当地农民运动相结合，准备举行百色起义，建立革命根据地。他们将从南宁运到百色的枪支分发给各县农军，韦拔群又派农军到百色领到了几百支枪，进一步加强了农军武装力量。在第四大队帮助下，右江地区的农民武装斗争更加蓬勃开展。该大队曾与农军相配合，于10月底胜利歼灭了与右江地区土豪劣绅相勾结的反动的广西警备第三大队熊镐的武装共1000多人，使各县农军受到极大的鼓舞。

　　这时，困守在东兰县城的敌人已成了瓮中之鳖。韦拔群认为攻打反动巢穴东兰县城的时机已成熟，便于同年11月初，以县革委会军事部主任名义，向全县农军发出了解放东兰的命令。他亲自率1000多名农军，神不知鬼不觉地来到东兰县城郊，设行营和指挥部于巴拉村，其攻城部署是：派陈恩深连从县城背后进攻，若敌人向安篓方向溃逃，该连则转向板磨村堵击；派黄玉温连由郎团村向县城进攻；派迫击炮连上郎团后背高坡向县城轰击；派黄昉日连及机关枪连从岩纳村和那亨村夹击堵截败敌。韦拔群和钟鼎亲自到郎团前线指挥。

攻城战斗于拂晓打响，韦拔群一声令下，各路农军挥刀举枪，向守城敌人猛扑过去，迫击炮弹也连续落在县城内，不断轰响。守城 1000 多个警兵和团丁，在县城背后与农军交战不到一个小时，见农军声势浩大、火力猛烈，立即溃退，狼狈地向安篓隘洞方向逃跑。陈恩深连长即率部转往板磨村堵击逃敌，在岩纳村和那亨村设伏的黄昉日、农伯烈两个连农军，见逃敌夺路过来，突然向败敌猛打猛冲。紧追在敌人后面的黄玉温连也赶到，敌人遭受前后夹击，死伤无数，沿途丢弃无数枪支和其他物品，反动县长邬尘曼，揣着官印，随着残匪仓皇渡过红水河，差一点被农军活捉，行李都丢在了红水河边。农军乘胜追过红水河，与敌激战于隘洞，敌不支，向三旺、长老等地逃散，于是东兰县城获得解放。第二天，韦拔群在县城召开数千群众的祝捷大会，并把县革委会从武篆搬到县城办公。

县城解放后，韦拔群立即指挥各连农军，迅速解放了东兰全境。同时，派黄世新连长率该连农军上凤山县，配合该县农军解放凤山县城。这为百色起义打下了良好的基础。

同年 12 月 11 日，在邓小平等领导下，震惊中外的百色起义胜利举行，宣告成立红军和右江苏维埃政府。韦拔群率领的东兰、凤山等县农军，被编入红七军第三纵队，韦拔群担任该纵队队长兼右江苏维埃政府委员。在这火红的日子里，韦拔群的精神更加振奋，一方面率领该纵队红军战士，肃清各地反动武装，帮助地方建立苏维埃政府，开展土地革命运动；另一方面，积极动员各族人民踊跃参军支前，扩大红军力量。

1930 年 2 月初，红七军主力在隆安县城同敌人激战，韦拔群率领这支尚未经过正规训练的红军战士，担负了左侧进攻任务。在激战中，韦拔群指挥部队给予敌人重创，充分显示出他的军事指挥才能。

1931 年春，新桂系军阀乘红军主力北上之机，立即调派万余兵力，分路对右江革命根据地进行了空前残酷、惨无人道的反革命"清剿"。桂军第十九师师长廖磊（后任七军军长）设指挥部于东兰县城。他在东兰县高等小学召开的军事会议上，声嘶力竭地叫嚣着："石头要过刀，人要换种！三个月踏平右江苏区！"

韦拔群被安排留下坚持根据地的斗争。在大敌当前的严峻时刻，他与陈洪涛（右江特委书记、红二十一师政委）、黄松坚（红七军二十一师副师长）一起，率领新组建起来的二十一师指战员和右江地区各族人民一起，进行了艰苦卓绝的反"清剿"斗争。

反"清剿"斗争开始后，韦拔群采取积极防御的方针，避开敌人的锋芒，命令红军主动撤出县城，坚持长期的、灵活的游击斗争。红军撤离县城前，在所有的交通要道、学校、隘口埋下土地雷，炸得敌人抱头鼠窜，寸步难行。同时，实行坚壁清野，使敌人每到一处，要柴无柴、要米无米，而迎接敌人的，除了地雷外，还有一张张骂国民党反动派四字经、劝国民党士兵转变为工农红军四字经的传单。当时，流传着他与廖磊斗武、斗智、斗气的故事。

一天早上，一队廖磊的士兵赶着一群水牛、踩着牛的脚印，畏畏缩缩地从东兰往武篆的山路上前进，因他们已吃够了土地雷的亏，故拉群众的耕牛走在前面扫雷，以为这样可以保住其狗命。但敌人做梦也没有想到，韦拔群早已部署沿途军民，改埋成拉发地雷，当敌人进入雷区时才拉引线。这时，牛群听到地雷响声，到处乱撞，而埋伏在山路两旁的红军战士，便从山头扑下来，左右开弓，把敌人打得晕头转向，有的挨牛撞，有的挨弹击，有的挨石头砸，死伤无数。敌人每前进一步，都要付出血的代价。

当时，进犯凤山县的有黔军王海平部的一个团和廖磊派去的百色民团指挥官岑建英带领的地方反动武装。黔军是到广西避难的"客军"，与桂军有矛盾。黔军被利用为桂军卖命，却得不到军饷、子弹和医药等给养。韦拔群了解到这些情况后，从东兰赶到凤山县，与该县红军干部商量，制定了一个以敌攻敌的战斗方案：一方面对黔军开展政治攻势，派红军战士于晚上到黔军驻地喊话："红军专打桂军，不打黔军！"并在行动上有意避开黔军，以加深敌人内部的矛盾。另一方面，先叫人仿照廖磊的笔迹，以廖磊的名义，写一密令给驻凤山县桂军营长兼凤山县县长罗颂康，然后派一名红军战士化装成农民，将此密令放在竹棍里当成拐杖，大摇大摆地向黔军驻地走去。当哨兵喝令盘问时，他假装惊惊慌慌，丢下竹棍，撒腿向山林跑去。那个哨兵将竹棍破开，见有一封信，交给王海平。一看，里面写着廖磊要罗颂康与岑建英一起火并黔军，逮捕王海平。王海平信以为真，气得发疯，决定采取先下手为强的计策，立即以"宴请"罗颂康计议军情的名义，把罗骗到黔军驻地击毙。接着，带兵冲进岑建英指挥部，把岑建英抓走。这样，黔军与桂军便互相厮杀起来，杀得尸横遍地，罗颂康营全部覆没，黔军得胜，连夜拔营逃回贵州。红军趁机攻进县城，并派红二十一师六十一团战士在通往贵州的险要山路上伏击黔军，缴获一门迫击炮和大批枪支弹药。王海平带领残兵败将仓皇逃命。

廖磊知道中计，暴跳如雷，恼羞成怒。他除了到处寻机报复，更加疯狂地"围剿"外，还到处张贴布告："谁能捉到韦拔群，赏花红14000元！"

韦拔群看到廖磊的布告后，笑着说："廖磊同我们斗武、斗智都输了，才采取这种卑劣手段，我们再来同他们斗气！"说着，他便拿起笔写了一张布告，上写："谁砍得廖磊狗头，特赏铜板一枚。"有的同志看后打趣地说："廖磊是一个大军长，一个铜板太少了吧?"他回答说："廖磊的狗头，本来一文不值，我给他一个铜板，还是抬举了他!"

韦拔群把这张布告印了几百张，叫红军战士到处张贴。廖磊看后更气得跺脚骂娘，好像一条被刺痛的野狼，龇着牙狂叫着："立即给我把布告统统撕毁!"

命令一下，一群亡命之徒便四处寻找、撕毁布告。这些布告，有的贴在树干上，有的贴在木牌上，敌人一动手撕布告，其脚底下的地雷便轰隆隆地爆炸起来，炸得敌人呼爹喊娘，血肉横飞。

韦拔群就是这样率领右江地区军民大智大勇地与敌人进行斗争，取得了一个又一个的胜利。廖磊花了九牛二虎之力，不仅到处扑空，而且不断遭到红军的袭击。这正如国民党编的《东兰痛史》上所哀叹的："军团分山搜剿，计已期月，所捕获者，不过是顽瑶羸汉，毫无伤红匪。"

1932年8月，新桂系军阀又增派1万兵力，对东兰、凤山革命根据地发动更大规模、更残酷的反革命"围剿"，"小诸葛"白崇禧亲自坐镇东兰指挥。敌人采取了"缩网收鱼"的狠毒政策，步步为营，节节搜索前进。为了断绝群众与红军的接济和联系，敌人除了继续采取杀光、烧光、抢光、铲光的"血洗政策"外，还强迫驱逐西山周围群众，分散到各个峒场里集中管制，不许群众带一粒粮食和一根火柴上山，妄图把坚守在西山里的红军战士饿死、冻死、困死。

由于敌人长期的军事"围剿"和严密的经济封锁，转移到西山里的韦拔群和红军战士的粮食、弹药都存在极大的困难。在烽火连天的反"围剿"斗争岁月里，尽管斗争环境越来越险恶，但韦拔群始终同群众、战士一起，过着睡山林、钻岩洞、啃野菜的艰苦生活。他们经常吃的野菜有120多种，很多种野菜是当地瑶胞先试吃后才告诉红军吃的。韦拔群带头吃，他经常教育干部要严格遵守群众纪律，禁受起严峻的阶级斗争考验，做到像山崖上的马樱花一样顶风傲雪。

韦拔群心里装着各族人民群众，非常想念和关怀敌后受难的群众。他经常冒着生命危险，深入到敌后的山村里去慰问和动员群众。一天夜里，他带领一支小部队突然出现在武篆附近的村子里，这村子已被敌人洗劫一空，他难过地沿门挨户进行慰问。他关切地询问一位老人："大伯受苦了！能熬得下去吗？"老大伯坚定地回答："有红军在，再苦也能熬下去！"他鼓励群众说："眼下，大家都受了苦，但乌云总要被太阳驱散，白军一定要完蛋！革命一定会胜利！"

曾经获得翻身解放的西山各族人民，他们的心也挂念着红军和韦拔群，与红军同生死、共患难，休戚与共。他们经常冒着生命危险，千方百计地给红军送粮、送盐、送情报。他们宁肯自己吃野菜，也要把家里仅有的一点粮食节省下来，装在粪筐下面，上面放着牛粪，借着上山种地的机会，骗过敌人的盘查，带到山上交给红军，有的把上山种地时带去吃的东西交给红军，自己空着肚子回家。有一位发鬓斑白的瑶族老奶奶，她对待红军、对待韦拔群比亲生儿子还要亲，她听到西山里的红军断炊的消息，心里很难过和焦急，她积极担负筹集粮食的任务，坚持天天给韦拔群送粮食和情报。大家都信任她，听从她的吩咐，把家里节省下来的杂粮交给她，她便把筹集来的杂粮做成饭团放在布袋里压扁，紧贴在胸口上，装着上山砍柴，攀藤附葛，爬上悬崖，送到韦拔群住的岩洞里。韦拔群无比感动，但担心她的安全，多次劝阻她不要这样做，可她总是一笑置之。

不久，这位老奶奶被敌人抓去，押到山上，逼她讲出韦拔群住的岩洞。她跌跌撞撞地走在最前面带着敌人走过一座又一座高山，敌人用脚踢打她，用刺刀刺她的嘴唇，她始终不开口。最后，她把敌人带到悬崖边，趁敌人不备，撞倒了一个敌人后跳下悬崖，为掩护韦拔群的安全献出了自己的生命。

当时，瑶胞中流传着这样一首歌谣：

看见敌人来搜山，
掩护红军心不慌，
瑶族跟党一条命，
照护师长要周全。

这首歌谣，充分体现了红军与群众、韦拔群与各族人民的血肉关系。正是这样，艰苦卓绝的反"围剿"斗争才能一天天地坚持下去。

1932年10月19日，韦拔群不幸被叛徒杀害。他牺牲后，武篆东里屯的群众冒着生命危险，偷偷把韦拔群的遗体抢运回来，隐埋在特牙山上。不久，他们还在墓地上盖起一座小庙，群众称为"红神庙"。以此表示对"拔哥"的敬爱和深切怀念。

1962年12月，邓小平同志为纪念韦拔群同志牺牲30周年写了这样的题词："韦拔群同志以他的一生献给了党和人民解放的事业，最后献出了他的生命。他在对敌斗争中，始终是英勇顽强、百折不挠的。他不愧是无产阶级和劳动人民的英雄。他最善于联系群众，关心群众的疾苦，对人民解放事业，具有无限忠心的崇高感情。他不愧是名副其实的人民群众的领袖。他一贯谨守党所分配给他的工作岗位，准确地执行党的方针和政策，严格地遵守党的纪律。他不愧是一个模范的共产党员。韦拔群同志永远活在我们的心中，他永远是我们和我们的子孙后代学习的榜样，我们永远纪念他！"

在教导总队的日子里

李天佑

　　1929 年 9 月，党为了以武装斗争回击反革命对广西革命群众的残酷屠杀，在邓小平、张云逸领导下，将驻在广西南宁的警备第四大队和教导队的一部分，带到广西、云南两省交界处的百色，举行武装起义，组成了中国工农红军第七军，建立了右江地区革命政权，这就是历史上有名的百色起义。

　　当时我在南宁教导总队的第八连当学员。这个教导总队是广西军阀用来培养下级军官的，学员都是从各部队选调来的，有千把个人。教导总队里面有我们党的组织，张云逸就是警备第四大队队长兼这个教导总队的副主任，在学员中，特别是在负责政治工作的政训教导员中有很多是共产党员，他们不断地向我们这些学生灌输革命思想，进行共产主义教育。有一次张云逸到我们连上课。他提出了这样一个问题："你们说社会上哪一种成分多？"（指的是哪一阶级人数多）

我们想了想，一致回答："工人、农民多！"他又说："赞成工人农民成分多的请举手！"我们都把手举起来，他点了点头，笑了。

教导队里的党员除了这样直接教育和启发我们外，还经常组织我们学习新的革命道理。有一位叫李布的政训教员，他是个共产党员，常给我们讲俄国十月革命的历史。对他讲的革命道理，当时我虽然不十分明白，却也留下了很深刻的印象，受到了启发，懂得中国必须实行革命，必须学习俄国那样，建立工农民主政权。这些教育就成了我们坚决参加武装起义的思想基础。当时党在总队里领导的革命活动是很活跃的，我们常喊的"打倒军阀！""反对帝国主义！""实行革命外交！"等口号，晚上点名时也要喊上几句，只差直接喊出"拥护十月革命！"这句话了。

教导队里也有反动的家伙，总队长就是其中一个。当时正进行蒋系和桂系军阀的战争，蒋系军队已进入广西，这个总队长就想带着这支教导队去投蒋。一天晚上半夜 12 点钟左右，总队长忽然传下集合命令。我们匆匆忙忙穿好衣服，电灯马上熄灭，外面就打起枪来，大家顿时乱成一团。在混乱中我只听得李布在喊："赞成革命的跟着我！"我就向他跟前跑，跑到跟前又听见他说："总队长是反革命，抓住他！"那个反动的总队长见事不妙，慌忙逃走了。当时因情况突然，队伍绝大部分跑散了。听说也有一小部分跟着那个反动的总队长走了，剩下约有 300 多人留了下来。这些人在共产党员带领下到百色，参加了武装起义，成了起义的骨干力量，后来编成了中国工农红军第七军，这些人都成了红军中、下级干部，可惜参加这次起义的现在剩下没有几个人了，回想起当时随着起义队伍奔赴百色的那种兴奋愉快的心情，还感到无限的激动。

部队拉到百色，党的工作比在南宁的时候更加活跃，各个连队都成立了中国共产党的支部，党员也增加了，"拥护十月革命！""拥护苏联！"等口号也更加鲜明。就在这时，我参加了中国共产党。

起义前夕 11 月间，我们首先将驻田东、田阳的反革命分子熊镐领导的警备第三大队缴了械。这次行动是以演习名义出发的。我们从百色坐着一只小轮船去田阳，开船时，党员们集中在一个舱里开会，传达了这次行动的意图，快到田阳时才向全体士兵公开讲明。部队回到百色，又收缴了百色县城附近的民团枪支，把缴来的枪支武装了赤卫队。为了防备起义时反动分子搞鬼，起义的前一天，把百色城的警察局也缴了械，至此，起义的准备工作都已就绪。

12 月 10 日，起义的前一天晚上，支部公开宣布：明天举行起义。接着买来了一匹红布，每人扯一条，准备宣誓时戴起来。这天晚上我们兴奋的心情是无法形容的，一夜都没有睡觉，静坐着等待那庄严的时刻到来。

拂晓时分，部队集合了，大家迈着整齐的步伐走到大广场上去。全部起义部队四五千人都排好了队，静听着领导同志讲话。他庄严地宣布："我们在中国共产党领导下举行武装起义，成立光荣的中国工农红军第七军！"当太阳刚刚上山，第一面鲜红的旗帜飘扬在广场上空的时候，我们迅速地将国民党的帽徽撕掉，佩戴上了红带子，就在红旗下面，举行了庄严的宣誓仪式。中国共产党领导下的中国工农红军第七军胜利地诞生了。

平马镇初见邓代表

黄松坚

我从东兰县武篆区赶来平马，已经是第三天了。

金色的 10 月，右江两岸充满着战斗气氛。平马街上，人们脸上带着喜悦、兴奋而紧张的表情，来去匆匆，其中有全副武装的士兵，也有前来领取枪支、弹药的农民自卫军战士。

早上 8 点左右，我在右江农民协会办事处门口，看见远远走来了两个人，一位蓄着大胡子的人，是中共广西特委书记、省农民协会特派员雷经天同志，是我到平马才认识的；另一位我不认识，20 多岁，穿着灰布军装，人很精悍，边走边洒脱地与雷经天同志谈着话，不时地笑着，言谈举止给人一种干脆、利落和果断的印象，显得从容不迫和胸有成竹。雷经天同志的态度似乎对他特别尊重，认真地聆听着他的谈话，含笑地点头。这位是谁呢？为什么雷经天同志对他这样尊重呢？

我正在想着，他们来到了我的面前。雷经天同志把我介绍给那位同志："这就是韦拔群同志派来的代表黄明春同志（我当时的名字）。"

我当时是凤山县委书记和农军总队队长，又兼农会主席及农运特派员。五天前，我突然接到韦拔群同志的指示，要我作为他的代表，连夜从凤山赶来平马，找雷经天同志报到，并交给我一封写给雷经天同志的亲笔信。我走了两天多山路，到了平马。雷经天同志叫我与农协办事处的同志一起给从恩隆、奉议、思林、果德等地来的农军队伍发枪支弹药。

雷经天同志介绍以后，这位同志以敏锐的目光，迅速打量了我一下，热情地和我握手，随即用带有四川口音的话语和蔼地问道："哦，你辛苦了，来几天了？"

我说："三天了。"

这时，雷经天同志才向我介绍道："这位就是党中央代表邓斌同志！"

我一听，激动地向他伸出双手："你好啊！邓斌同志！"我怎么也想不到眼前站着的就是早已听说的从中央派来的邓小平同志，更想不到我会在平马跟他认识。我紧紧地握着他的双手，一股崇敬的心情油然而生。自从党中央派了邓小平同志来广西领导工作后，广西的形势越来越红火，右江两岸的农民运动开展得有声有色，如火如荼。前不久，邓小平同志和张云逸同志还把党所掌握的武装力量广西省警备第四大队及教导总队拉来了右江。这两天，我们发的军械还是邓小平同志亲自率领警卫部队从南宁押运来的呢！见到邓小平同志，我的心情怎能不激动万分呢？我的注意力完全被他吸引住了。

邓小平同志很忙，他环顾了一下农协办事处里的人员，便要求我马上去执行一个任务。我一听，邓小平同志要我执行任务，感到多么光荣！但听到他要我带办事处的人员到镇上各家各户去找南瓜，我心里打起了问号：现在一不是没有粮食，二不是没有菜，要南瓜做什么呢？我问他，他笑了笑，和蔼地反问我："你想不出来吗？"我说想不出来。他说："那你先不要问，完成了任务我再告诉你。"说完又爽朗地笑了起来。

我虽然纳闷，但还是带着七八个同志去找南瓜。街上的老百姓听说我们的队伍需要南瓜，个个都争先恐后拿了出来，有的还主动帮我们送到办事处的门口，我们算钱给他们，他们有的坚决不要，还说："你们打仗为穷人，如今要些南瓜算得了什么。"约 9 点钟，金黄色的南瓜堆满了办事处的门口。我马上将邓小平同志请来，指着这堆南瓜说："党代表，南瓜找来了，你拿来做什么用？现在可以告诉我了吧？"

邓小平同志拍了拍我的肩膀，微笑着说："以后你会知道的。"

第二天，平马镇突然响起了枪声。在农协、办事处里，只见工作人员有的进进出出，有的忙着摇电话，有的在翻阅地图标记着什么，好一派热火朝天的景象。这是张云逸同志领导的警备第四大队与右江沿岸的农军，在平马等几个地方，同时向反动的广西警备第三大队发起了进攻。第三大队部设在平马，大队长是熊镐，士兵大部分是兵痞流氓。这支队伍与当地土豪劣绅勾结，妄图扑灭革命的火焰。我党为了在右江建立革命根据地，武装工农，扩大队伍，决定消灭第三大队。当天，驻平马的第四大队部分队伍，以演习和出操为名，在农军的协助下，直指驻平马的第三大队司令部。

战斗胜利结束后，邓小平同志走来，高兴地对我说："我们这次战斗十分顺利，但事前不能不估计到会有受伤的同志，现在我们的药品缺乏，而这南瓜瓤拿来敷伤口就是很好的药呢。瓤可以做药，瓜肉又可以吃，这不是两全其美的事！"

他的一席话，说得我们恍然大悟。我不由自主地用手拍着自己的脑袋，呆呆地立在那儿，望着他那因为熬夜布满了血丝而又充满智慧的双眼，陷入了沉思：邓小平同志为了建立左右江革命根据地，白天黑夜忙着，不仅精心地研究整个广西的革命形势，部署整个革命运动，而且对这次战斗中细致入微的后勤工作也考虑到了，这是个多么难得的领导人啊！正当我这样想着，邓小平同志又交代任务要我们到第三大队部去清点武器。我们高高兴兴地接受任务，足足清点了两天。

清点完后的第二天，邓小平同志叫我去。他亲切地对我说，现在你可以回武篆了，请转告韦拔群同志带领农军继续扫清南丹、凌云、乐业一带的地方反动武装，武装工农，扩大部队。他说得是那样的清晰、那样的肯定。

我接受任务后，第二天立即起程。归途上，不知是因为平马战斗的胜利喜悦，还是因为见到邓小平同志后的激动心情，我觉得右江两岸的秋色变得格外秀丽，天空也特别的高、特别的蓝，空气也特别的清爽，浑身像有使不完的劲，步履越迈越有力，越迈越快。边走边兴奋地想：回到武篆，我不但要向韦拔群同志汇报邓小平同志的指示，而且还得把他叫我找南瓜的事告诉同志们，让大家知道，我们的邓小平同志不单是一位卓有见识的指挥员，而且还是一位考虑事情非常细致周全、体贴士兵的好领导者。

在武装起义中锻炼成长

黄　凯

1929 年夏，俞作柏、李明瑞掌握了广西军政大权，我党派张云逸同志担任广西警备第四大队的大队长。当时，我在三营当兵，目睹这支旧军队的改造过程，自己也洗涤了旧社会带来的不健康的思想，成长为一个共产党员。

我出身贫苦家庭，由于生活窘迫，1929 年秋我背着母亲，投奔国民革命军，在柳州独立营当兵。不久，记得是 8 月 19 日，农历中元节这天，柳州独立营奉命开到南宁，编为广西警备第四大队第三营。我们三营 400 多兵，横七竖八地躺在南宁江西会馆里。会馆外，家家户户焚化祭祀亡灵的纸钱；会馆里，当兵的有的在赌钱，有的在抽大烟。我躺在地铺上，两眼望着屋顶，流着泪水，心想：这样的鬼生活，再也过不下去了。我想起母亲和家里人。但是，离家乡德保还有几百里，我身无半文，怎么走呢？

中元节后的第三天下午，我们这些当兵的，有气无力地在院子里扫地。突然，传来了营部副官的命令："集合，营长训话！"

营长黄玉宝，一副大烟鬼架子，站在台阶上。他收起了平日那副凶神恶煞的神态，露出一口黄牙，皮笑肉不笑地说："弟兄们，我们都是柳州来的。你们要跟我走，我愿意带领你们……"

我感到奇怪：为什么这个恶鬼竟然跟我们称兄道弟？为什么他突然变得和善起来呢？不管他讲得多甜，我也决不跟他走，我要回家！

当夜，黄玉宝和他的副官不知道为什么失踪了。原来，张云逸大队长发现这个家伙妄图拉拢部队，立即把他们秘密逮捕了。

中元节后的第四天清晨，我们这些当兵的，还不知道昨夜发生的事情，正乱糟糟地准备出操。有的背着枪在懒散地游逛，有的持枪倚墙站立。有的坐在床头伸懒腰打哈欠，有的还闭眼唱流行歌曲。一个连里的长官大声宣布："不出操了，洗脸吃饭，快！"

大家感到，不出这个鸟操挺舒服，只听噼里哗啦一阵响，伴着笑骂声，大家放下枪支弹药，往饭堂里拥去。在饭堂里，又听到那个长官宣布："不许喧哗，各人记住自己的枪机号码和子弹数目。吃完饭，徒手集合，到西乡塘，听张大队长训话！"

"什么？不带武器？徒手集合？"不带武器，徒手集合外出，这还是头一次。大家惊奇地瞪着眼睛。这一连串的怪事里面有什么奥妙？我们摸不着头脑。

西乡塘，位于南宁市西郊。张云逸大队长和重新组成的大队部，就驻扎在这里。我们走了半个多小时，到了西乡塘，静静地坐在草地上。大队部的长官跟过去的长官大不一样，他们服装整齐，扎着绑腿，站在阳光下，跟我们讲话，和蔼可亲，队伍里不时发出爽朗的笑声。开始，是一个高个子的长官讲话，讲了不少新鲜道理，什么不能再像军阀部队一样啦、什么官兵平等啦，真是打动人心。接着，一位中等身材、容光焕发的长官，用手捋着胡须，以高昂的声调，宣布我们营的编制和几条纪律：（一）不准抽鸦片，已抽的要戒掉，不遵守者，遣送回家；（二）不准赌钱；（三）不准嫖女人；（四）不准打人。长官不准打士兵，军队不准打老百姓。谁打人，就向上告状。

事后才知道，这位宣布纪律的长官就是张云逸大队长。他们掌握了大队的领导权以后，撤换了一批像黄玉宝那样的旧军官，迅速掌握了各级领导权，深入发动士兵群众。

张云逸大队长宣布纪律后，部队休息。20多名年轻军官，分头到我们营跟士兵谈话。张云逸大队长的话，像往士兵的脑海里投进了块巨石，激起了一阵阵浪花。大家议论纷纷。有的怀疑：哪有当官的不打人，哪有士兵不受侮辱？抽大烟的担心以后的日子难过，兵痞流氓更是担心以后受约束。我在草坪上来回踱步，心里也半信半疑。一位年轻军官走到我身边亲切地问道："想什么呢？这些纪律好不好？"

"好是好，就怕行不通！"我一边说一边急忙咔嚓一声双脚靠拢，笔挺地站着。

"不用这样。你说说为什么行不通？"他用手抚摸着我的肩膀，一边笑一边说。

他笑得那样亲切，我一下子消除了疑虑，大胆地回答说："我看到的多了，没有长官不打士兵的，没有当兵的不打老百姓的。我吃够了当兵的苦头。……"

这个年轻军官笑笑说："在这里当兵与别的地方当兵不一样。过去，你干的旧军队。今天我们一定要把这支军队改造成为革命的军队！"

谈着谈着，集合号响了。队伍往回走，那些跟士兵谈话的年轻营连军官，挥手向我们告别，好像士兵是老熟人。

回到驻地，连里有人宣布："不要惊慌。你们的枪机坏了，拿去修理了。"一解散，大家走进室内，惊奇地发现我们的枪还在，枪机都不见了。这是为什么呢？我不清楚。

吃罢晚饭，我怔怔地站在门口。大队部那20多个年轻军官，也来到了我们三营，继续跟士兵们交谈。找我谈话的，还是上午跟我攀谈的那位年轻军官。我用探询的口气说："收了枪机，是不是不要我们当兵了？发给我路费回家吧。"

"愿不愿当兵，以后再说。"他充满着同情，用期待的眼睛望着我说，"你先谈谈在旧军队中受的苦吧！"

提起这些，我忍不住流下了辛酸的眼泪，向他诉说了自己在旧军队的悲惨经历。这个年轻军官听了我的控诉，紧捏着拳头，满腔怒火，鼓励我说："兄弟别难过，流泪不能解决任何问题，要行动起来，揭露反动军官虐待士兵的罪行，跟他们做斗争！"

他耐心地向我谈了两种军队的区别，谈到革命的理想和前途。他的每一句话，都给我以很大的启发，在我面前展示着光明。临别时，他紧握着我的手说："我叫黄秋琪，是大队部的，有事可以找我。"

以后，黄秋琪和那 20 个年轻军官，经常来我们三营，和我们一起出操上课，跟我们谈心。全营出现了民主的空气，士兵敢讲话了。平时作恶多端的旧军官，在士兵的揭发斗争下，不得不低头认罪，再也不敢耍威风了。我们大多数士兵，有事不愿再找那些旧军官，只找黄秋琪他们解决。他们成了我们的好教师，成了我们的知心朋友。

经过我们士兵与反动军官的斗争，大队领导接受了我们的要求，撤换了反动军官，把他们调到教导总队去"学习"，调来了一批新军官（后来才知道都是党员和进步青年）。同时，补充了一批新兵，遣送了一些兵痞，仅我们连就遣送了 13 人。部队的面貌，发生了很大变化，队列整齐威武，训练杀声震天，政治学习热烈发言，操课间隙三三两两倾心交谈。

但是，大家还在想一个问题：我们的枪机为什么被收走了呢？为什么还不发下来呢？一天早晨，我们营区隔壁公安分局的警察扫地时，把垃圾往我们营区扫，我们劝阻无效，争吵起来，他们破口大骂我们："缴枪兵，有什么了不起！"这一下，被激怒的全营士兵，跟警察动起手来。营区一片骚乱。各级干部出来劝阻，才算平息下来。士兵认为蒙受了耻辱，仍愤愤不平。

　　大队领导指示：各连应抓住这一事情，进行向革命转变光荣的教育。我们连新调来的蒙副连长组织大家学习。他说："上级暂收缴枪机，是为了改造部队的需要，怕反动军官煽动闹事，你们有什么耻辱？现在，反动军官清洗了，不几天就发还枪机，你们就成为革命战士了。"

　　过几天，果然发还枪机了。那是一个天气晴朗的上午，士兵穿上头一天刚发的新军装，提着枪，挺着胸脯，英姿勃勃，容光焕发，雄赳赳地站着。

　　一声号响，我们一阵小跑排成了整齐的队伍。

　　"黄凯！"

　　"到！"我响亮地应着，迈开大步走到队列前，双手接过枪机，同时也接过40多个银毫（相当于9块多银圆）的饷金。幸福的眼泪再也憋不住，夺眶而出。

　　全连发完啦、全营发完啦！营区爆发出一阵欢呼声。大家握着闪闪发光的枪支，全身的热血在奔腾……

　　在发还枪机以后，张云逸大队长就经常到我们营的驻地来。他认真地看我们操练，仔细纠正我们的每一个动作，亲切地跟我们谈心，嘘寒问暖，关心地摸摸我们的床铺，品尝我们的饭菜，告诉全营干部要关心士兵的生活。大队部的年轻军官也每天来一次，给我们讲革命道理。我深深感到：革命队伍跟旧军队的确不一样，长官爱护士兵，部队爱护工农群众。我再也不想回家，决心一辈子扛工农的枪，为工农打仗！

1929年9月底，俞作柏、李明瑞决定反蒋。10月1日，在南宁召开了南宁各界讨伐蒋介石的誓师大会，宣布由俞作柏任南路讨蒋军总司令，李明瑞为副总司令。接着，大举进攻广东。

不久，俞、李反蒋失败，我们党按预定计划，立即把我们党领导的部队撤离南宁。在一个雾气蒙蒙的早晨，我们离开南宁，由邓小平同志带领地方干部和警卫部队，指挥军械船驶往百色，由张云逸同志率领教导总队部分队伍和警备第四大队，从陆路掩护军械船前进，胜利地到达右江地区恩隆县的平马镇。

平马镇，是右江地区水陆交通枢纽。这里，早在1925年就受到韦拔群同志领导的东兰、凤山一带农民运动的影响，1926年，余少杰同志在这里建立了右江地区第一个党支部，在党的领导下，这里成了右江地区农民运动蓬勃开展的地区之一。

我们进平马街的那天，群众见我们戴的还是国民党的帽徽领章，对我们侧目而视，什么话也不讲，背后叽叽咕咕议论。当夜，虽然行军困倦得很，但我翻来覆去总睡不着。我想，当兵在外不受群众欢迎，母亲不放心，自己吃苦头，现在离家近了，还是回家吧！但是，我现在是在革命军队里当兵啊！革命军队要为劳苦群众打仗，要为受压迫受剥削的群众报仇。仇还没有报，怎么能走呢？再说，新调来的军官，说的话，做的事，都合我的心意，我舍不得离开他们。

第二天，地方召开了群众大会，部队进行了教育。军、民之间的疑团驱散了，气氛完全变了。群众见到我们，笑容满面地说："欢迎你们！要什么，只管说。"我们也高兴地说："谢谢老乡！你们这里的农民运动搞得好，觉悟高！"

我们营驻扎在平马镇。黄秋琪等一批年轻军官，从大队部调到我们三营来工作，他们经常给大家上政治课，跟我们个别谈心。黄秋琪对我比过去更亲热，每隔几天就找我谈心，给我讲劳动人民受苦受累的社会根源和翻身解放的道理。这些教育，引起我对家庭的遭遇的痛苦回忆。

我父亲，从小为豪绅地主挖红土烧瓦窑，整天在漆黑的洞里爬来爬去，满身泥浆满身水。吃的是粗糠猪狗食，玉米糊糊拌野菜，动不动就挨拳打脚踢。实在忍受不下去，两手空空离开瓦窑，去当脚夫。不几年，腿脚出了毛病，不能挑担，连走路都很困难，只好待在家里。

我母亲眼看全家人挨冻挨饿难受，迫不得已向一个姓唐的财主借了 12 串钱，摆个小摊卖稀粥茶水。不到两年，利滚利，竟欠了他家 120 元。这还不算，他又伙同土匪逼债，把我母亲打得不省人事，拉走了我家养的猪，还不够付利息，弄得我们倾家荡产。

有一次，我向黄秋琪讲到这些，抑制不住，放声痛哭，泪流满面，只觉得天昏地暗，倒在地下。黄秋琪急忙劝我说："莫哭了！莫哭了！莫讲了！"他用毛巾给我擦眼泪，把我扶起。我握紧拳头砸在地上，说："我要报仇，要报仇！打倒那个唐老财！"

"打倒一个唐老财，还有张老财、李老财，穷人还是翻不了身。"黄秋琪说到这里，想了想，继续说，"锄草要挖根，穷人要翻身，必须打倒帝国主义，打倒蒋介石，打倒贪官污吏土豪劣绅，消灭人剥削人的旧制度。你想想，对不对？"

我听了，感到这个道理新鲜，仔细琢磨，的确是那么回事。我从湖北回广西，到处都看到欺压穷人的老财，到处都有和我家一样的穷苦人。不打倒帝国主义和蒋介石，不打倒一切封建军阀，不打倒全国的地主老财，不消灭人剥削人的旧制度，我们劳苦人家就永远不能翻身。我想通了这个道理，政治觉悟有了很大的提高。

我们营和第四大队其他各营一样，政治觉悟普遍提高。在这个基础上，连里建立了士兵委员会。同时，又处理了一批经过教育仍不思悔改的旧军官和兵痞流氓，或调换职务，或送教导队训练，或遣送出境。我们的心情从来没有这时愉快，心胸从来没有这时开阔，干什么都有了劲头，从早到晚都闲不住。整个部队在政治上、组织上都得到了进一步的巩固。就在这时，我被提升为副班长。

部队经过整顿，随即放手发动群众和武装群众。

一天，蒙副连长把我找去说："大队指示每个连要组织七八个人的宣传组，到群众中去宣传。连里研究把这个任务交给你，要你当我们连的宣传组组长。你敢不敢接受这个任务？"

"这怎么行？我不会讲。"我的心跳得厉害，红着脸不知怎么回答好。

"你平时讲的那些道理：打倒蒋介石！反对压迫剥削工人农民！不是很好吗？过去你没有当过副班长，今天当副班长，不是很好吗？不要怕，大胆宣传。"蒙副连长表扬我，鼓励我。我鼓起勇气，下决心试试看。

怎样宣传呢？心里实在没有底，出操在想，上课也想，利用一切空隙，背着人练习。谁知刚讲了个头，就要上街宣传了。我急得一个晚上没有睡好觉。

第二天，正值圩日，街上人多得很。我们上街时，只见几处红旗招展，人头攒动。我带领七个人的宣传组，在街中心一站，红旗摆动，铜鼓敲响，喇叭使劲吹，不一会儿就吸引一群人围上来了。我鼓鼓勇气，往凳子上一站，刚讲几句，站在人群中的黄秋琪等年轻军官就带头鼓掌，群众也跟着鼓掌叫好。这一下，我有了劲头，我从北伐讲起，讲到蒋介石叛变革命，讲到四一二大屠杀。这时，我再也抑制不住内心的激动，振臂高呼："打倒蒋介石！"群众也跟着高呼："打倒蒋介石！"巨大的声浪，震撼了平马镇。我一看，周围站了这么多人。我还是第一次看到这样的群众场面。往回走时，黄秋琪等年轻军官带头热烈鼓掌的情景，群众激愤的情绪，还浮现在我眼前，我非常兴奋。但又埋怨自己：昨晚想了那么多话，怎么都忘了。

在总结时，大家指出讲得好，用本地话群众听得懂。但有些心慌，再沉着一点，就更好了。

此后，我们几乎天天都出去宣传，有时走几十里路到农村去。在宣传中，我接触了各种人，有工人，有农民，也有学生。我跟这些人一起，打土豪劣绅，没收他们的财产，分发给贫苦农民；收缴地主武装的枪支，武装农民群众。广大农村出现了空前高涨的革命形势。

部队经过斗争的考验，涌现了一批积极分子。党加以培养教育，秘密地把他们吸收到党组织里来。

有一天，我把黄秋琪拉到一边，悄悄地问："我从武汉回广西路过株洲时，听说江西有红军。这红军是共产党领导的，发动群众打土豪，分田地。我们一块走的人，有些人想去安源煤矿做工。湖南军阀不准去，怕这些人转到江西去当红军。我们是不是也和江西红军一样？"

"是啊！"他睁大眼睛看着我，心情有些激动地说，"你想想，这里的工人组织得这么好，农民运动轰轰烈烈，军队是新型的……这些，靠谁来领导？你多想一想。"

这次谈话后，我脑海翻腾得厉害：旧军队的改造，工农运动的兴起，黄秋琪年轻懂事，……没有共产党领导行吗？当想到自己这几个月的战斗生活时，心里甜滋滋的：我是在中国共产党领导下工作了。

一天晚上，明月当空，我和黄秋琪并肩坐着，真想把这几天想的问题端出来，但几次话到嘴边又收了回来。因为我从来没有见过他那样深沉而严肃地思考问题。

"你想得怎么样？你认为中国共产党好吗？"他望着我，两眼是那样炯炯有神。"好！"我一口气倾诉了自己的想法，最后说，"这回真正开始懂事了。""对！没有中国共产党，就不会有中国革命的胜利；没有中国共产党，我们就不能从无知到有知。"这是他经过长期思考说出来的话，多么珍贵啊！

"你是共产党员吗？我要入党，你收不收？"我用祈求的眼光看着他。

"我和你一起去找党！"他高兴地笑了。然后，拉着我的手补充说，"等候好消息！"一阵凉风吹来。啊！这是秋末季节了。我感到一身清爽。

我等啊，等啊！好像日子特别长。有一天，新来的副营长李干辉（后来任营党代表）把我找去，他很客气地让我坐下，周围一个人也没有，他开始表扬我进步很快，接着说："这只是一个好的开端。共产党员，一定要为打倒蒋介石，为全中国劳苦大众翻身而英勇战斗，还要为在全世界实现共产主义奋斗终身！"我默默地听着，频频点头。我出来时，他再三嘱咐我：一定要保守党的秘密。

啊！他就是共产党员！我找到党了！我的心像长了翅膀，在高空翱翔。

晚上，在一间小屋里，点着一支蜡烛。我和黄秋琪坐在灯光下，面前摆着一张入党志愿书。我讲他写，写完了，由黄秋琪带走。我在回驻地的路上，似乎置身于火热的斗争中。

几天后的一个晚上，连里点名后，在离开驻地几里远的一间小房子里，一面红旗挂在李干辉、黄秋琪和我三个人的面前，红旗把我们的脸膛映得通红通红，把我们的心烧得火热火热。屋外飘着小雨，大地在沉睡。屋内我们面对着党旗宣誓，宣誓后，李干辉、黄秋琪紧紧握住我的手说："同志！你已经是一名光荣的共产党员了。祝贺你！"我太幸福了！"共产党员""同志"是多么崇高的称呼啊！我从来没有像现在这样充满着革命胜利的信心。我看到了光辉灿烂的明天，懂得了我干的每一件工作，都在为砸烂旧世界的重锤增加力量，为建设共产主义大厦添砖加瓦！我下定决心，不论有多少艰难险阻，我都要迎着上，拼命干，把自己的一切交给党。

部队的党员多了，党的活动增强了。我们排来了一个姓卢的新排长，听说是共产党员。我们没有直接的党内联系，只有工作关系。他很相信我，要我收集排里的思想情况。我认真地完成他交给我的每一项任务，并向他汇报。在这些日子里，许多工人、农民响应党的号召，穿上军装，拥向部队，他们是部队的新血液。共产党好啊！拥护成立工农民主政府！他们公开谈论，无所顾忌。

部队在变，地方也在变。右江两岸，红水河畔，工人拿起了枪，组织了工人赤卫队，农民在怒吼，反贪官、除豪绅的怒火燃遍了城乡，农民协会、农民武装像雨后春笋般地建立起来。我们士兵在想：为什么还不撕下国民党的帽徽领章！为什么还不把国民党旗帜踏在脚下？

斗争是复杂的。革命活动的开展，引起了豪绅地主的刻骨仇恨。他们一方面组织反动民团，另一方面勾结反动的广西警备第三大队，妄图对抗革命势力。

第三大队原是广西云南边界的土匪队伍。当我第四大队进驻右江之后，第三大队大队长熊镐与大地主豪绅相勾结，与各县警备队、土匪、民团等串通一气，欺压群众，霸占地盘。我们决定消灭这支反动武装，为公开竖起红旗扫清障碍。

一天，我们部队接到命令，全副武装，野营演习。这次演习，检查得非常严格：武器装备全部携带，整个身上的穿戴必须符合战斗要求。我们以演习或出操为名，包围了驻在各地的第三大队部队。接着，各级都开始了战斗动员：消灭反动的第三大队，活捉"狗熊"（指熊镐）。全体官兵，个个摩拳擦掌，决心打好这一仗，为革命立功！

冲锋号响了！我们三营在平马负责解决第三大队的大队部、军需部和守卫军需部的1个连，以及其他2个营。当我们连从军需部住的楼房侧后迂回过去的时候，敌人毫无防备。我们以快速的动作，干掉哨兵，直奔楼上。敌人真是狗熊，一枪未发，就全部缴械投降了。

我提着枪，从第三大队军需部出来时，嘿，到处都是手持武器的农民自卫军。他们听到我们的冲锋号一响，立即封锁了各个要道，防止反动的第三大队逃跑，并包围了反动的县政府，逮捕了敌警备队长。同时，兄弟部队也按预定计划顺利地消灭了第三大队驻田州的部队，在百色设"鸿门宴"活捉了熊镐。这一仗，共俘虏1000多敌人，缴获700多支枪。这次战斗后，我被提升为班长。

在消灭第三大队、活捉熊镐以后，我们又进行共40多天的准备工作。12月11日，在广州起义两周年这个有纪念意义的日子里，在桂西的重镇百色召开了军民大会，正式宣布武装起义，成立中国工农红军第七军。这天，我们营的驻地平马镇，举行了几万人的庆祝大会，宣布右江工农民主政府的成立。我们部队像过盛大的节日一样，穿着整洁的服装，迈着雄健的步伐，穿过街道，走向平马镇的广场。那里，人山人海，一片欢腾。中午，大会开始，庄严宣布右江工农民主政府成立！中国工农红军第七军成立！台上，缀着镰刀斧头的大红旗，高高飘扬；台下，站在前面的是穿着整齐新军服、人人脖子上系着一条红布的红军指战员。整个会场，真是天红地红人也红。欢呼声、口号声震撼大地。

从此，我们营被编为红七军第一纵队第三营。全营以崭新的面貌，迎着太阳胜利前进。

百色起义中的工人运动

黄一平

1929 年 10 月，正当我党利用俞作柏、李明瑞主持广西政务的有利时机，大力恢复和发展广西革命形势的时候，广西政局又发生了变化，俞、李反蒋失败，党组织立即做出决策，由邓斌（即邓小平）、张云逸同志率领掌握的广西警备第四大队和教导总队开赴右江地区，进驻百色城。我随着部队同时到达。

百色是右江政治、经济、文化、交通的中心，控制着云贵交通要道，战略地位十分重要。虽然百色城没有什么大的现代工业，产业工人很少，但却有相当数量的码头、榨油、烟丝、皮革、碾米工人和其他手工业工人以及店员工人。这些都是党开展革命运动所必须依靠的基本群众，当时他们尚未被发动和组织起来，仍然遭受着恶霸、资本家的剥削和压迫。因此，摆在当时党组织面前的一个重要任务，就是大力发动和组织工人群众运动，为准备武装起义和建立红色政权创造有利条件。

　　早在南宁召开的中共广西党代会上，在确定党的主要行动纲领时，就具体规定了开展工人运动、农民运动等方针政策和措施。会后，党组织又决定加强对右江工作的领导，恢复工会、农会的组织和开展群众的武装斗争。警备第四大队到达百色城后，邓斌同志主持召开的部队党委会议，做出了公开在部队和群众中宣传中国共产党的主张，发动群众等四项决议；并在部署巩固与扩大队伍的同时，就积极发动、武装工农群众。

　　当时由部队政治部专门负责社运工作（即群众工作），并配备一批政工人员。除我以外，还有胡西兴、孙醒侬、李爱群、黄振琪等同志。政治部设立社会股，作为此项工作的领导机构。由于我进过广州农民运动讲习所学习，又在桂东南一带搞过长期的农民运动和农民武装工作，有一定群众工作经验，所以党组织指派我担任社会股股长。

　　我接受任务之后，即与其他同志做了具体分工，与胡西兴同志负责发动百色城内各个行业建立基层工会及动员工人、农民参加武装斗争。我们经常深入群众和工人中间，和他们一起吃饭，一起聊天，谈话中尽量利用各种机会，揭露资本家、地主如何剥削工人、农民以及蒋介石国民党的反动本质；宣传建立工会是为了把工人群众组织和团结起来，维护自己的切身利益，当家做主，不再受资本家的剥削和压迫等革命道理；以及党的纲领、政策和现阶段的主张，从而启

104

发提高广大工人群众的阶级觉悟。

在工作中，我们通过发动群众发现和培养工人骨干，又依靠骨干去发动工人群众。关崇和是个刨烟工人师傅，为人诚实正直，善于团结工友，我们就先帮助他提高政治觉悟。然后又通过他的模范作用，带动其他工人。不断培养了一批又一批的革命骨干。

根据工人群众的强烈要求，我们坚决惩处了一贯欺压群众、勾结反动资本家镇压工人、罪恶累累的伪县警察局局长邓耀廷（邓老忠）。同时，还没收其他大的贪官污吏、资本家、恶霸以及郊区地主的财产和粮食，分别救济贫困的工人、居民、农民。工农群众得到实际利益，感激党的恩情，阶级觉悟不断提高。

经过不断宣传发动工作，工人群众发动起来了，关崇和、罗文佳到司令部会见张大队长，要求成立工会。得到批准后，我们根据各个不同行业情况，哪个行业条件成熟就先建立哪个行业的工会。首先由烟丝行业成立工会，接着，苦力、糕酥、裁缝、革履等行业也成立了工会。由于店员人数较多，又比较分散，工作不太好做，因此，店员工会建立最迟。我们从县总工会和糕酥工会派出骨干力量，到各商店进行发动、组织和帮助工作，最后建立了店员工会，入会店员约有 300 人，是当时各行业人数最多的一个。

百色起义之前，百色城一共建立了 12 个行业工会，入会的都是工人，工头、小店主均不能加入。工人入会后，工会发给每人铜质证章一枚。

1929年12月初，随着形势的发展和条件的成熟，百色县总工会在江西会馆宣布成立。成立工会那天，敲锣打鼓，放鞭炮，到处张贴标语，搞得很隆重。关崇和、罗文佳分别当选为总工会正副主席，梁国初、李广进、张建华、唐林、黄鑫、黄雪波、黄绍华、方玉堂、黄新金、何石谦等为委员。工人赤卫队也建立起来，队员由各行业工会挑选比较积极的年轻的会员组成，武器由收缴地方反动武装的武器配备，我兼任大队长。赤卫队的主要任务是维护社会治安，预防地方民团、土匪反动武装的袭击。在党组织的领导下，百色城工人群众第一次组织起来，并且有了自己的武装，形成了一股坚强的革命力量。

工会组织建立以后，最迫切的任务是向资本家要求合理的工资，实行8小时工作制，改善劳动待遇；引导广大工人群众起来向资本家做斗争，使工人群众得到实际利益。为此，百色城工人第一次举行了罢工斗争。

12月初召开的百色城各行业工人代表大会，宣告了一场较大的工人斗争的开始。我在会上讲了话。代表大会针对当时工人阶级被统治、被压迫、被剥削的地位，一天工作12小时以上，工资低到不能维持基本生活（一般工人每月七八元，学徒、女工、童工5元至2元不等），工人没有政治权利和人身自由等情况，提出并通过了工人斗争纲领：实行8小时工作制，工人有权罢工和参加游行示威，每月工资增加到 20 元等，要求资本家立即答复，认真执行。资本家见工人成立了工会，又提出了许多要求，既怕又恨，于是采取对抗态度，拒不答复。总工会立即下令各工会一齐罢工。一场由全城工人参加的罢工斗争揭开了序幕。

在罢工斗争中，我们一方面组织和训练工人群众学会如何进行斗争，对付资本家的反动伎俩；另一方面组织建立了工人纠察队，保护工会及工人群众的安全。还组织宣传队，到大街上店铺里进行宣传，提出"我们要斗争到底！""不胜利不收兵！""资本家少一条不答复，我们就不复工"，揭穿资本家妄图用金钱收买部分工人复工以及收藏粮食制造部分工人生活困难的阴谋。

当时，店员工会针对五码头黄桓栈杂货铺，不接受工会提出增加工人工资，仍按过去只付给工人月薪 3 元的情况，与该店老板进行了谈判，给他施加压力，明确指出如果不接受工会提出的条件，工会将有权封闭铺面等，该店老板被迫同意付给工人月薪 20 元。

其他行业工会，在党组织领导下，依靠着工人群众的团结、坚强斗志和力量，终于迫使资本家低头签字，一一答应工人提出的条件。百色城工人第一次罢工斗争取得了胜利，群众欢欣鼓舞。

通过建立工会和开展罢工斗争，并取得胜利，既初步改善了工人的生活状况，又使工人群众对党有所认识；工人群众的觉悟日益提高，青年工人店员纷纷报名参军，百色的革命形势越来越好；为党举行武装起义、建立红色政权，在工人群众中进行了思想准备，奠定了比较坚实的群众基础。

我们按照党组织的指示建立工会，并在为缩短工作时间和提高工人工资的经济斗争取得胜利后，又引导工人群众紧紧地配合党的中心工作，一同参加政治斗争，实行武装起义，推翻统治阶级，建立苏维埃政府；开展反对地主恶霸，反对土豪劣绅，没收官僚资本的斗争。从而把工人运动推向一个新的阶段。

我们培养和发展工人中的积极分子入党。当时党曾指示："地方党部（特别是百色、平马、那坡）须加紧注意工人中党的组织工作。"我们在发动工人斗争过程中，很注意在工人积极分子中发展党员工作。关崇和、罗文佳、黄少林、卢群英等工人骨干，在较长时间的工作以及各种斗争的考验中，表现坚强勇敢，在群众中很有威信，所以在起义后不久（1930 年元月）便由政治部直接发展加入了党组织，在政治部一起过党的生活。由于关崇和等工会领导人入党，从而加强了党对工会组织的领导，形成了工人运动的坚强核心力量。

同时积极筹备和建立百色县苏维埃政府。百色县在第四大队来百色之后，是由政治部代行政权机构职权的。12 月11 日，经过充分准备，党在百色胜利地举行武装起义，在恩隆和各县分别先后成立右江及各县苏维埃政府，形成了右江工农武装割据的新局面。

由于有前段工人运动的基础，在百色起义的同一日，召开了百色县工农代表大会。大会选举产生了县苏维埃政府，县总工会主席关崇和同志当选为县苏维埃政府主席，县总工会副主席罗文佳同志当选为副主席，我和杨柳溪、黄雪波、苏二、苏大仙、周一群等同志被选为县苏维埃政府委员。我还兼任肃反、财政两个委员会主席，杨柳溪同志兼任文化委员会主席。百色县工人农民和其他劳动人民第一次有了自己的政权。

我们还动员和组织工农武装编入红七军。红七军第二纵队是由原第四大队和教导总队各一部分以及百色工人赤卫队，恩隆、奉议等县农军组成的，其中有一个营是由我和地方几个领导亲自去发动组织百色城内工人和郊区农民约300人组成的。这样，红七军部队增加了工农成分，加强了部队的战斗力。

此外，我们还组织工人参加红七军宣传队，下乡深入农民群众中间宣传苏维埃政府的性质和革命的重大意义。同时，扩大和加强工人赤卫队，负责站岗放哨，巡查街巷，看守渡口，维持社会治安。苏维埃政府成立不久，还配合红七军打退了土匪对百色的武装进攻。

百色起义、红七军成立及红色政权的创建，是包括百色城工人运动在内的右江工农革命斗争在党的领导下的伟大胜利，标志着百色工人运动的蓬勃发展并进入了高潮。

广西军校与左右江起义

谢伯达

1924 年，孙中山提出"联俄、联共、扶助农工"三大政策，国共第一次合作。广西军阀李宗仁、白崇禧、黄绍竑在军阀混战中统治了广西，投靠孙中山领导的中国国民党。李、黄、白为了扩大势力，决定在广西成立军校，实际是黄埔军校的一个分校，名叫"中央军事政治学校第一分校"，校址设在南宁市南门外。

1925 年 3 月间，第一期招生，1925 年 4 月入学，到 1927 年 4 月毕业，学制二年，在南宁、桂林、柳州、梧州、龙州、百色等六个地区招生，考生要中学毕业或具有同等学力。我是南宁一中 14 班四年制毕业生，被录取后编入第一期炮兵队。

中央军事政治学校第一分校（以下简称"广西军校"），校长俞作柏，教育长肖樾，军事教官和政治教官都配备齐全。当时，国共两党合作，两广掀起革命高潮，中国共产党从广东派一批政治教官到军校任教,如陈曙风、毛简青等。因此,马列主义的宣传和共产党的组织在第一期学生中发展较快。

广西军校第一期的学生,大部分都是当时的优秀中学生。在五四运动影响下,要求学习马列主义成为当时不少青年学生的一种思潮。加上国共合作,革命形势蓬勃发展,俞作柏又倾向革命,同情共产党。因此,广西军校就成为一个开展革命活动的场所。黄绍竑、李宗仁也感到要统治广西,必须争取军校学生这批力量。从 1925 年冬起,国民党就在军校建立国民党党部,共产党组织也在各科队中发展共青团组织。1925 年冬,由陈曙风吸收一批共青团员。共青团组织在军校建立以后,领导强调要掌握各科队领导权。于是,我们不少人又成为国民党各科队党部中的监委,我是炮兵队党部的监委,既是共产党员又是国民党员,双重身份。

1926 年,李宗仁、黄绍竑为了紧紧掌握住军校这批力量,便派他们的得力干将黄华表(广西省教育厅厅长)控制军校,在军校中安排他的政工人员,由军校政治部主任吴朝俊出头,联合第七军政治部主任莫剑鸣,反对共产党的宣传活动,引起了众怒。于是,在南宁市范围内到处掀起反对黄绍竑、黄华表党棍的怒潮,印发《打倒黄绍竑、黄华表的通牒书》,军校内引起了强烈的反响。一派人主张立即拟稿,发出响应市内《通牒》的通牒,支持打倒黄绍竑、黄华表的运动;另一派则主张军校不能支持这一运动。经过一场斗争，军校内进步力量得到进步的政治教官的策划和支持，共青团又早已掌握了各科队的党部，俞作柏校长也表示支持。

不几天，军校学员发出一个支持市内各派社团打倒党棍黄绍竑、黄华表的通牒。我们更加积极发动和团结学员拥护这一革命行动，主张立即发出响应的通牒。通牒发出后，国民党右派分子吴朝俊把积极参加斗争的学员列入黑名单。1927年春，军校第一期学员届期毕业，吴朝俊对我们参加积极斗争的人加以暗算，不给发毕业证书，又不直接分配工作。我家在南宁市考棚街，就回家等候通知。何竑、陈可福、陈可禄、周飞宇等家在外地的几十个人，就留在军校等候分配工作。

1927年4月上旬，即四一二事件的前几天，我还在南宁考棚街家里听说国民党政府逮捕了军校学生运动带头人周飞宇等四人（他们都已从共青团员转为共产党员），我赶回军校看情况，见留校听候分配的学员为此组织了一个100多人请愿团。陈可福、陈可禄、何焜等人要求释放被捕学生，但都不成功。

4月中旬的一天，学校通知我回校听候分配，我从家走到钟楼十字街头，碰到军校同学谢玉芳从学校跑出来，他说："军校现正捕人，我看情况不妙，便从厕所里溜出来，想通知你不要再回军校了，看你有何办法躲躲。"我说："到此地步，走为上策。"于是，我连放在学校内的衣服和用品都不去要了，同谢玉芳直奔金牛桥文树芝家小屋里躲藏。我是文家女婿，想一定很安全。但是，文树芝随后又被围捕，我只好转移到白沙村我三姐夫家住。后来，我和谢玉芳、林景云三人，一起剃光头，化装成农民，离开南宁。那天，在军校被国民党逮捕的有二三十人，他们都被关在南宁东门外监狱内，有的被杀害，有的被判无期徒刑，后来经过各方面人士担保也释放和改判一些人。

四一二反革命政变后，俞校长出走香港。国民党从 4 月到 9 月在广西大搞清党之后，平静了些，我方回南宁。1928年，中央军事政治学校第一分校改名为中央陆军军官学校广西分校，校长由肖樾代理，拟开办一期军官高级班。这个班收的人，是原军校毕业而不分配又逃走的第一期学员，要有两个现役校级军官担保才允许报考。我属后一种情况，我想报考，一时找不到担保人，到报名截止那天，才找到教育厅厅长雷沛鸿和一位邻村的校级军官做担保，改名为谢起寰，考入这个高级班，读了一年结业。

1929 年 6 月，俞作柏回桂主政。他一到南宁，便通知军校一期进步同学回南宁见他，接受他的委任。他见到我时说："本想给你在南宁市当公安局局长，现已由龚鹤村（即龚楚，广东人，共产党员，后叛变）去了，你就在我身边工作，任卫士队队长。"卫士配 100 多人枪，专门负担俞作柏主席警卫工作。我到卫士队后，曾见何焜也到俞校长那里接受了任务，但何担任什么工作我不知道。我当卫士队队长后，发现仍有一些学生被诬为"政治犯"关在监狱里，就将此情况向俞作柏报告，他即发一道手令，让我交给监狱长黄首儒："所有政治犯立即释放。"黄首儒接此手令后，立即把在狱的100多名"政治犯"释放。在组建省政府时，俞任主席，李明瑞任绥靖主任，掌握全部兵权。又派共产党员陈豪人、陈可福任省府机要秘书，谢玉芳任省府职员，李荫生任龙州公安局局长，陈可禄到养利县任县长。

1929年10月1日，俞作柏、李明瑞宣布反蒋，并组织讨蒋军，拉队伍进攻广州。蒋介石派人以重金收买俞、李部干将，俞、李反蒋失败。共产党为扭转这个局面，毅然率领第四、第五警备大队分别向右江、左江进发，建立革命根据地。俞作柏和李明瑞随第五警备大队上龙州。

10月中旬，俞作柏到龙州住了一个星期后，对李明瑞说："为了减少敌人对第四、第五大队的压力，我先暂时到香港，你们在龙州，要扩充实力，利用机会回师南宁。"俞作柏即叫我送他到香港。我们从龙州出越南，经海防到香港，安排好住处后，俞作柏对我说："你回去后，要保持龙州、越南至香港这条线的联系工作。"

我回到龙州时，已是农历十一月初三。李明瑞早离龙州去右江联系回师南宁的事，以实现俞作柏的计划。当时，俞作豫对军校同学还很重视，卫士队仍属五大队所辖，我仍任队长。为了扩充实力，俞作豫派何竤到宁明收编那里的几股土匪。但钟显章等匪首还想独霸一方，不愿受编，收编不成而退回龙州。

11 月下旬，俞作豫带第五大队离开龙州回师南宁。副大队长蒙志仁在龙州叛变，俞又率队回龙州，由何家荣带 3 个连和我带的卫士队攻打蒙志仁。12 月 3 日收复龙州，赶走了蒙志仁。12 月上旬，开始将警备大队改编为旅，我仍是旅部卫士队队长。

1930 年 2 月 1 日，我们在龙州宣布起义，易旗为红八军，我又是军部卫士队队长。2 月 11 日，红八军在龙州召开反帝大会，捣毁法国在龙州的领事馆。越边关口被法国人封锁，我们人出不去。当时，幸好邓斌（即邓小平）同志在龙州，不然还难得通过关口。

1930 年 3 月 18 日，红八军在龙州召开纪念巴黎革命纪念日大会。当时，军部还没有掌握到什么动向。我从军部过河到龙州街来打牌。俞军长等一些领导同志都过河来了。那天早上 7 点多钟，我们好几个同志还在一间屋里打牌，突然枪声在城外响了。我仔细听，是清脆的驳壳枪声。我说，开门突出去，不然人家一包围，我们就成一锅粥了。便开门突出去，先安排俞军长过河回军部。但铁桥头已有人守了，且过桥还有一段路程，我即叫一条小木船送俞军长过河。我们回到军部，把文件清理烧掉，又派在家的人把队伍组织起来，到桥头架好重机枪阻击。经过激烈战斗，严敏、陈鸿森等同志在桥头壮烈牺牲。我和俞军长带二纵队一部分向凭祥方向突击。反动军队李白云部又追到凭祥，我与俞军长被打散了。

我带一支十多人枪的队伍向镇南关方向前进，到越南边境一个山头躲住。白军四处寻不见我们，以为我们出境了。后来，得到凭祥的赤卫队队长的协助，经宁明到南宁出香港。以后我在香港一个中学任教，经多年辗转，后回到重庆。

红七军红八军总指挥李明瑞[*]

何家荣

　　1929 年 12 月 11 日和 1930 年 2 月 1 日，在中共中央代表邓小平的领导下，广西举行了在全国具有重大影响的百色起义和龙州起义。邓小平担任了红七军、红八军总政委，李明瑞担任总指挥。在这一伟大斗争中，李明瑞由一个爱国将领转变为一名坚定的共产主义战士。

　　李明瑞原为国民革命军第七军副军长，1929 年 5 月，回广西就任广西编遣特派员（后改为第四编遣分区主任）。俞作柏任广西省主席。俞、李思想倾向革命，主政后，为了打开广西的政治局面，主动要求中共党组织派干部到广西工作。于是，中共党组织先后派了邓小平、张云逸、陈豪人、叶季壮、冯达飞、李谦、袁任远等一批党员干部，到俞、李的政权机关和部队中工作。

---

　　[*]　本文原标题为《回忆红七军红八军总指挥李明瑞》，收录时做了适当修改。

在中共党组织的影响和推动下，俞、李制定和采取了一系列的进步政策和措施，释放了被国民党反动派在四一二反革命政变中逮捕在押的共产党员、共青团员和进步人士，如何建南、罗少彦、谢鹤筹、陈漫远等，使中共广西党组织得以很快恢复和发展；起用了一批共产党员和进步人士，如省政府机要室，南宁公安局广西教导总队，警备第四、五大队等重要军政部门，都有共产党员担任要职。还委派了我党推荐的一批党、团员和进步人士到左右江地区担任县长等职，还以护商大队名义给东兰县农军 1 个营的武器装备，共 300 多支枪、5 万发子弹；通令全部解散被广西军阀所把持的国民党各级党部；还逮捕了一些罪恶昭彰、民愤很大的国民党反动分子。这些措施都对广西革命形势的发展起到了很重要的作用。

为了适应风云变幻的局势，1929 年 9 月中旬，中共党组织在南宁市郊雷家大院召开了中共广西省第一次代表会议。邓小平、贺昌出席了会议，做了重要指示。这次党代会，实际上是一次部署武装起义的会议。有人将此事密告李明瑞，李明瑞却说："共产党开会有什么奇怪，你不给人家开会，这叫什么合作？"说得那些想干预中共活动的人无语以对。

9 月下旬，南宁的气氛突然紧张起来，俞、李正在加紧反蒋的准备。邓小平等接到这一消息后，立即进行研究和分析，认为俞、李掌握广西政权不久，立足未稳，仓促反蒋，必然失败。因此，一方面，向俞、李陈明利害，劝说他们不要轻易出兵参加军阀混战；另一方面，做出应变决策，把党在南宁掌握的武装留在南宁以便必要时撤到左右江地区，组织武装起义，建立革命根据地。但俞、李不听中共劝告，于10月1日在南宁举行反蒋誓师大会，出兵沿西江进攻广东。

不出所料，俞、李出兵反蒋后不到10天就失败了。俞、李部下的师长吕焕炎、杨腾辉和旅长黄权都被蒋介石以重金收买倒戈投蒋，军阀陈济棠即派香翰屏、余汉谋、蔡廷锴等3个师入桂逼近南宁。消息传来，南宁一片混乱。李明瑞只带得几个随从回到南宁。这时，局势更加紧张。当俞作柏、李明瑞见到广西教导总队副主任兼警备第四大队长张云逸、警备第五大队大队长俞作豫时，讲明了失败的原因后即命他们立即做撤退的准备。张云逸、俞作豫即向他们报告了去左右江的打算。原来，中共中央代表邓小平早已根据中央给广东省委转广西特委的指示，决定把党掌握的武装拉出南宁，挺进左右江地区，并把南宁军械库里存放的大批步枪和弹药、物资装上早已准备好的汽船，运往左右江地区。

反蒋失败后，俞、李还想"东山再起"，退守龙州是为了以退为进；而我党是为了准备武装起义，开辟革命根据地。于是，党按原定计划，由邓小平和张云逸率军械船和第四大队上右江，俞作豫和李明瑞、俞作柏率第五大队上左江。此刻，一场震动全国的百色起义和龙州起义已迫在眉睫了。

李明瑞自从和俞作豫上龙州后，由于形势紧迫，他和俞作豫忙于收编改编地方旧部队，一直没有时间考虑反蒋以来的经验教训。现在工作已初步就绪，龙州局势已趋于稳定，他有时间来进行一下反思了：一个多月来，龙州局势发生了很大的变化。改编旧部队后革命武装力量扩大了；群众初步发动起来了，在何建南的领导下，农军发了武器，队伍扩大了；农会、工会、妇女会、学生会也发展起来了，其声势比大革命时期更令人鼓舞。李明瑞亲眼看到共产党提出的"打土豪、分田地"的口号和办法如此深得人心，革命形势发展得这样迅速，他的确后悔当时没有听邓小平的意见，仓促反蒋，以致把与共产党合作得来的大好形势断送了。但值得庆幸的是，当时听取了邓小平、张云逸的一条意见，把第四、第五大队留在南宁，才有今天回旋的余地。李明瑞想到这里，不觉从内心里佩服还是共产党正确、有办法。于是，他来找俞作豫，倾吐了钦佩共产党的心情。俞作豫也感到很高兴，立即表示："你想得对，跟我们干，邓代表一定很欢迎。"听了俞作豫的话，李明瑞得到了很大的安慰。并对俞作豫说："我决定去右江一趟，亲自和邓代表谈一谈，并商讨一下攻南宁的问题。"

第二天，李明瑞带着一个特务连向百色出发了。快到田东时，恰遇邓小平来龙州，于是，他们一起返回百色。李明瑞来百色的目的是想要警备第四大队与警备第五大队一起配合攻打南宁的。邓小平和张云逸耐心劝说让他放弃参加军阀混战的打算，启发、教育他打起红旗，参加革命队伍，并以前委名义，请他在成立红七军、红八军后担任两军总指挥。结果，这位在旧军队赫赫有名的战将，在中共党组织的开导下，毅然表示："愿在共产党领导下，从头做起。"根据邓小平、张云逸的意见，攻打南宁的问题等起义之后再定，李明瑞先回龙州参加组织起义。并一起筹划了百色起义、龙州起义的具体部署问题。

李明瑞告别邓小平、张云逸后，即取道回龙州，到达龙州附近的水窿时恰与俞作豫会合。原来，李明瑞去百色联络第四大队进攻南宁时，他已命令俞作豫率第五大队去攻打南宁。当俞作豫率第一营乘船东下到达驮卢时，副大队长蒙志仁被桂系军阀收买，竟胁迫从陆路前进的第二、四营退回龙州，实行叛变，当时留守龙州的只有新编第六营和部分机关工作人员，被迫退出龙州。李明瑞弄清情况后，感到这是关系到能否举行龙州起义的大问题。于是，便和俞作豫立即召开排以上干部参加的紧急军事会议，分析敌我形势，决定派政治上比较可靠、自己又比较了解的一营三连连长何家荣率3个连和一个手枪班攻城，其余两个连及其他部队、农军作为预备队。同时，发动工人赤卫队和农民赤卫军助战，包围龙州城，并断绝叛军的粮草。当晚，即分兵进攻县城，经过三天三夜激战，击毙叛军营长潘益和参谋长王国连以下100多人，蒙志仁率残部溃逃南宁，12月4日，光复龙州城。

平定蒙志仁的叛乱后几天，邓小平即率何世昌、严敏等一批党员干部从百色来到龙州，传达中央和广西前委关于建立红八军的指示，他还和李明瑞、俞作豫等研究了发动龙州起义和起义后的工作计划大纲。广西前委原要求龙州于12月11日与百色同时举行武装起义，因发生了蒙志仁叛乱，第五大队的主力又尚掌握在异己分子何凤川的手里，于是决定推迟起义日期，等条件成熟时才宣布起义。邓小平部署好工作后，便从龙州经越南、我国香港前往上海向党中央汇报工作。

根据邓小平的指示，李明瑞、俞作豫开始了对警备第五大队的扩充和整顿工作。李明瑞决定将警备第五大队和边防巡缉队以及部分农民赤卫队编成"讨蒋南路军第一军第二旅"。李明瑞任总指挥，俞作豫任旅长，宛旦平任参谋长，下设2个团6个营，原第一、第二路游击队的番号不变，先后派一批共产党员到部队和游击队中担任重要职务。

为加强党对部队的领导，成立了中共左江军委（后改为中共红八军军委），先后由徐开先、宛旦平、何世昌任书记。并在各营建立了中共党支部，连队普遍建立了士兵委员会，还发动士兵揭发和批判旧军官中的军阀作风。对个别坚持反动立场和军阀作风的，则采取挖基倒墙、赶虎出山等办法，礼送出境。这对纯洁组织内部，团结教育广大官兵起了一定作用。

在改造部队的同时，加紧了对工会和农会组织的整顿，扩大和武装了工人赤卫队和农民赤卫军队伍，左江赤卫军大队发展到800多人。

为加强对左江地区党组织的领导，同年 12 月，中共广东省委派王逸、林礼到龙州负责党的组织工作。12 月 15 日成立了龙州县委，王逸任书记。

经过李明瑞、俞作豫、何世昌、严敏等领导同志的努力，龙州起义和建立革命根据地的工作基本就绪。为进一步和右江的革命部队相配合，李明瑞于 1930 年 1 月中旬第二次去右江联络。

1930 年 2 月 1 日，威震中外的龙州起义胜利举行。红八军党委书记何世昌在会上宣布，中国工农红军第八军和左江革命委员会光荣诞生。红八军政委由邓小平兼任，军长俞作豫，红七军、红八军总指挥李明瑞、政治部主任何世昌、参谋长宛旦平，下设 2 个纵队，第一纵队纵队长何家荣，第二纵队纵队长宛旦平兼任，大会还公布了《中国红军第八军目前实施政纲》。

龙州起义是和百色起义相呼应的，它沉重地打击了国内外阶级敌人，极大地鼓舞了南疆边陲的各族人民。

右江赤卫军总指挥黄治峰[*]

谢扶民

我和黄治峰同志的认识，是于 1927 年我还在本乡农民协会工作的时候开始的。1930 年我在右江赤卫军十四连当文书时，他是右江赤卫军的总指挥，经常到连队里来检查工作，我们见面的机会更多了。

红七军奉命北上江西中央苏区，在将近一年的艰苦的行军打仗远征中，我们之间更加熟悉了。1933 年，我调到红军大学学习后，我们见面的机会就很少了。1934 年我们胜利地粉碎了蒋介石第四次"围剿"后，黄治峰同志奉命调离中央苏区，转回右江苏区恢复工作，半途被惨无人道的反动派杀害而光荣牺牲。据说他离开中央苏区的前夕，张云逸等同志曾给他饯行。可惜，我和他相距甚远，没有参加送行，谁知他这一走，竟成了永别。每念及此，心总觉得万分

---

[*] 本文原标题为《忆右江赤卫军总指挥黄治峰》，收录时做了适当修改。

遗憾。

黄治峰同志在右江苏维埃革命时期，是继韦拔群同志之后而起的右江农民革命运动的组织者和领导者之一。他是一个优秀的共产党员，壮族人民忠实的儿子，1891 年生于奉议县（今田阳县）甫圩乡篆虞上屯。他生得身材魁伟，浓眉方脸，圆彪彪的双眼，有着永远旺盛的工作精力。早年他中学毕业后，即投入国民党广西军官学校攻读。毕业，即在广西陆军某营和湘粤桂护国联军总司令部警卫队工作，曾随队出发援湘，与段祺瑞、吴佩孚军阀作战。

1917 年乡人潘弼连先生曾为他的生命和前途担忧，写信要他出军界而回故乡。但黄治峰同志接信后仅付之一笑，并赠给潘先生一诗：

男儿立志出乡关，
报答国家哪肯还。
埋骨岂须桑梓地，
人生到处有青山。

年轻的黄治峰同志是怀有"男儿志在四方，挽祖国于狂澜"的远大抱负的。可是，腐败的军阀部队，却容不下这样富有热血的青年。不久，昏庸的头目借故诬赖他存有不轨行为而将他革职。事后，他并不气馁，次年易名黄卓群（以前为黄军）转入零陵镇守使行营野战医院工作，不久，医院解体，又转入自治军第十司令部任职。自治军是一些军阀官僚、土豪劣绅和惯匪拼凑起来的横霸一方、祸国殃民的武装部队，驻防于平马镇（今田东县城）、那满一带，大肆摊派苛捐杂税，弄得民不聊生，哀鸿遍野。面对着此一罪恶勾当，悲愤万分，翌年即弃职还乡，并改回原名黄治峰，与黄希堂、潘尚书等共同兴办学校，进行教育工作。

　　黄治峰同志离开军阀部队回乡执教以后，军阀官僚和土豪劣绅搜刮民脂民膏，变本加厉。农民因缴不起各种繁重的捐税，一批批地被押入监房，一群群的牛羊被牵走，这样活生生的现实进一步激起了他对旧社会的仇恨。1924年受韦拔群同志在东兰一带发动农民斗争的影响，黄治峰同志开始串联邻近亲友，发动农民反抗苛捐杂税。8月，当奉议县国民党县长黄炽秋偕团董周岱宗率警下乡向农民勒索的时候，黄治峰同志领导邻近农民一哄而起，将这些反动家伙团团围住，经过一场对打，结果把县太爷赶跑了。趁着群众斗争热情高涨，黄治峰同志发动四乡农民联名上省控告黄炽秋的胡作非为，给当时反动统治当局极大震惊。伪省府看到右江农民革命斗争风起云涌之势，早已怀有畏惧之心，为了缓和农民斗争，把黄炽秋撤职查办。这是黄治峰同志正式投身革命斗争洪流的开始。

　　1925年，黄治峰同志乘着群众斗争赃官黄炽秋胜利的热潮，开始在乡里秘密组织农民协会。1926年春，在各乡组织农会的基础上，公开成立"奉议县农民协会办事处"，他被选为办事处的主任委员。办事处成立后，立即就成了全县农民斗争的领导核心，并得到东兰韦拔群同志的有力支援，同年夏天，就展开了反对贪官污吏曾伯龙的斗争。

1926年夏初，军阀范石生部进驻奉议、恩隆（田东）一带，通过国民党县官曾伯龙等到处强迫征购粮草，作为长期弹压农民革命运动之用。当时正值青黄不接的夏荒时节，有的农民无法缴交，迫得走投无路；有的为了应征而到处向地主告贷高利的粮食来缴交。但是，曾伯龙却又从中克扣价款（原定8元，他才付给农民3元5角），这更引起了广大农民的极大愤怒。这时，黄治峰同志以办事处主任身份，代表农民向曾伯龙提出交涉：一是应将购买农民的粮食价款全部交给农民，不能克扣；二是无力应购的农民要全部豁免。

曾伯龙不但没有停止他那污浊的贪污勾当，却给黄治峰同志扣上了"造谣惑众，企图叛乱"的罪名，到处追捕，这样就出现了以办事处为中心，以黄治峰同志提出的条件为斗争目标的农民运动高潮，这高潮很快地遍及奉议、恩隆、恩阳诸县，最后，曾伯龙被当时的国民党省府扣押。这次斗争的胜利进一步地鼓舞了广大农民群众的斗争热情。

1927年春，黄治峰同志在中共广西省委派去的余少杰同志的具体领导下，和韦拔群同志派去的陈守和同志的协助下，在花茶屯庙堂里召开第一次奉议县农民运动骨干会议，讨论通过了当时的革命行动纲领，正式宣布田南道奉议县农民协会的成立，决定组织农民自卫军，进行武装斗争，并以奉议县为中心，积极开展恩隆、思林、恩阳等县的农民革命运动。当时的革命纲领是：打倒贪官污吏；打倒土豪劣绅；废除苛捐杂税；焚烧农民和地主之间的一切契约，没收地主土地，分配给贫困农民；打倒军阀；驱逐帝国主义出中国。以奉议县为中心的恩隆、恩阳、思林等县的农民革命运动，在这一具体纲领的指导下，蓬勃地开展起来了。

是年夏，在余少杰、黄治峰同志的主持下，又召开了第二次奉议县农民运动骨干会议，讨论了如何实现上述纲领的具体行动，以及如何惩办本地一向勾结官僚、压迫剥削农民的恶霸地主黄锦升、黄曹山、黄石狮、黄子亮、黄静山、黄子贞等六人的问题。会议决定在农历七月十一乘中元节前的仑圩圩日，将这批家伙一网打尽。是日黄曹山等三个坏蛋没有赶圩，结果仅捕获黄锦升等三人，次日召开甫圩、仑圩两乡农民群众公审大会，会上宣布了罪大恶极的黄锦升等三人罪状，就地执行枪决。这批素日作恶多端，骑在人民头上的坏蛋被处决后，农民的斗争烈火就更以燎原之势，到处燃烧起来了。

黄治峰同志经过几年实际革命斗争的锻炼，和余少杰同志的积极培养教育，于1928年10月由严敏同志介绍，成为一名光荣的中国共产党员。入党后，他对敌人的斗争更为坚强了。在敌强我弱的情况下，他采取了游击战术，和敌人进行周旋，有效地打击、消灭敌人，壮大了自己的力量。有一次在鹅桥乡出其不意，袭击敌人，经过一个多小时的战斗，消灭了敌民团武装数十人，缴枪 10 余支，子弹 7 箱，并惩办了从东兰县窜逃出来的大恶霸地主杜八等五人。

1929 年 10 月，张云逸等同志率领下的省警备第四大队和教导大队到达平马，准备武装起义。这时，黄治峰同志从张云逸同志那里领得了步枪 300 余支、子弹 100 多箱，大大地扩大和武装了原来的农民自卫军。为了更好地迎接即将到来的更大的战斗任务，田南道原有的农民自卫军统一改编为赤卫军，由黄治峰同志担任总指挥。他带领赤卫军 2 个营 600 多人到达平马镇，配合警备第四大队把反动的熊镐率领的警备第三大队围住，经过两天的激烈战斗，熊镐部全部被歼。之后，赤卫军浩浩荡荡地转回奉议，进行清算恶霸地主的斗争，没收地主财物，分配给贫苦农民。

当赤卫军回到奉议时，群众到处纷纷要求惩办血债累累、罪恶滔天的"土皇帝"黄曹山。黄治峰同志根据群众要求，连夜将韦宁屯黄曹山的住宅围个丝风不透。远近农民闻讯后，一时成千上万的人群手执大木棍，自动前来参加战斗，四乡的妇女小孩提篮挽盒踊跃地给赤卫军送茶送饭。但土豪黄曹山凭借自己拥有的 50 余支枪的武装和一丈多高的围墙做顽固抵抗，虽经赤卫军同志们五个昼夜的英勇攻击，没有打入黄家。一直到第六天清晨，赤卫军集中从各地调来的"土大炮"轰垮黄家大门后，黄家武装才被迫投降，然而罪不容诛的黄曹山却于前晚赤卫军警戒疏忽之际，偷偷地从侧门往山里潜逃去了。

县农民协会根据黄曹山的罪恶和农民的积极要求，宣布没收黄家全部财产，多少年来农民用血汗开辟出来的田园，重新回到了自己主人的手里；从黄家搜查出来的几千块大洋和几大箩东毫、铜板对着农民笑脸闪闪发光。多少年来压在农民头上的大石块就这样被搬开了。

1929 年 12 月 11 日，张云逸等同志领导的平马镇武装起义成功，右江工农兵苏维埃代表大会正式召开，会议讨论通过了十大政治纲领，并宣布右江苏维埃政府和红七军的成立。此后，右江的革命浪潮汹涌澎湃地向前发展。

1930 年 1 月，黄治峰同志响应党组织提出的扩大红军的号召，率领部分赤卫军参加红七军第二纵队（当时他担任第二纵队三营营长）。月余，红七军北上贵州发动群众，扩大苏区的时候，黄治峰同志又奉命留守苏区，负责指挥右江各县赤卫军坚持后方的对敌斗争。红军大队走后，广西军阀曾派出了几个正规团并纠合反动地方团队，疯狂地向右江苏区进行报复，企图断绝红军后路。这时赤卫军为了保卫苏维埃政权，和敌人展开了艰苦、复杂、反复的拉锯战争。为了稳定革命群众的斗争情绪，提高战士们对革命胜利的信心和鼓舞他们的斗志，黄治峰同志夜以继日地深入到群众中、连队中去，进行艰苦的教育工作。

那是红军北上贵州开辟新区不久的一个晚上，我们赤卫军十四连的全体同志进行了一天的工作和战斗后，都上床休息了。连部里几个领导同志刚刚讨论完今后工作计划，忽然村头一阵犬吠声，随着大门轻轻地荡开了一扇门扉，闯进了一个身材高大、两眼炯炯发光的人来，他就是黄治峰同志。当我们正在惊奇的时候，黄治峰同志说："同志们辛苦了！"

"不，总指挥同志，你才辛苦！"连长黄子龙同志说，转身拉出身边的椅子让黄治峰同志坐下。

"同志们都休息了，现在召开中队长以上的干部会议不会影响你们吧？"黄治峰同志还未坐定，很关切地向连政治教官李霭民同志征询意见。

"哪里，总指挥都能三更半夜来到我们这里，我们还能说什么影响！"李霭民同志说。

"好，现在就借大家一点时间，传达上级布置的工作任务。"

连长、政治教官都出门通知人来开会去了，我一人埋头在灯下抄写刚讨论好的工作计划，黄治峰同志凑近灯前，满脸笑容地看看我抄写的东西，这时，我急得一头大汗，忙说："总指挥同志，我们的工作没有做好。"

"很好，很好，你们的工作计划就很好嘛，字也写得漂亮，同志，好好干，我们就是要拉着敌人的鼻子打！"他挥着右手用力地击打左手心，同时发出爽朗的笑声。这时，我侧着脸偷偷地望着他那严肃而充满着乐观情绪的方脸时，他那布满血丝却没有一些疲态的双眼在告诉我，他又是几天几夜没有休息了。

开会的人到齐后，随黄治峰来的一位同志轻轻地拉着连长衣角低声说："总指挥还没有吃饭，你们是否可以弄一点给他？"

"怎么你不早说，饿坏了总指挥还得了！"连长带着责备的口吻对那同志说，转身到伙房里叫人备饭去了。

大家正在用心倾听黄治峰同志详细地传达上级布置的赤卫军保卫苏区的艰巨而光荣任务的时候，伙房同志轻轻地对连长说："请总指挥用饭吧！"没待连长出声，黄治峰同志就很诙谐地对那同志说："同志，敌人可以跑掉，饭可跑不掉的，等一会儿来就是。"大家都劝说他吃饭后再继续开会，但他仍然站在那里滔滔不绝地传达下去，大家没法，只好怀着关切的心情坐下来倾听着。好容易会议结束了，但时间已经下半夜 1 点半了，他简单地用过饭后，站起身来就转出门外，并对大家说："同志们累了，休息去吧！蓄足精力，好好地跟敌人较量较量。"

大家看到他那长期熬夜而发红的眼睛，都劝他在连里休息，待天亮再走。他说明早 7 点钟还要在仑圩开会，天亮前必须赶到那里。他还很轻松地说："休息嘛，好办得很，走路的时候就可以打一个瞌睡，习惯了，没关系。"他这一说，把我们有些原来被睡意缠得睁不开眼的同志给震醒了。大家挽留不住他，只好送他走出村外，连长看见他们只有几个人，担心他们半路发生意外，要派一个班护送时，他说：

"同志们都休息了，不要再惊动他们了，别看我们人少，老虎、反动派可惹不起我们的。"随着话音他就消失在黑茫茫的夜幕中去了。然而，他那永远充沛的工作精力和那严肃而又和蔼的脸庞，却给我们留下了难忘的印象。

过后不久，凶残的敌人到处放火抢劫，并且一步步地进逼我们的根据地，这时赤卫军的战斗任务更为繁重了。黄治峰同志为了使赤卫军在这一艰苦的环境里学到克服一切困难的本领，他不放松每一个有利时机对部队进行许多训练。一天晚上，夜已三更时分，人们都早已进入了梦境，他又在哨兵同志的带领下，轻悄悄地走进我们连里来了。当哨兵划亮洋火时，随着火光，大家马上忙着抽身下床，还来不及看清到底发生什么情况，他就高声地说："同志们好！"

"总指挥好。"连长说。

"子龙同志，现在马上要全连同志紧急集合，要迅速、整齐、准确。"

"好。"连长还闹不清出了什么事，忙着叫号兵吹紧急集合号。号声震破深夜的寂静，惊醒了赤卫军的战士们。15分钟后，全连的同志们就很整齐地在连部门前的一片场地里排好队伍了。黄治峰同志踏着下弦月的微光，走到队伍跟前，举起右手向大家说："同志们，你们好，当大家都睡得正香甜的时候，我把你们惊醒了，这叫作紧急集合。"

"不，总指挥同志，敌人要我们随时……"队伍里不知是谁这样说着。

治峰同志顿了顿继续说:"对,我们在老虎身边,在敌人的身旁,应该经常警惕着,假使敌人敢于夜间向我们攻击,我们就在夜里消灭它。这次紧急集合,你们搞得很好,既迅速又不慌乱,但是,作为人民子弟兵,以后还要更加迅速,最好十分钟或者更短一点的时间内把队伍集合好,那么,再狡猾的敌人,都要被我们打掉的。同志们,我们完全可以做到这一点。"随后他还扼要地分析了当时敌我形势并传达了红军在贵州不断取得胜利的消息,给我们莫大的鼓舞。

由于黄治峰同志艰苦的顽强的工作,和广大群众的积极支援,赤卫军胜利地粉碎了敌人的阴险计谋,有效地保卫了苏维埃根据地,待红军大队从贵州回师右江时,右江的革命力量得到了更为迅速的发展。是年8月,红七军很快地组成了第四纵队,黄治峰同志奉命为第四纵队纵队长。

1930年9月,红七军从恩隆、奉议出发北上江西会合中央红军。10月全军集中河池、南丹整编,将原第一、二、三、四纵队按全国红军统一番号整编为第十九、二十、二十一师,黄治峰同志调任第二十师副师长。远征过程中,为了更好地完成沿途战斗任务,部队又进行了一次整编,这时,黄治峰同志调军部任参谋处处长。

1931年7月,红七军战胜了许多困难,终于胜利地到达了中央苏区。1933年底我奉命调到红军大学学习,因为我与黄治峰相距很远,互相见面的机会就很少了。1934年他为了完成党和人民交给的更为艰巨的工作任务，被敌人杀害了。然而，他那刚毅、刻苦和十分体贴同志的形象，始终萦绕在我的脑际，鼓舞着我继续前进。

祖国的春天，到处万紫千红，先烈同志们，安息吧！

向都农军在白色恐怖中崛起

黄振庭

  龙州起义建立红八军的消息，很快在我的家乡向都南区传开。青年小伙子们都踊跃参加农军，开展打土豪的斗争。大约 1930 年 2 月中旬，我们向都县南区在黄庆金的领导下成立农军赤卫营。我早就为农军站过岗，这次自然正式报名参加。由于我有点文化，会算账，黄庆金叫我在第三连当司务长。同年 8 月，向都南区农军营与雷平"二十四寨"唐飞麟率领的农军会合，在妙怀屯进行整编，编为左右两江赤卫军第一路，黄庆金为总指挥，唐飞麟为副总指挥，下辖 3 个纵队：第一纵队纵队长何其瑞，第二纵队纵队长梁春荣，第三纵队纵队长钟榴霸。

  赤卫军第一路成立后，乘势发展大好形势。1930 年 9 月的一天夜里，我们去攻打离向都县城较近的果来乡大土豪张大福，很快打进了果来圩。张大福知道农军人多势众，不敢抵挡，逃进深山。我们农军在圩上驻扎了一天，将土豪张大福家的粮食、财物全部分给贫苦农民。

两个月后，我们攻打向都县城。这时，国民党县长和团局的头头和喽啰如丧家之犬，争相逃命。我们很快拿下县城，除少部分农军驻守县城外，其余农军回陇香、妙怀继续发动群众跟土劣斗争。

1930年，随着红八军的失利和红七军的奉命北上，以黄绍竑为首的广西桂系军阀趁机卷土重来，到处派兵攻打、镇压革命根据地的人民和农军。向都县一带的土豪、劣绅、团董纷纷从山上下来，张牙舞爪，疯狂反扑，白色恐怖笼罩整个左右江地区。国民党向都县县长农树棻进占县城后，扬言要把所有的农军都杀绝。

1931年4月1日这天，桂系军阀黄镇国与国民党向都县县长农树棻、县民团副司令黄清一等亲自率领千余武装到向都北区巴马村进行拉网"清剿"。为掩护群众撤退，坚守在这里的红军二十一师独立团第二营的一部分战士奋力阻击。在右"巴也山"隐蔽的部分群众未来得及撤走，陷入敌人的包围圈。农民黄显东的妻子身背孩子，被匪军追上，从背后一刀捅死母子二人。匪军见妇女黄月芳手上戴着手镯，便上前一刀砍断她的手腕将手镯劫走。对跑不动的老人、小孩，他们砍断其腿、脚、手，割掉鼻子剜掉眼睛。据事后调查，因此而惨死的就有18人。县工农民主政府妇女部部长黄春荣及红军战士黄显录、苏继烈、韦昌福、黄和基等被抓走，押到向都县监狱关起来。三天后黄春荣即在县城被匪兵吊在树上枪杀。

这伙穷凶极恶的敌人来到录柳屯，烧毁民房 59 座，全屯财物被洗劫一空。真是到处屋冒烟，遍地有新坟。

1931 年 7 月初，果德、思林、向都三个县党的领导人黄书祥、林柏在果德弄那屯召开会议。他们各自痛诉了敌人残害人民群众的罪行，决心给敌人以迎头痛击，营救被关押的红军战士和群众。会议经过充分研究，决定趁向都县城敌兵大都外出"清剿"的机会，集中独立团和三县赤卫军攻打向都县城。会后，各领导人分头回去传达会议精神，集结武装力量做好战斗准备。7 月 10 日，独立团和各路赤卫军有 2400 多人，按时到达巴马会合编队。由独立团团长黄书祥（兼任果德县委书记）担任总指挥，兵分四路进攻县城。第一路，由独立团第一营、果德赤卫军组成，由赵世同负责指挥；第二路是独立团第二营和向都县北区的赤卫军，由黄绍谦指挥；第三路是思林县的赤卫军，由廖明佳（后叛变）指挥；第四路是向都县南区赤卫军，由黄庆金指挥。

7 月 10 日傍晚，一切准备工作就绪。红军、农军按计划从巴马趁夜色向向都县城进发。不料到了那午、洞东地方，天空突然下起倾盆大雨，每个人的衣服都淋透了。尽管大家都精神抖擞地冒雨行进，但由于天黑路滑，行军速度受影响，等到县城时天已亮。肖茂文、黄恩光所率领农军先头连到达县城时只遇到正在逃跑的民团后尾。双方激战十分钟，敌人败走。我们冲进县城，不见农树菜、黄清一的身影，才知道他们早据哨兵报告提前逃命，于是，立即用铁锤砸烂牢门，救出黄显录等11名战士和20多名群众。这时，向都街上人山人海，人们喜形于色，战士们兴高采烈举枪欢呼胜利。

正在欢庆胜利的时候，黄绍谦闻报：农树菜等躲在县城西南边的岩洞里。于是，黄绍谦亲自带队前往捉拿。农军在洞口喊话，讲明我军的政策，结果敌人一名士兵出来投诚，并说农树菜等是来过，但很快就逃走了。投诚的士兵带农军进洞搜查，得49支步枪、1000多发子弹。

桂系军阀头子得悉向都县城被农军占领后，急令新驻龙州的第四十五师师长韦云淞前来"进剿"。不久，韦云淞带本部和养利冯飞龙民团奔袭向都，妄图把农军一口吃掉。县农军总指挥黄书祥得到情报后，决定避开敌人的锋芒，于7月18日主动撤出县城，经汉洞回到架龙、巴马。此后，农军化整为零，继续坚持斗争。

就在这个月，我们赤卫军第一路改为右江下游第三团，团长黄庆金，政委黄怀贞，参谋长黄德胜，政治部主任黄镇，下辖3个营。

我们这支农军在白色恐怖中不但没有被消灭，反而在斗争中逐渐发展壮大。1933年9月6日，我们与敌对汛处打了一仗，毙敌副队长1人、士兵1人，缴手枪1支、步枪2支，敌人被赶跑。紧接着靖西民团向我农军进攻，我们事先选好了地形，进行伏击，打死民团参谋梁同等3人，缴枪10

支。这年秋季，我们农军第三团又改编为滇桂黔边区劳农游击第三联队，总指挥梁超武，政委黄松坚，参谋长黄德胜，政治部主任黄镇，下辖5个大队。我在第三联队机关当上了经理股主任。

以后，我所在的劳农游击第三联队屡打胜仗，一直坚持斗争到1937年，转为抗日义勇军。

抢众秤事件始末

彭仁卿　潘德财

　　1928 年初春，我们的家乡武宣县东乡区发生了一件震动全广西的事件。这就是由区农军与国民党东乡团局抢众秤而引发的一场大规模的农民暴动。我们俩是这一事件的参加者。

　　在中国共产党还没有来到我们这里发动农民运动之前，我们武宣也和全广西其他地方一样，山高人穷，交通不便。地主老财占地为王，极尽压迫剥削穷人之能事；土匪多如牛毛，对黎民百姓，肆意掳掠；至于说到官府，他们从不替人民群众着想，反而和土豪劣绅串通一气，变着法子从平民百姓身上榨取民脂民膏。单说这苛捐杂税一项吧，官府规定农民除了按照法令统一要缴纳税赋外，各级政府增设的捐税难以胜数。例如，捐有烟酒捐、黄麻捐、生猪捐、鸡捐、狗捐、过渡捐、竹林捐等；税有契约税、人头税、牛马税、榨油税、牧林税、圩场税，真是无处无事不交税。此外，还有使人莫名其妙的各种费，什么差役费、军队收宿费、维持费、草鞋费……简直是想收钱就收钱，甚至连名目也不用规定了。

东乡区按照惯例都是定期赶圩，农民在这里进行一次交易活动。区团局看到这是一个掳掠的好场所，便在圩上设立了"众秤"，谁到圩上交易一次就要交24个铜板，没有钱交就把货物全部没收。并且屡屡发生痛打农民的事件，乡团局利用"众秤"，从农民手里抢夺了大批的钱财。

1927年春，共产党员潘业俊从广州农民运动讲习所回到东乡区深入发动群众，组织农民协会，开展打土豪活动。

潘业俊经常问我们："你们说中国是有钱的人多，还是穷人多？"我和彭仁卿异口同声地说："当然是穷人多！""为什么有钱的人不劳动，却拥有那么多的钱呢？"

我们一下子回答不上来。因为潘业俊有文化，懂的道理多，他就把国民党以及军阀官僚压迫剥削穷人的各种手段讲给我们听，并且号召农民："我们要组织起来，跟压迫剥削穷人的官府、土豪劣绅做斗争！"

4月下旬，东乡区召开大会，正式成立农民协会，会场上人山人海，武宣、通挽、桐岑等区的农民协会以及桂平县、平南县的农会都派有代表参加会议。会上选刘月高为农民协会主席，潘业俊、严少荣为委员，翁尧年为文书，韦廷献为财务。大会宣布成立农民自卫队，由刘铁民任队长，彭功辅任参谋。大会同时颁发了会旗和农民协会的大印。潘业俊拿起犁头旗和大印，对群众说："今天，我们有旗印了。大家要团结在犁头旗下，犁平旧世界！"农民协会委员们个个情绪激昂，决心跟着共产党，革命到底！

从此，农民有了自己的组织，和地主开展"二五减租"，农民自卫军站岗放哨，带头打土豪，农民群众个个喜气洋洋，无不拍手叫好。

1928年2月23日，正值春闲，农民交易旺期，群众多次向农民协会反映东乡区团局利用"众秤"盘剥农民的残酷事实。东乡的农民协会经过研究，决定派执委翁尧年与东乡团局局长刘少嘉商量，减少对农民的税收，谁知刘少嘉不容农会商量，说："'众秤'收入是地方财政预算范围，农民协会无权过问。"从此，团局增加了团丁的防卫。

翁尧年回到农民协会把情况一说，自卫队队长刘铁民说："如今我们再不能干等着受剥削，我们干脆把'众秤'抢过来自己掌管！"农民协会同意刘铁民的意见，嘱他要组织得严密一些。

中午时分，刘铁民腰挂麻尾手榴弹，带几个自卫队队员，直奔设"众秤"的猪崽行。当时有两个团丁正在吆喝着过秤、收钱，刘铁民严肃地对两个团丁说："这'众秤'从今天起就归农民协会接管啦！"同去的农民协会委员黄亚苟眼疾手快，将团丁手里的秤顺手夺了过来；几乎同时，另一名委员刘和隆也从团丁手里夺过了收费单据。

两个团丁看到围观的群众越来越多，自知再赖在那里不会有好结果，只好夹着尾巴悄悄溜了。

刘铁民当众宣布："农民兄弟们，我们要打破残酷剥削穷人的旧制度，建立合理的新制度。从今天起，'众秤'归农民协会管理。原来团局收费不合理，现在我们每次交易只收4个铜板，农民协会决定，将收得的这些钱归农会办公和办学用……"刘铁民的话还未说完，群众一齐拍手叫好！

那两个团丁溜回东乡区团局，向团总刘少嘉报告了农民协会抢"众秤"的经过。刘少嘉当时正躺在床上抽大烟，话还未听完就跳起来鼓着眼珠子，扔掉烟枪暴跳如雷："这还了得！"当即拿起电话向武宣县县长唐熙年报告。唐熙年骂刘少嘉是饭桶，断了他的财路，下令刘少嘉："你给我把'众秤'夺过来！"

唐熙年在地上踱步走了几圈，他决心向省府告急，请求省府派兵镇压农民协会。

过了几天，刘少嘉带着团丁，荷枪实弹地来到了猪崽行。这伙人不容分说，上去就把农民协会会员黄亚苟和刘和隆手里的"众秤"抢了过去。黄、刘也不甘示弱，又从团丁手里抢过了"众秤"。如此抢来夺去，不可开交。

最后，还是唐熙年亲自出马，来到了东乡区，他带着县团防局局长王善征来到猪崽行，伙同东乡区团防局、民团头目一起，把黄亚苟、刘和隆五花大绑起来，关进了大牢。

"唐熙年残酷压迫剥削人民群众，还抓农民协会的人，我们决不答应！"圩集内的农友奔走相告。黄亚苟、刘和隆被抓的消息，一天之内传遍了周围 30 多个乡圩，许多乡的农民协会集会声援东乡受害农友。

中共武宣县委、中共东乡区委，以及东乡区农民协会当天即召开紧急会议，发动组织了 30 余乡的农民群众 1000 余人，其中有 300 余名农民自卫队队员，把东乡区团防局包围得水泄不通。农民协会强烈要求释放被捕的两名农友，要求把"众秤"交给农民协会管理。

唐熙年本想带几个团丁把"众秤"抢过来就算完事，没想到事情会闹到这么大，他自料团防局内 60 名团丁肯定抵不过几百人的农军，于是只好在东乡区团防局内躲了起来，找了几个最得力的保镖四周保护着，等待援兵的到来。

到了 2 月 26 日，农民群众有增无减。这是农军围攻团局的第三天。唐熙年见性命难保，一方面放出烟幕故意释放两位农友，一面派人出去报告国民党广西党部，赶紧派石化龙团长带兵救援。

27 日，国民党大队人马开到了，又抓走四名中共党员和六位农友。农民协会领导人潘业俊等见敌人多势众，便下令撤围，在广大农村继续发动群众，进行武装斗争的组织准备工作。

　　这次东乡武装暴动虽受强敌镇压而失败，但广大农民群众从中认识了自己的力量，积累了斗争的经验，为以后更大规模的暴动创造了条件。

血染的劳五红旗

李立名

我们平南县劳五区（原称劳五里），地处平南县南河的东南角，与容县、藤县交界，是个地薄、山瘦、民穷的丘陵山区。

过去，封建地主残酷压迫剥削农民，地租高得惊人。2月至6月放高利贷，放出一担，年底收回两担。绅士李步岩勾结团局，逢行事必要钱，他霸占宗族蒸尝，每年私吞谷万斤。大地主陈继明放债，名为"九出十归"，即借9元，书写10元欠债约，另起利息，盘剥农民大量钱财。像这样的事，在劳五区到处都有。加上国民党政府的苛捐杂税，农民如牛负重，苦不堪言。

1926年秋，平南县农会筹备处的李修其被派回新隆做农运工作，他开始在七新、新路两村走街串户向农民做宣传。李修其向贫苦的农民说："你们为什么生活这样苦，吃了上顿没下顿？主要是地主压迫剥削所致。大家只有团结起来，组织农民协会，跟地主老财做斗争，才能摆脱压迫剥削，过上好日子。"

李修其组织一批农运骨干，到群众中讲组织农民协会好处，结果这两村农民很快起来，当时以村升格为乡，组织了乡农民协会。同时挑选青年积极分子组成农民自卫队。随后，在如富竹、新隆、周村、竹客桥、苏村、木村、岑村、良漠等村，也都相继成立了乡农民协会和自卫队，并到容县苍梧道农运办事处领回了旗印。

农民协会成立后，马上开展了减租、减息、退押、保田等一系列活动。各村农民协会还建立仓屯，以备受灾荒时救济贫民之用，还规定每年两造稻谷以及其他粮食类收成均由农民协会决定交租的成数，等等。农民协会实行这些政策后，农民一致拥护，生活得到初步改善。但是土豪劣绅却把农民协会的这些做法视为眼中钉、肉中刺，他们向国民党县府送情报造谣说：李修其行规不正，勾匪作乱。

1927年4月，在李修其等人领导下，劳五区农民协会成立了，大会选李修其为区农民协会主席。同时宣布成立常备农民自卫队，有30杆枪，我被选为队长。并在新隆召开庆祝大会，这一天，各乡农民按规定时间到会。容县冠圹、平和、下村、波圹等地都派来了代表祝贺，同时还有几十名学生也来参加庆祝会，参加大会的总共有1000多人。会场升起犁头旗，贴有标语，李修其还写了两副对联，有一副对联上联是："革除五千年帝制专横，民族已粗安，民生民权须构造";下联是："招呼十数乡会员集此，土地原共有，土豪土恶急推翻"。区农会在新隆参赞庙办公，门口贴的对联是："劳农新政策，五里树先声"。

为了保卫农民利益，区农会的农民自卫军也驻守参赞庙，经常白天上军事政治课，晚上参加下村工作。我们对地方散匪坚决进行剿捕。这年夏天，藤县湴水土匪帮，在容县平河抢劫农民耕牛，窜到新隆。我带自卫军搜捕，在后田桥，我将土匪陈屎、锹七击毙。那段时间里，新隆社会安定，圩场繁荣，各村小学都能正常开课。

四一二国民党反动派叛变革命之时，"清党"魔手伸到了平南。4月24日，国民党防军平南县营长黄炳桐以邀请苏国忠（乐群小学校长、青运负责人、共产党员）、郑瑞楷、吴照南、胡毓煌（农运支持者、县党部委员）、县农民运动筹备办事处领导人吴延亮等到思者来酒楼（南利楼）吃饭的名义，妄图借机一网打尽。其中，吴延亮因有事前一天离开了，幸免于难。其他四人不知是毒计，准时赴约，到了酒楼，未饮几杯，即被宣布扣留，四人被软禁于县府。苏国忠坚贞不屈，视死如归，坚持抗争，最后被敌人用菜刀砍死。郑瑞楷最后也被枪杀。吴照南、胡毓煌被关了数年，直到1929年俞作柏回广西执政时才被释放。据我所知，当年还有林培斌（苍梧道办事处主任）、张威（县农会执委）等数人也被杀害。6月以后，北河农军被敌人派兵围杀的就更多了。

在敌人血腥的屠杀面前，我劳五区农会并没有被吓倒，李修其仍领导着农民协会继续跟土豪劣绅、团局做斗争。1927年6月，为了反击敌人的镇压，劳五区出动十余名农军前往大同区参加大同暴动，配合龙铁筠农军在水晏包围县防军高瑾岳连三天三夜，作战异常勇敢，敌人连续几次突围都被打了回去。农军毙敌数十，击毙高氏。一直到第三天敌人的援兵赶到，农军才撤离。

1927年8月，中共广东省委派黄埔军校毕业生共产党员陈平到新隆。同月上旬，中共广西地委委员宁培瑛在容县冠圹召开骨干会议，决定革命同志转到新隆，建立根据地，继续开展武装斗争。这样，共青团员陈孟武、高鹏鹍，容县农运领导人何仲泽，以及刘文轩等一批革命者相继会集到新隆。陈平、宁培瑛在新隆宣传马列主义，建立党的组织。李修其、高鹏鹍、李立名、陈孟武先后加入了中国共产党。党的组织由小组发展成支部，有党员20多人。

9月中旬，劳五区农会召开代表会议，在中秋节前将农会改为新隆苏维埃政府。李修其被选为苏维埃政府主席，李荫阶为副主席。陈孟武、高鹏鹍、卢有权、梁治平、李立功、李培彩为政治宣传员。后来宣布把自卫军改编为红军，我改任红军队长，陈平任军事指导，宁培瑛为政治指导，中队下面分4个小队。苏维埃政府制定如下措施：一是仍然坚持"二五减租"；二是征集新隆圩屠宰税归苏维埃政府公用；三是限定谷米价严禁出境；四是训练红军。常驻新隆红军由 30 人发展到 80 人。

1927 年 12 月上旬，广东省委为了配合广州起义，指示广西组织"冬暴"。广西地委遂召开工作会议，会上决定以平南的劳五区为基础，派宁培瑛组织暴动。宁培瑛回来后，根据这一精神，与陈平一起组织大家积极做准备。为了扩大武装实力，陈孟武两次回冠圹筹集枪支弹药。第一次回去，说服家里人，把堂兄陈振中的 10 支长枪、2 支短枪，子弹 1000 余发，带到新隆。第二次是在农历年底，他由冠圹回新隆途中，在茅田村亲戚家过夜，发现房里挂着 2 支枪，未等天亮，在桌上留下"借条"便把枪带回新隆。

是月下旬，苏维埃为歼灭敌人，开始"冬暴"。由宁培瑛直接指挥，出动红军 14 人，掖着 7 支手枪，由陈平和我带领，趁这天是平山圩日，化装成赶圩人，混入群众之中。到平山后，一些人卡守圩口，陈平和我率战士向团局靠近，快到团局跟前时，我停下来观察了一下地形和敌人动静，发现团局门是半掩着的，有一哨兵站岗。如不想办法把推拢门槛塞住，敌哨兵发现情况关了推拢门，就很难实现歼敌计划。于是，我们趁敌哨兵不注意时，用一块烂碗底塞进门槛里，随后掏出手枪往团局院内冲！敌哨兵见势不妙，急忙拉推拢门，但因为有烂碗底卡住了怎么用劲也关不上。我们先把这个敌哨兵打掉，然后继续往团局里面冲，由于出其不意发起攻击，敌人惊慌失措，乱作一团，当场被击毙 5 人，打伤 2 人，我们缴了 4 支机造九响枪和 4 联子弹，接着对所有的房子搜索了一遍。出来后，向市场上的商人和群众宣布消灭封建绅士的理由后，胜利而归。

平山团局的覆灭，使平南、容县的土豪劣绅极为惊慌，更引起桂系军阀注意，国民党省党部通过决议："咨省政府迅饬防军剿办。"1928年1月17日，国民党平南县县长马翼汉带兵一个营并纠合寺面、平山等团练共1000多人进攻新隆。我们红军那时已发展到80余人枪，是早有准备的，成立了指挥部，陈平为总指挥，宁培瑛为副总指挥，并分内外二线部署兵力，敌人一接近新隆就四面围攻。战斗打响后，我们红军奋起抗击，这时参赞庙内有30多名武装战士，外线也有30多名战士，都决心誓死保卫新隆人民政权。内线由陈平指挥，外围由我指挥。战斗从18日开始，打得非常激烈。第一天过去了，敌人被我毙伤30多人，还是不能接近圩场，全圩场仍在红军控制之下。第二天，李立功用驳壳枪向敌人所占的山头冲击，第一个牺牲了。敌人接着于下午3点冲入新隆圩，李亚豪阵亡。李亚雄等三人向青塘村方向冲击，结果李亚雄两人也牺牲了。晚上，我们红军计划全部出击。夜里3点多钟我和梁建英先行，随着我们冲出的有陈平、李荫阶、李立就、李立家等10多人，最后宁培瑛、陈孟武、李修其等也都冲到庙后背山坡上。前两批已突出重围，陈平腿负伤，在山上与队伍失去联络，第三天被敌人发现捕去。第三批冲不出去，复退回参赞庙。第三天，参赞庙已变成孤立据点，弹尽、粮绝。下午4点，敌人在步矎山岗架大炮，连发数炮，参赞庙及炮楼被击破，多人伤亡，敌人至此才攻进参赞庙。李修其阵亡，李立德战死，在庙门边陈孟武被杀害于坡下井边。宁培瑛、高鹏鹗、周绍明兄弟四人被押送到寺面杀了。陈平也被送到梧州杀害。

这一次抗击敌人的"进剿"虽然失败了，但却沉重地打击了国民党反动派的嚣张气焰，为全广西革命人民继续斗争树立了光辉榜样。烈士们勇于为革命献身的精神永远铭刻在人民心间。

激战在红水河两岸

覃国翰

　　在山清水秀的桂西，有一条风景迷人的红水河。我的家乡都安县（今大化县）丹桂村就坐落在这条河畔。

　　　　红河水，长又长，豪绅逞凶似虎狼，
　　　　地主逼租粮满仓，农民吃糠宿庙堂，
　　　　天亮携儿去讨饭，又遭大户犬咬伤……
　　　　千年牢笼难冲破，穷人出路在何方？

　　这是我们家乡流传的一首歌谣。在共产党没有来到我们这里以前，我们都安地区也和其他地区一样，贪官污吏满天飞，苛捐杂税如牛毛，土豪劣绅收租逼债，迫使许多农民倾家荡产、流离失所。所以，打倒土豪劣绅，争取翻身解放，早就成为我们都安人民的迫切要求。

　　自从韦拔群同志在东兰领导农民闹革命的消息传到都安

以后，我的家乡——丹桂村的贫苦农民像长夜里盼黎明那样，都心想："拔哥，你快上我们这里来吧！"

这年秋天，韦拔群同志果然先后派来了农运骨干陈铭九和陈鼓涛、邓无畏。来到丹桂后，通过办夜校，教唱革命歌曲，把人民群众像磁铁般吸引住了。我也像着迷一般夹在人群中听他们讲革命道理，或者尾随他们一起打土豪、斗地主。到1926年末，我们村正式成立了农民协会和农民自卫队。我光荣地参加了农民自卫队。从此，丹桂的劳动人民欢天喜地，自己当家做主人，那些土豪劣绅再也不敢作威作福，只好躲在阴暗角落里伺机反扑。

四一二反革命政变后，桂系军阀疯狂地杀害共产党员和革命群众。土豪劣绅、贪官污吏也死灰复燃，向革命群众反扑起来。面对敌人的屠刀，我们县农民协会做了许多准备工作，应对残酷的斗争。并派我、覃善谋和覃建辉三名同志去韦拔群同志创办的农民运动讲习所学习。

我们三个顾不得夏日炎炎，日夜兼程用了四天时间赶到了东兰县武篆区中和乡。一到那里便四处打听拔哥在哪里。

第二天，我们接到通知拔哥请我们去。傍晚，到达拔哥的住处。拔哥伸出温暖的手，热情地欢迎我们，并请我们吃"地羊席"（即吃狗肉，壮族的上等席）。席间，韦拔群同志详细地询问了都安农民运动的情况，鼓励我们不要怕敌人的威胁，要坚决地跟反动派做斗争。在农讲所里，我们100多号人欢聚一堂，进行阶级分析，搞社会调查，学习军事技术，使我们懂得了不少革命道理，提高了和敌人做斗争的本领。三个月后，韦拔群决定，要我们回原籍发动群众，打击敌人。

1927年10月中旬，我们回到丹桂村。当时，国民党桂系军阀和县警团派兵镇压农民运动。国民党都安县县长韦旦明带部分军警民团直扑丹桂、古河一带，烧了西区农协会主席覃道平等农运骨干和群众的房子30间，罚群众交白银三担半；县团务总局局长韦还甫率民团数百人包围了大化农运领导人花联君的房子，杀害其大女儿，抓走其妻儿；桂军第八独立团团长吕谷贻，率3个连和都安县警团武装共数百人，直扑东区拉烈，企图"清剿"农民自卫团。陈伯民领导拉烈农民自卫团和中区农军共350多人在红水河边的八甫渡口抗击了桂军的进攻，使国民党军队无法渡河，绕道到那雉渡河，毙伤敌数十人。

与此同时，都安县农会主席覃道平率镇江区农民自卫军150余人在西部山区攻打土豪据点，配合东区、中区农军作战，形成了全县暴动高潮。国民党广西省政府十分惊恐，于当年11月16日向全省发出了通令，通缉邓无畏等八名都安农运骨干。桂系军阀勒令解散农民协会，于是，我和一些同志也被敌人通缉，农民协会只好转入地下活动。

这段时间，村里是没法住了，我们几个农会骨干经常钻丛林，住山洞。一次，我们正在村里做发动群众工作，被敌人发现了，他们死命追住我们不放。幸好半路遇到壮族老大娘，她不顾危险地把我们藏在仙女岩的山洞里，每天叫她的小女儿覃达门装成下地干活的样子给我们送饭吃，使我们安全地避过了敌人的搜捕。

敌人找不到我们，就将丹桂村洗劫一空后撤走了。我们便利用这一短暂的机会发动群众，用各种办法秘密搞来数百条枪武装农民自卫队。这时，韦拔群及时地给我们送来了3000多发子弹，为迎接新的战斗做好了准备。

1929年秋，东兰、凤山两县的武装斗争风起云涌。我们都安各地的农会、自卫队也在他们的影响鼓舞下，不断发展壮大。

1929年11月底，县农会研究决定，将全县自卫队员集结到江洲乡达默镇，举行武装起义。为什么把武装起义的地点选在达默呢？因为这里背靠江洲圩，正面是天险红水河，侧面是高山峻岭。由上谷村沿红河而上，只有一条路通达默，只要我们守住这条路，敌人是难以进来的。同时，达默镇周围群众基础较好，农会组织很坚强，农民自卫队一直掌握着200多支枪。我们选这样一个地方起义，就天时、地利、人和全有了。

经过一番紧张的准备，12月的一天，我们按计划在达默正式宣布武装起义。这天，成千上万的群众集中在广场上，欢庆这一盛大节日。起义大会宣布成立都安县苏维埃政府，中共党员覃道平、黄梓英分别为正、副主席。会议同时决定，以镇江自卫队为基础，组建都安县赤卫营，该营辖

500人枪，由县苏维埃政府直接领导，覃道平兼任营长。到处人群沸腾，红旗招展，张贴着"打倒土豪劣绅""打倒蒋介石"的标语。人们长期压抑在心头的愤怒，像冲决堤坝的洪流奔腾而出。起义大会之后，赤卫营队员们满腔怒火，直接冲向上谷村山背后弄场的一个无恶不作的蓝姓大地主家，把他抓起来斗争，斗倒了他的威风，还把他的财产全部分给贫苦农民，接着又公审了几个土豪劣绅。真是人心大快！

达默起义的消息，很快被县城的敌人知道了。当天，敌人即派来了一个团分两路围攻达默镇。我们赤卫营领导人闻知敌人围攻，立即将队伍和江洲赤卫队带上了凤凰山迎击敌人。我们靠着有利地形，激战一昼夜，打退敌人五次冲锋，杀伤大量敌人。但是，敌人靠着人多和优良的武器，想一举把赤卫营消灭，形势非常严峻。正在危急之中，韦拔群派两个营的援军赶到，把敌人狠揍了一顿。敌军腹背遭受打击，手足无措，仅一个半小时，即全线崩溃，狼狈逃遁，弃下大批枪支弹药，遗弃很多伤员和尸体。还有不少敌人想从红水河夺路而逃，结果淹毙水中。我赤卫营乘胜追击，兵分两路夺取了都阳镇。那个自称"七老爷"的黄姓大土豪带的一部分武装也被打得七零八落，向七百弄方向逃跑了。

第三天，我们在都阳镇召开群众大会，又公开挂起了都安县苏维埃政府的牌子。会上，还选出了九个农协委员。我当选为农协组织委员，各委员围绕着如何武装斗争、如何继续坚持战斗进行讨论发言。

农民赤卫营在都阳镇休整了三天，第四天继续向敌进击，夺取古河圩，占领丹桂村，并一举攻克都安县城。

那琴风暴和黄名山

何星甫

1928 年春，我的家乡上思县那琴圩爆发了轰轰烈烈的抗税暴动，沉重地打击了国民党反动派的残酷统治。这次暴动的组织领导人是黄名山。

我认识黄名山，最早是 1926 年 6 月。那时黄名山是一名进步学生，他在进步青年刘福善的培养教育下，懂得了不少革命道理。一天，黄名山、刘福善来到我的家乡那琴圩，对群众进行革命宣传。黄名山、刘福善组织一大群青年来到庙堂。黄名山讲了土豪劣绅压迫剥削穷人的现状之后，指着庙里的泥菩萨说："这帮东西摆食品它们吃不了，农民的贫困它们保佑不了，地主作恶它们制止不了，群众有病它们治不了，留它们有什么用？"说着就和刘福善一起把十多个菩萨打个稀巴烂。并说："我们只有搞武装斗争，穷人才有出路！"

我的心被黄名山的革命行动深深打动了，决心和他一起搞武装斗争。不久，黄名山和我们一起的 33 个农友在那琴圩秘密地合照了一张相片，每人洗一张珍贵收藏。大家表示，团结一致闹武装斗争，决不叛变。

1927 年初，中共广西党组织派特派员李宗祥、梁创到上思县那琴圩，与黄名山取得联系，深入发动群众，并于 2 月间成立起那琴农民协会。农会主席就是黄名山，委员有黄尚环、凌云、刘美娥、孙兆祯、刘福善、黄著勋。建立农民协会的同时，还成立了农民自卫队。因为我当时在圩内青年中有一定威望，所以被推为农民自卫队队长。不久，上思县的那下、那俩、下英、大替、东楠、那派、桃源、那标、来蒙等十多个乡，以及相邻的恩阳江那乡也都建立起农民协会。过了几天，黄名山到省里，领来了农民协会的旗印，红旗上印有一把犁头，公章上则刻的是"某某区某乡农民协会钤记"的字样。发旗印时，我们那琴的几百名农友都集中在完小的旧厨房里隆重开会，其他的乡都派代表参加。会上，黄名山发表了慷慨激昂的讲话。会后，还和大家一起喝庆祝酒，进一步宣传农民运动的重大意义。这期间，黄名山总是日夜不停地忙着，他带头上街宣传，发传单，贴标语，或站在桌子上进行讲演，揭露土豪劣绅、不法地主的罪恶。

那时候，我们农民协会和地主做斗争的重要方式是实行"二五减租"。过去农民租地主的田，收成按六四开，就是收 100 斤稻谷，地主拿 60 斤，农民只得 40 斤。后来实行"二五减租"，将收获粮食先分给农民 25 斤，将剩下的 75 斤，再按六四开，农民可得 55 斤，地主得 45 斤。广大的农民为"二五减租"拍手叫好，积极拥护农民协会的主张。

本来按"二五减租"的办法，地主仍然是不劳而获的，可是他们仍然极力反对。那琴的团总黄景春对佃农说："谁种我的田，就要交租，少一粒也不行。"农民跟黄景春讲理，黄景春便大打出手，说谁再不愿交租，就把他关进大牢。农友们实在是气愤不过。

黄名山听了这些情况，就找我和其他领导商量办法。他说："我们只有跟他们干！"他秘密召集农友来那琴圩开会，连夜把黄景春的屋子包围起来。天将亮时，黄名山令我从墙上爬上去，跳进院子里，我喊道："黄景春，快出来，农民协会今天跟你讲理。"黄景春知道农民协会来者不善，就操起枪准备射击。我当即把他的大门踢开，农友们一冲而入，很快便把这个不可一世的团总捆了起来。黄景春死不认错，坚持叫农民交租。我们就把他家的稻谷分给贫苦百姓，把他的猪、鸡、鱼抓来，给农民协会喝庆功酒。然后，数百群众押着黄景春游村，并把他的账本、鸦片枪当众烧毁。在群众大会上，黄名山代表农民协会历数了他的罪恶，然后把他枪毙了。

处决了团总黄景春，真是人心大快，群众运动从此如火如荼地开展起来。许多原来还有点惧怕黄景春的农民，纷纷参加农民协会，一大批青年积极要求参加自卫队。不少的劣绅、地主夹着尾巴逃跑到外地。那琴到处是一派欢天喜地的景象。

当时，还有一种情况群众很不满意。那琴乡有许多平民百姓无田耕种，仅靠挑几担盐的脚力钱糊口。但是就这么一点钱，国民党县政府也不放过。1928 年春，国民党上思县盐税局派人到那琴设盐税卡，一担盐收税 2 元，这样一来一个农民辛辛苦苦挑一担盐的利润几乎全部被国民党县政府给剥削去了。贫苦农民一次又一次到盐税局提出抗议，但是盐卡仗着官府，轻则没收盐挑子，重则又打又骂。贫苦农民把这一情况反映到区农会。黄名山派执行委员孙兆祯带领 30 多人到盐卡讲理，周围的群众也来看热闹。农会会员说："每担盐，2 元的税太重，最多只能收 2 毛！"有个狗腿子背着大枪叼着烟卷，歪着脑袋说："收 2 元钱这是县府的命令，少一分也不行。"农会会员说："收 2 毛这是农民协会的主张！"狗腿子拍着枪说："不交就看这个……"农会会员忍无可忍了，冲上去缴了狗腿子的枪，处决了掌握盐卡的头子。盐卡上的贫苦百姓见状都拍手叫好，高呼："农民协会万岁！"

黄名山领导的那琴区的农民运动，得到广大劳动人民的拥护，但土豪劣绅、不法地主对黄名山却怕得要死，恨得要命。扬言："谁抓到黄名山，奖给 40 万块铜钱。"

1930 年 6 月 20 日，国民党的县长梁熙德亲自带领县保安队等 1000 多人，将那琴圩全部包围起来。黄名山沉着地组织农民自卫队和敌人展开了激战。黄名山看敌人密集的轻重机枪封锁了农会的大门，觉得与敌人硬碰硬是不行了，便掩护特派员唐光天及五名农会领导成员突围出去，然后自己借着弹雾跳出包围圈。敌人见没抓到黄名山，便直扑黄名山的住屋，黄名山一家人个个操起枪矛与敌人战斗。凶狠的梁熙德令其爪牙放火焚烧黄名山的房子。待大火燃起之时，将黄名山的祖母、母亲、妻子、四岁的儿子、弟弟、弟媳、妹妹全部枪杀了，与他们一起遇难的还有其他两名农军战士。

梁熙德血洗那琴之后，我们许多农友都泣不成声了。黄名山却很镇静。他对我们说："干革命哪能没有牺牲！我们要擦干眼泪，继续和敌人干。"当时有的农友提出要他暂时离开上思，以保住生命。黄名山斩钉截铁地说："我不能离开那琴的农友，我要和那琴的农友生死战斗在一起。"之后，他和刘福善继续深入发动群众，酝酿发动武装起义。

1931年元旦，黄名山和刘福善组织700人的农民自卫军围攻县城。我们自卫队队员高喊着"打倒贪官梁熙德""打倒土豪劣绅""为烈士报仇"等口号，奋勇攻破县城。战斗进展很顺利。当时只有红宫和钟鼓尚未打下，第二天，国民党的县民团司令黄鲁便带领民团解围来了，这样农军反被敌人包围。黄名山、刘福善又指挥攻城队伍突围到那琴一带坚持斗争。

不久，黄名山在那琴的驮桃建立根据地时，被地主罗育德设伏所害。黄名山虽然牺牲了，但他为组建农民自卫队，带领群众进行武装暴动的献身精神，一直激励着我们奋勇前进。

南溪牟坪农民暴动[*]

赵之祥

　　党的八七会议，确定了实行土地革命和武装起义的方针，各地党组织根据会议精神，积极组织武装暴动。1927年冬，党组织考虑我是共产党员，又在黄埔军校武汉分校学习过，懂军事，便把我从武汉派回老家南溪县从事党的工作。

　　返乡不久，1928年1月，中共南溪县委召开党团骨干会，传达了川南特委发动"春荒暴动"的指示，决定由张守恒（县农协主席）、洪默深（黄埔军校学生）和我制定军事行动方案。2月底，在张守恒主持下，我们在李庄专门开会研究拟订了武装暴动行动方案。

　　会后不久，我就从县城赶到牟坪，抓紧时间组织起义队伍，同时教给大家一些基本的军事知识。

----

　　[*] 本文原标题为《南溪牟坪农民暴动的回忆》，收录时做了适当修改。

3月，川南特委指派特委委员郑则龙同志到南溪任县委书记，加强对暴动的组织领导。4月5日，川南特委又增派特委委员曾君杰（原省工运书记）来南溪加强暴动的军事领导。我们在牟坪梁家湾召开了第二次行动委员会会议，决定曾君杰任总指挥，我任副总指挥，7日晚上12点开始暴动。

由于牟坪辖区大，暴动那天晚上，我们先把队伍分别在两个地方集中编队，然后开向牟坪，总指挥曾君杰、胡瑞斋率领一队，我同胡明汉率领一队。

我们这一队开进途中，我做临战动员，我说："今晚我们要把乡镇团甲中最坏的人抓起来，收缴全乡武器，用来装备我们，建立苏维埃政府。现在你们是农民，明天你们就是共产党领导的川南革命军的战士了。"队员们听后个个精神振奋，表示今夜要把这些坏蛋一网打尽。然后，分成几路向反动派进攻。在水井湾烧了姓刘的大地主一座瓦房，在秦家坝杀了甲长邹宪章。快要天亮时，又集中力量到石板田围攻一户大地主家，遭到武力抵抗，一时攻不进去。农民便点火烧房子，迫使地主交出武器和部分钱财。然后，押上抓获的人犯，向牟坪镇进发。

进镇后，经过彻夜暴动的队员们，既高兴又疲惫。于是，我布置一小部分人去没收地主豪绅的粮食，煮饭、准备干粮，其余人员抓紧休息，准备迎接新的斗争。

不久，曾君杰、胡瑞斋率领的队伍也到达了牟坪镇，我立即派人在通往县城的路口安上步哨。然后召开领导碰头会，分析形势，研究下步战斗。

下午三四点钟的时候，哨兵跑来报告：远处来了十几个挑布担子的人，后面还有兵保护。我当即带了 20 多个会打枪的队员，埋伏在场外路旁油菜田里。当保商队接近埋伏地区时，我向空中打了一枪，队员们也跟着开枪。我大声喊道："站着，不许动，缴枪!"十多个保商兵都吓傻了，呆呆地站着不敢动。队员们一拥而上，俘获了全部人枪和物资，并把士兵带回镇上，向他们宣传："我们是中国共产党领导的川南工农革命军，是为了劳动人民的翻身而革命的，要打倒一切压迫人民的反动军队。你们也都是劳苦人民出身，为了生活才去当兵。你们如果留下参加我们的队伍，我们欢迎；如不愿意，可以回家做工、务农，但不要再去给军阀当炮灰。"刚说完，就有一个人说："我能吹号，我愿意留下。"我们就把他留下做号兵。其余不愿留下的人，每人发给两元路费，遣散回家。

天快黑的时候，郑则龙同志带着几个青年来了，还带来了旗帜、标记和文件。我们请示："昨夜全乡暴动，农民把当杀的都杀了，没杀的都捉来关着呢，怎么办?"他说："干得好! 我们开群众大会处理。"随即，进行开大会的准备工作。郑则龙组织几个青年去写传单、标语；我们将部分精干的青壮年编成特务中队，每人配发快枪和夹板枪，指定赵弼臣为中队长。其余带杂枪或梭镖、马刀的队员编为 2 个中队：第一中队中队长是方子清，第二中队中队长是熊友章。每个中队配备几架土炮。从附近各乡陆续到达的暴动队伍，另行编队。

10 日，是牟坪镇赶场的日子，就在禹王宫前坝子里召开庆祝农民暴动群众大会。大街小巷贴满标语、传单，"川南工农革命军"的大红旗在会场迎风招展。各乡的农民越来越多，农协的武装农民亦先后来到，但都没有标记。我们给每人发一根红头绳，拴在枪上或手臂上并临时编了队。大会由曾君杰做主席，王星桥做记录。宣布开会后，先由曾君杰讲话，他说："我们农民受了长期的压迫，今天在共产党领导下翻身了。我们要打倒军阀，打倒贪官污吏，打倒土豪劣绅；要成立苏维埃政府，并且分田、分地，实行耕者有其田。今天我们的行动，是值得庆祝的。但是要使革命真正成功，还要我们大家团结奋斗，不怕牺牲。胜利一定属于我们！"之后，由郑则龙讲话，他说："你们现在虽然行动起来了，但干劲还不大，手段还不辣，镇压土豪劣绅、贪官污吏还不彻底，我们要以赤色恐怖回答敌人的白色恐怖，才能建立起我们的政权，才能巩固我们的胜利。宜宾的观音寺、大塔等地的农民已经组织起来了，他们一定会来支援的……"最后，曾君杰宣布："把乡镇团甲、土豪劣绅押上台来！"

正当贫苦农民纷纷上台控诉反动派的罪行，群情激愤的时候，哨兵跑来报告：国民党第二十四军徐光普旅派来

1个营，一部进攻宋家，一部由团防队队长张国安带路进攻牟坪来了。我当即同总指挥曾君杰商量：我们是整队去阻击呢，还是分路战斗，或布成几道防线据险扼守？他说："分线防守好。你带部分兵力在第一线与敌周旋，我在第二线设防，马上通知各乡前来援助。"商量结束，我立即与胡瑞斋等率领特务中队和一中队为前卫；命赵弼臣为尖兵队队长，带领20名尖兵搜索前进，如发现敌情，即鸣枪示警。曾君杰与胡明汉等带领二、三中队在离场两公里的灵官坡布置第二道防线。郑则龙与袁敦厚等率领一批人员留在场上搞后勤工作。

行动不久，尖兵在观音寺发现敌人，边鸣枪边跑回来报告。我立即命令部队就地展开，准备战斗。那时候敌人的武器比咱们的精良、弹药比咱们的充足，部队比咱们训练有素，而且还有后续部队赶到。战斗打得很激烈，队员们很英勇，打了一个多小时，阻击了敌人数次冲锋，胡瑞斋、王木匠等相继受伤。这时发现一部分敌人从我们右翼迂回过来。我们担心包抄，下令转到第二道防线。还未退到指定地点，第二道防线阵地的部队，已被另一部分敌人前后夹击打散了。面对这种危险局面，暴动队队员们心里发慌，各自行动，最后，我身边只剩下三个队员，其中两个还是伤员。我就近设法把他们藏起来，火急火燎地赶到李庄找张守恒商量对策，没找到，只好秘密潜回城里。

尽管牟坪暴动失败，一些同志壮烈牺牲，但革命的火焰并未熄灭。在党的领导下，牟坪人民经过此次革命斗争的锻炼，变得更加坚强、成熟，不久，革命斗争又如火如荼开展起来。

涪陵兵暴和第二路红军游击队[*]

赵启民

我是大革命时期加入共产党的，入党后一直在郭汝栋（1928 年以前郭汝栋任杨森部师长，之后被蒋介石擢升为新二十军军长）部做兵运工作。1930 年春天，亲身参与并领导了涪陵部队起义和罗云坝武装起义。

郭汝栋部长期驻防涪陵地区。大革命期间，我们党因郭有进步表现，陆续派遣了一些党员到涪陵驻军工作，并建立了党的支部，领导开展兵运工作。郭军 3 个师中第一师党的力量比较强，这个师第一团的 3 个营都有党的组织。1930 年年初，蒋介石命令郭汝栋率部出川"剿共"，广大士兵在四川土生土长，不愿出川，军心动摇。四川省委军委书记李鸣珂来涪陵，指示党的军支利用这个千载难逢的机会发动兵变；同时，成立领导起义的特别委员会。经研究，认为第一

---

* 本文原标题为《参加涪陵兵暴和第二路红军游击队的回忆》，收录时做了适当修改。

师一团三营党的基础最好，决定首先在这个营组织起义。三营中共党组织布置：趁部队从白涛（涪陵城南 30 余公里）开往涪陵城时举事，并要求十一连派人先把反动的代理营长李佛态打死，率先发动。

当时，我在三营十一连当连长，我和连指导员、共产党员何治华研究决定：起义时机选择在将进城的时刻，利用城郊的复杂地形，出其不意，揭出义旗。同时确定，由党员谷德荣率领汪鉴周、陈奇两名党员执行打死营长李佛态的任务。谁知，谷德荣临阵胆怯，到达指定地点，呆呆地站在那里，迟迟不见行动。随连行进的李佛态见事有蹊跷，三步并作两步随别的连进了城。我见第一步棋没有走好，事情有泡汤的危险，当机立断，命令全连开到城边一座小山上，第十连的党员也将队伍拉到望州关山上，控制了制高点。这时农民军也在乌江对岸呐喊。所有这些，引起第一师师长廖海涛的警觉，采取了紧急措施。第十、第十一连面对强敌，孤掌难鸣，只好开回城里。

第三营进城后，分驻几个地方，受到严密监视：士兵除采购外不得随意外出，不准互相交谈。晚上，全城进行戒严、搜索，弄得人心惶惶。就在这时，负责人李鸣珂召集秘密会议，嘱咐我们不要泄气，敌人只是怀疑，还没有搞到我们的计划；何况现在郭军正准备开拔，填防的刘湘部杨国祯旅初来乍到，不了解情况。起义的事要继续进行。他特别强调：各连党支部要有独立地、机动地举行起义的思想准备，不能寄希望于外力，不能互相等待观望，坐失良机。

此后，敌人的压迫越来越严重，每天一入夜，即派出1个营封锁我们十一连西门口驻地，第二天拂晓才撤退；全连的武器全部集中保管；组织人对革命军官进行暗杀。派来暗杀我的是第九连的中士徐步武，恰好徐是我们的同志，他及时向党组织做了汇报，敌人的阴谋才没有得逞；团里要我们连把谷德荣、汪鉴周、陈奇交到营部。

面对这种严峻形势，我找特委领导请求指示，但未见到人，于是，我召集党员开会，说目前情况万分紧急，敌人很快要向我们下毒手，为了保存革命力量，我们要赶快把队伍拖走。幸而我们连驻扎的西门口紧靠江边，只要设法弄到木船，不愁脱离不了罗网。目的地，是正在筹备武装起义的县东北的罗云坝。我的意见得到党员一致同意后，我即布置：由汪鉴周领导第一排，陈奇领导第二排，胡安富领导第三排，要他们回去迅速向士兵进行动员，并各找到一支能载1个排的木船听候使用。

这天晚饭后，我们借口奉上级指示，练习夜行军，打野外，把2个排拖出来（另一个排因出现意外未走成）。船一离开涪陵城区，我即召集船上的50余人向大家进行了简短有力的动员，宣布为打倒军阀、地主豪绅，救穷人出苦海，我们现在举行起义。并告诉大家我们要去的地方。士兵为我的讲话雀跃欢呼，士气高昂，把军帽摘下，投入江中，把军旗撕碎，作为起义军的标志，表示同旧军队彻底决裂。船工也为我们的胜利而鼓舞，用尽全身力气划船，船似箭一样向下游驶去。不到半夜，部队到达涪陵清溪镇。下船后，我命谷德荣带领一个班，杀了一个民怨大的土豪，得长短枪4支；为扩大革命声势，我派懂文墨的士兵用土红在墙上写了好些标语。队伍稍稍休息后，即请人带路寻捷径向罗云坝进发。清溪距罗云不到20公里，虽是山路，但大家情绪很高，不到天明就到了。

到罗云后，当地党支部把我们安排在一所小学休息。接着，召开了盛大的欢迎会。会场上，数百军民在一束束火把照耀下，满面红光，喜气洋洋。之后，我们军支和罗云党支部负责人尹觐阳、李焕堂等开了联席会，研究了会合后的一些事情，决定军事暂时由我负责，统一了紧急集合地点、口令等。

上午，我连指导员何治华从涪陵赶来了，他是设法摆脱了敌人监视一个人跑出来的。他说，昨夜敌人准备派十二连追赶，连长左世琳不敢来，借故推辞了。想派其他连又怕一去不复返。结果不了了之。当天，我与何治华化装成农民侦察了周围地形。不久，特委负责人苟良歌（涪陵县委书记）带领一批干部从涪陵城到达罗云。他召集尹觐阳、李焕堂、我、何治华、周晓东等人开会，传达省委指示：领导兵变的特委会，除原有的同志外，增加尹觐阳、李焕堂为委员。苟良歌说："现在首要工作就是积极鼓动农民参加赤卫队，配

175

合兵士发动起义，开展游击战争，实行土地革命。"会后，特委领导人深入各村，进一步发动群众，做好起义准备工作。

我和何治华不断到士兵驻扎的农民家里向农民宣传党关于土地革命的政策，讲明农民只有参加赤卫队，打倒土豪劣绅，分土分田才能翻身的道理。同时，我连的党员，除提高警惕防止敌人的突然袭击外，也参加了发动群众参加赤卫队的工作。经过几天调查了解，特委几个领导人碰头，研究了情况，感到有少数人还有顾虑。主要是有个土豪与涪陵官方关系密切，平时欺压群众，无恶不作，他像一座山压在群众头上。不镇压他，农民起不来。当即决定：夜里由我带领一个大组，在农民赤卫队配合下，去杀这个土豪。薄暮，我连第五大组在小学集合，我与大组长陈占武侦察了土豪住地地形后，派人把通往土豪家的路口和前后门严密封锁。然后，我们破门而入，一举将其处死，查封了财物，烧毁了契约，缴获步枪两支。

第二天，土豪被打死的消息不胫而走。农民欢欣鼓舞，拍手称快，踊跃报名参加赤卫队。之后，我们一面加紧农民起义的准备工作，一面储备军用物资，以供日后武装斗争之用，并请求中共四川省委支援医务人员。不久，邻县地下党组织和革命团体纷纷送来药品和红布。人心更加振奋，士气更加高昂。

4月上旬的一天，苟良歌召开特委扩大会议。会上，大家分析了形势，汇报了情况，细致地讨论了准备工作：预计参加起义的赤卫队员有 300 多人，农民干部有 40 人，能编成 1 个大队、2 个中队；另外，从赤卫队队员中精选出部分人补充到起义士兵中，成立 1 个大队。同时，讨论了组织机构和领导人名单，决定按省委指示成立四川第二路红军游击队，并将特委改组为前敌委员会。游击队由李鸣珂任总指挥，苟良歌任党代表，周晓东任政治部主任，我任前敌指挥。同时成立涪陵县农民赤卫队，由尹觐阳任总司令，李焕堂、刘伏洋任副总司令。会后，李鸣珂从涪陵赶来，通报了敌军即将进攻罗云的消息。前委开会研究：第二天即举行起义；为避免同强大的敌人碰硬，起义军战略转移；为便于沿途发动群众，打土豪劣绅，组织 3 支宣传队、2 个武装工作队。

第二天拂晓，宣传队张贴布告、标语，散发传单。随后，全体兵士和赤卫队队员集中到铜矿山鸡屎尖的草坪上，召开大会，苟良歌在会上庄严宣布：涪陵县起义农民和武装起义的兵士，今天正式成立四川红军第二路游击队，开始实行土地革命，建立革命根据地。我宣布了领导人名单，宣布了红军的纪律，并领导大家进行了庄严宣誓。会上，士兵和赤卫队队员高呼口号，气氛十分热烈。会后，队伍向涪陵、丰都两县交界的仙女山区前进。

途中，我和周晓东率领两个武装工作队和一个宣传队先行，担任向群众做宣传，找向导探询路线，调查土豪情况等任务。在丰都、涪陵交界的沱田，我们在当地农民配合下，镇压了几个恶霸地主，没收了几十石苞谷和大批衣物等，然后，召集农民开会，把粮食和衣物分给穷苦农民，宣布：凡欠地主的钱粮，一律本利不还。农民都说：没想到还有这样的好日子！有这样的好人为穷人办好事！这时中共四川省委派来陈静，中共涪陵县委派人送来了各革命团体赠送的医药和慰问信。大家感谢党的关怀，革命热情更加高涨。

为把革命继续引向深入，进一步扩大党的影响，前委开会，检查几天来的群众工作，感到工作还不够深入，表现在群众不敢大胆揭露土豪隐藏的物资、武器和活动的情况，侦察工作也收获不大等。指出今后做群众工作应到各户做个别访问，帮助群众做好事，与群众亲如一家；侦察工作要进一步依靠群众，以摸清各方敌人的真实情况。对神兵要利用他们抗捐税的热情，采取联络上层、争取下层群众的方式，破除迷信，以减少障碍。

沱田这一带，神兵的势力比较大，前委派周晓东带着宣传队去做工作，很快打开了局面，争取了他们的领导人。我们同神兵开联欢会，由宣传队演出文艺节目，他们破天荒看到文明戏。这天看戏的人很多，上午未演完，下午继续演。当大家看得正起劲时，忽然有200多民团向我们袭来。我们几个领导碰头，认为初战一定要胜，就将大部分兵力布置在山顶上。待敌人进攻受挫时，红军一个分队向敌右翼冲去，为了动摇敌人，我们先以掷弹筒向敌人密集处发了一炮。敌人惊叫："有大炮!"吓得鼠窜而逃。首战告捷，我们缴获了一些枪支、弹药。

在沱田，由于李鸣珂已经离队回重庆（不久，李即被叛徒出卖牺牲），前委决定由我继任总指挥。5月，沱田地区敌情越来越严重，前委决定部队向丰都转移。中旬，我们到达丰都廖家坝，准备攻占军事要地栗子寨。

栗子寨是个很大的寨子，地势险要，加上里面有地主武装防守，我们研究以智取胜。一天下午，我军故意打着红旗，大张旗鼓地从寨下向东开去，造成敌人错觉，以为我们不会取寨。入夜，我们杀了个回马枪，悄悄来到寨下，丝毫未惊动敌人。午夜时分，我们精选了18个机灵小伙子，分三路同时偷袭三个寨门。一路两组，每组三人，搭人梯爬进寨门，再解下腰间布带，将后面的人吊上去。在敌人神不知、鬼不觉时，突然爬上寨墙，跳入寨内。顿时，喊杀声四起，弹如雨下，吓得敌人各自逃命，顺利攻克了栗子寨。政治部立即开展工作，在寨前寨后贴满标语，并在围席上、山岩上写上大幅标语，以震慑敌人，动员群众。政治部不止一次召开群众大会，宣传土地革命，周晓东亲自讲话，详细向群众讲明分田分地的意义和办法。随即，广大群众发动起来，他们烧毁地主的红契、佃约、借条，铲除了田坎，分了土地，并在每个穷苦农民的田里插上竹标。农民欢天喜地，庆祝胜利。

在栗子寨我们站住了脚跟以后，派出主力一部向东北、东南开展工作，不久又在回龙、太平等乡建立了苏维埃政权。但这段时间也不是风平浪静的。在内部，农民赤卫队中混进了一些不纯分子，有的甚至担任了基层干部，他们闹独立，搞分裂，妄图拖走队伍。前委虽召开会议，分别进行了处理，但仍有个别坏人隐藏下来。在外部，民团不时来偷袭，给我们造成损失；尤其是盘踞川东的刘湘部队，在涪陵、丰都、石柱三县民团配合下，不断向我们发动大规模的"围剿"。我们虽有几百人，但大部分未经训练，且械弹两缺，还击敌人的进犯，损失越来越大。因此部队先后撤出栗子寨、太平坝、回龙场。7月上旬被迫再向石柱转移。

这段时间，前委书记苟良歌去重庆向省委汇报工作。我们这支日益削弱的红军，在敌重兵进逼下，处境越来越不利。7月中旬，在石柱西北鱼池坝遭千余民团"围剿"。我带领部队做殊死战斗，突围出来后只余下不到百人。大家心情很难过，我更焦急。正在这时，苟良歌从重庆汇报工作回来，见红军损失惨重，召开前委扩大会议，传达省委指示：解散四川第二路红军游击队。会后，召集党团员开会，进行说服工作，后又向全队动员讲明解散的原因，号召大家自行选择，回农村或打入白军中继续革命。

四川红军第二路游击队解散后，苟良歌调到四川省委工作，我同其他几个干部到四川红军第三路游击队工作，周晓东等几人由省委另行分配，绝大部分战士分散返回家乡。就这样，坚持斗争四个月的四川红军第二路游击队结束了它的历史使命。

潼南起义

张秀熟

1928 年 5 月，下川东战事爆发时，我正代理中共四川省委书记（书记刘愿安赴莫斯科参加党的"六大"）。省委根据中央有关指示精神，向各地党组织发出指示：一是不参加军阀战争，并争取打入反革命军队做破坏工作；二是发动工农暴动推动游击战争的发展；三是汇聚工农暴动力量，造成割据局面。这年 6 月的潼南双江镇起义就是在这一思想指导下发生的。

1926 年 12 月，刘伯承同志奉党的指示，发动了泸顺起义，军阀何光烈部的杜伯乾旅起义失败后，下属的瞿联承团被二十八军师长李家钰（后任四川边防军总司令）改编，后驻防射洪县的太和镇（县治），扩大为四川边防军第二混成旅（后改编为第三师第五旅），瞿联承任旅长。这个旅在起义时受损失小，党组织保存了下来。1927 年，该旅团副、共产党员石晶若先后介绍了旅部秘书赵子文、十团团长刘文仕、十一团团长秦仲文入党。

1928 年，党中央派李鸣珂入川贯彻八七会议精神，发动国民党军举行武装起义。与他同来的还有一个化名李觉民的同志。二李来后不久，正式建立了省委军委组织，由李鸣珂担任书记，主要抓涪陵、江津、合川的军运工作。李鸣珂的组织、宣传能力很强，由于他在 1924 年曾在瞿联承团任过书记，便抽时间回瞿部清理组织。这时，全旅的党员计有石晶若、赵子文、刘文仕、秦仲文、范弘先、李载甫、李伯容、宫清、晏雅如、冷绍成等 20 余人。从 1928 年 2 月起，积极开展兵运，发展党的组织，两个多月光景便发展士兵党员 50 多人。几个月后，更增至百余人。另外，还发展了一批党的外围组织成员。太和镇一时成了上川东党的活动中心。

当时位于涪江右岸的太和镇，在军阀、官僚把持下，捐税很多，尤其船费重，群众怨声载道。部队党的组织经常发动士兵上街张贴打倒军阀、打倒土豪劣绅、废除苛捐杂税等标语。

中共射洪县及太和镇的地下组织也非常活跃，国民党射洪县党部就由共产党人控制着，当年 3 月，赵子文被选为县党部执行委员兼太和镇区党部执行委员。射洪县出版的《赤湖周报》《黑幕旬刊》等公开宣传马列主义，揭露军阀的黑暗统治。李家钰风闻这里共产党的力量大，常派人来此明察暗访，以便采取对策。

李家钰通过一段时间的了解，认为太和镇的形势比较乱，特别是第二混成旅的军心严重不稳，便命令部队调防，移驻遂宁县北坝嘉禾桥一带，并不准官兵入城。

5月间，杨森部队在下川东发生内讧，战争绵延一个多月。该部党组织认为军阀的分裂，有利于革命形势的发展。于是，便瞒着两位团长，直接鼓动士兵"干"。宣传中提出了一些口号，如驱逐反动军官，平分长官薪饷，不为军阀打仗，等等。对此，士兵欢迎，情绪高涨。但省委认为暴动的时机不成熟，这时候"干"是一种盲动，即派李鸣珂前往瞿旅进行具体指导。

李鸣珂到后经过多方做工作，大家统一了认识。不久，瞿联承旅开到潼南双江镇。旅部驻田坝杨稚鲁大院，团部驻禹王宫（现双江小学）和杨紫丰大院。这时，省委派军委委员任锦时等到双江，加强党在部队的力量。部队中先后建立了党支部和特支，设立了联络站。同时继续发展党员，壮大党的力量。秘密成立了士兵委员会、赤色士兵联合会，暗中进行反对军阀战争，拥护红军、拥护苏维埃、拥护土地革命的宣传教育，以提高士兵群众的觉悟，为实行革命兵变打下了思想上和组织上的基础。

当起义的准备工作正加紧进行时，旅长瞿联承发现部队有兵变的危险，就密请李家钰采取紧急措施。李家钰准备下令对2个团进行改编，清洗部队中的共产党员，并撤去团长刘文仕的职务。重新派遣排、连、营基层军官约20人到该旅任职。

但是，李、瞿的阴谋为党组织所侦知。特支书记赵子文等马上研究应急措施。决定立即发动兵变。详细地研究了起义的时间和有关问题。时间定在 6 月 6 日。党员联络士兵负责消灭新派来的反动军官，不能跑掉一个，护卫连负责解决旅部，并砍断电线。以枪声为号，一齐开始行动。

6 日晚 9 点，起义开始了。信号枪一响，全旅一齐行动起来。枪声和"打倒军阀瞿联承！""打倒贪官污吏！""打倒土豪劣绅！"的口号声，震动双江镇夜空。瞿旅部所驻田坝杨家大院是铁门，又是风火墙，没法攻打进去，瞿联承穿了便衣从后花园逃走了。李家钰派去的一大批基层军官，除一个营长当晚住在洪泰栈漏网外，其余统统被起义军打死。起义指挥部缴获了 40 多挑子弹及 5 挑多银圆，子弹分发给各连，银圆作为部队的开支。次日凌晨，起义部队撤出双江镇，经蒋家山绕道兴隆场，再经铜梁县东、西山开向璧山。撤离时，与民秋毫无犯，老百姓啧啧称赞。

起义部队到达璧山以后，团部驻在离县城十多公里的屈家沟一个山寨上。我和李鸣珂自重庆秘密赶赴璧山，就部队起义后的名称、领导力量和加强党的组织、政治工作等问题，同起义领导人进行了研究；对于落脚点，建议他们绕过重庆，经江津、泸州到叙永一带去开辟游击根据地。之后，我就返回重庆。

起义部队召开党员干部会，根据省委上述指示，讨论决定成立中国工农红军四川独立第一、第二旅，由刘文仕、秦仲文负责。旅委改为前敌委员会，由原特支书记赵子文任前委书记。至于部队去向，待进一步调查后再定。

反动军阀把起义部队看作眼中钉、肉中刺，决心将它扼杀在摇篮之中。经过李家钰与刘湘等军阀的秘密策划，决定对起义部队进行前后合围。一面以重兵防守长江，扼住红军南渡的去路；一面以另一部封锁嘉陵江渡口。这样，起义部队陷于进退两难的境地。这时，部队收缴的 5 挑银圆也快用光，群众对这支队伍一时又不了解，未给以有力的支援。面对这种形势，部队内部出现了分歧意见：一部分人主张打过长江去，而刘文仕等同志都主张暂时投奔刘湘，伺机再举。

就在部队举棋不定的紧急关头，李鸣珂回渝告诉我："部队的去向，我已和两个团长谈过几次，因牵扯的问题较多，定不下来。须由你以省委书记的名义亲自到那里，一方面向全体官兵慰问，另一方面向大家指明今后的方向。在此基础上，再开几次座谈会，进行公开讨论，把意见统一起来。"我们商量好后，即一道启程去该部。

到达部队驻地后，当天夜里开了大会。然后，分头和一些主要官佐开了几次小会。在这些会上，主要由我和李鸣珂分析了全国和四川的形势，阐明了两个团当前的处境：敌我力量悬殊，向前冲，过不了江；后退，将被李家钰消灭。我们认为，现在最好的办法，是暂时采取与敌人妥协的策略，而后相机由江津向川南宜宾一带发展，与我党在川滇边界的游击队联合起来。

第二天一早，我返回重庆。李鸣珂仍留在那里工作。10月1日，我被捕后，对那里的情况就不知道了。后来听说，起义部队被刘湘改编为警备师，移驻重庆浮图关。之前，党组织将已暴露的赵子文等人转移到邓锡侯的第七混成旅邝继勋部（驻彭县）工作。革命的火种又在那里燃了起来。

绵竹"七四"暴动[*]

丁　毅

　　1928 年初,四川省绵竹县人民革命情绪高涨,革命力量有很大的发展。中共四川省委为贯彻党的八七会议精神,指示绵竹县委发动农民参加全省性的春荒暴动。

　　根据省委要求,县委成立了行动委员会,主任由县委书记黎灌英兼任,委员有张希鲁、刘仁俊、周壁澄、张治、方次林、王干青、龚锡五、骆显光和我等 10 余人。省委派方策、贺宇生、范东浦、李伯渠等同志,携带手枪 10 余支来绵竹指导暴动。行动委员会下设政治、军事、财务等部。政治由黎灌英负责,财务由史明理负责,军事由范东浦任总指挥,张民宽(北路民团中队长,中共党员)、王干青任副总指挥。行动委员会以"怒潮社""新生民导社"的群众为暴动主力,有武装人员 300 多名;同时联络了什邡、彭县、安

---

　　[*] 本文原标题为《绵竹"七四"暴动述略》,收录时做了适当修改。

县、罗江一带的"哥老会""学生联合会""儿童团"等组织的 500 余人参加暴动。

准备期间，县委特别在南郊白衣庵内举办训练班，组织 30 多名暴动骨干学习了军事知识和武器使用常识。王干青到广济联络了国民党左派人士王鹤斋，通过王鹤斋同民团首领赵祝三进行了会晤。王鹤斋答应凑 20 余人枪，听候暴动指挥，赵祝三同意暴动时借给枪支。王干青又联络了向晋侯、胡光彦，希望他们以团正的身份号召团防武装参加暴动；通过张民宽联络了张的部下谭尊五（汉旺团练队队长），谭答应支持农民暴动。经过紧张准备，县委定于 1928 年 7 月 4 日（农历五月十七）举行暴动，攻占绵竹县城，而后建立川西北苏维埃政权。

7 月 2 日（农历五月十五），绵竹逢场，按照分工，骆显光、李晏蟠领导农民群众数百人，上街请愿示威，要求减地租及青苗捐，并向群众宣传抗粮、抗捐、抗税的意义。因为那年天旱，禾苗都干枯了，示威者都手拿干秧苗或干玉米苗，经东河坝街、北河坝街、大北街、小北街、东街、大西街进入县衙，县长被迫答应群众提出的减免捐税的正当要求。

取得"三抗"斗争的初步胜利后，群众革命情绪更加高涨。县委及时召开紧急会议，决定健全县委、区委人选；讨论了暴动行动大纲和口号；各区（路）成立暴动指挥部，3 日（农历五月十六）夜提前暴动。具体部署是：全县革命力量分两路向县城进攻，西南路由范东浦、王干青指挥，在广济王靖川家集合；东北路由黎灌英和李晏蟠、张民宽指挥，在张民宽家集合。两路同时在城西蚕桑局、城东三座坟纵火，作为暴动信号，一齐向绵竹县城进攻。城内由我和钟声清等组织力量，里应外合，争取次日拂晓攻下县城。

按照计划，王干青率领西南路200余人、枪50余支直奔县城。路过上门乡邓家林税卡时，被税收稽查员熊某阻拦盘问，暴动队伍当即将其击毙，夺取了税卡、收缴了枪支。赶到县城西门外诸葛庙时，按预定计划焚烧了蚕桑局（即地藏庵）房屋数间，霎时间火光冲天。没想到敌军曾启戎部早在这里设下了埋伏，暴动队伍遭到疯狂阻击后，被迫退向西门外红刺藤方向。后侦察到敌军在红刺藤也设有埋伏，还隔断了去汉旺、兴隆的道路，范东浦、王干青担心天亮后无法掩护，只得率队退回广济王家院子。天刚亮，赵祝三派人带信给王干青，叫他们立即出境，否则便对不住了。见处境险恶，暴动队伍只好暂时遣散，王干青等人去成都、双流等地继续进行革命活动。

黎灌英、张民宽、李晏蟠率领东北路300余人、枪支60多支，首先在兴隆乡附近解除了哨卡武装，夺枪10余支，击毙团练员王英等三人。当赶到北门沈家牌坊时，遭到埋伏在华严寺、广化院敌军的疯狂袭击，只好沿马尾河、老鸹林经东林寺向汉旺方向撤退。撤至老鸹林时，黎灌英召集全体人员开会，讲了此次暴动的经验教训，提出下一步整顿组织，进山打游击。

暴动时，绵竹县城里的"怒潮社""赤色工会""新生民导社""农民协会""学生联合会"等革命组织的同志们，在南河坝中学呐喊了一夜，虽然西北门外一度火光冲天，但枪声越响越远，大家感到形势不妙，加上天色渐亮，就解散了。钟声清、龚锡五、向祁嘉、邓任廉和我到铁五显庙张民宽家找暴动队伍下落，才知黎灌英等同志已被谭尊五杀害。原来，谭尊五是假意支持农民暴动，暴动前夕，他就将消息密告了军阀曾启戎。曾一面部署对策，一面委任谭尊五为西北山防支队队长兼汉旺团正，镇压农民暴动。东北路退到汉旺后，谭尊五假借护送三人转移暂避，却按照国民党驻军"必须截击北退党徒，就地处死"的电令，将黎灌英、张民宽、李晏蟠三人在途中杀害，东北路暴动队伍因为失去领导，随即解体。

　　我们到土门后，听说范东浦、王干青不知去向，赵祝三正在搜拿共产党，只好到什邡高桥与李刚（党的同志）联系，然后，绕道到成都，参加了省委在双凤桥召开的绵竹暴动检讨会。会后，钟声清、向祁嘉等回绵竹继续工作。

　　后来得知，从 7 月 5 日开始，反动军阀曾启戎、王一对绵竹全城实行了武装戒严，在城乡设卡"清乡"，团防局大队大队长、公安局局长徐子光、谭尊五、赵祝三等人率队四处搜捕、残杀革命人民。我们有七人在这次暴动中殉难。

枪声震"鬼城"[*]

朱挹清

丰都是位于长江边上的一座县城，这有许多关于阴曹地府的景观和故事，所以咱们中国都叫这个地方"鬼城"。在那黑暗的旧社会，军阀、土匪、恶霸这些鬼魅在这肆意欺凌压榨百姓，稍有反抗，就杀头灭族，这成了名副其实的"鬼"的天下。

它下辖的崇德乡地处彭水、石柱、丰都三县交界，这里不仅离县城远，而且地形复杂，山高林密，回旋余地大。所以，早在1926年，我党的地下工作者便在这里展开了革命活动，负责人甘雨苏、胡平治、李潜龙等人大力宣传群众，组织农会，发展党的组织。新发展的党员都积极为党工作，陈光鑫是其中较为突出的一个，他冒着生命危险回家乡磨刀洞，动员当地武装"神兵"的头目加入了农民协会，接受

---

[*] 本文原标题为《枪声震"鬼城"——忆丰都农暴》，收录时做了适当修改。

共产党的领导。这为以后的暴动筹组了武装力量。

1927年10月，中共四川临时省委在重庆召开了贯彻中央八七会议精神的紧急会议。会议一结束，临委负责人刘愿安就来到丰都传达会议精神，明确指出党领导的农民运动，在今后必须重视武装斗争。1928年7月，丰都县党组织根据省委武装暴动的指示，专门成立中共丰都临时委员会领导武装暴动工作，县党代表会选举甘雨苏为书记，我为副书记兼管组织工作，原党总支书记李彤辅为宣传委员。

临时县委成立后，见群众的斗争情绪十分高涨，武器弹药、粮食物资也都准备得较为充分，决定于八月十五中秋节（9月28日）举行武装暴动。组织领导分工是：陈光鑫任农民暴动军总指挥，甘雨苏任党代表，涪陵来的尹觐阳和崇德乡党支部书记李文彬参加司令部的工作，熊盛业、傅克强做总部后勤和交通工作，朱芳蜀做直属总指挥的赤卫队的工作，我留在县城负责党和暴动队伍的后勤保障工作，廖升高负责崇德乡和县临委的联络工作。

为争取暴动的胜利，县临委认真分析研究了县内各种民间武装力量，决定团结一切可团结的力量，缩小敌对面，对受地主雇用的"联英会"、长驻石柱的"八德会"、地区性农民武装"神兵大刀会"等，采取分化瓦解和争取为我所用的方针。

正当积极进行暴动准备的时候，陈光鑫传来急信，暴动消息泄露，县民团局局长郎瑞丰正准备抓人。这时，四川省委派来指挥军事行动的袁、赖两同志已到达，所以农暴总部商议决定，将原定暴动时间提前到农历八月十三（9月26日）举行。

农历八月十三这一天，在崇德乡的磨刀洞，农暴队伍与农民群众举行了誓师大会，宣布了暴动的组织机构和人员名单，以及打倒军阀豪绅，实行土地改革的革命纲领。会上，陈光鑫总指挥和甘雨苏党代表做了振奋人心的讲话。八月十四（9月27日）凌晨，3000多人组成的暴动大军浩浩荡荡向北进发。暴动队伍到达高桥沟后，占领了恶霸地主冉竹堂的院子，捉到并就地处决了冉子祯等几个罪大恶极的恶霸地主，当众烧掉了搜出的地契、租约、债券，没收的粮食、衣物等都分给了贫苦农民，搜缴的鸦片做了交公处理。暴动队伍的行动，吓坏了崇德乡和附近的敌人，郎瑞丰老奸巨猾，一看形势不妙，带领民团队队员躲进了有机枪、快枪扼守的高山岩洞，暴动队队员愤怒之下，焚烧了他在场上的房屋，然后转向东南重渡龙河，经上皮家场，由毛坪攻上栗子寨。寨上的民团团总雷树波，吓得带民团逃走了。

由于农暴队伍越来越大，越战越勇，附近的敌人都吓得胆战心惊，坐卧不安。丰都县知事杨昭，向万县的军阀杨森告急。10月5日，杨森一部来到丰都，杨昭亲自带队，从观音寺东侧攻上栗子寨，见人就杀，见东西就抢，见房就烧。目睹敌人的残暴行为，农民军一个个满腔怒火，表现得非常勇猛。总指挥陈光鑫英勇果断，一面命令江采龙率大队和

"神兵"打击敌人，一面亲自率领冲锋队从一旁冲入敌阵，敌军一时乱了阵脚，有的举手投降，有的向后逃窜，杨昭狼狈地逃回县城。在此次战斗中，江采龙表现十分突出，处处身先士卒，英勇拼杀，最后在白刃战中不幸壮烈牺牲。

栗子寨战斗，虽然粉碎了敌人进攻，但农民军的伤亡也很大。由于缺少军事训练和严格的组织纪律性，面对险恶局势，部分队员陆续离队，最后仅剩下 500 人左右（不包括汪长青的"神兵"），又在栗子寨坚守了三天。在此期间，暴动军总部召集队长会议，认真分析了当时情况，认为再固守对暴动队伍不利，决定分散转移：陈光鑫带一部由东路撤出；甘雨苏带一部由南路上金龙寨高地，向毛坪撤退；汪长青带队由西路撤出；三路军在河面铺会合。撤退中，甘雨苏与敌遭遇，被俘后被敌人认出，英勇就义。赤卫队队长朱芳蜀夜行军时跌下悬崖摔伤，各路人马历经艰辛，到河面铺会合时，农暴队队员所剩无几。陈光鑫听到甘雨苏牺牲的消息后，万分震惊、惋惜，面对当时的情况，决定派崇德乡党支部书记李文彬等人护送县城来的干部和非作战人员回丰都县城，他率领暴动骨干队伍继续转战四方。尹觐阳因奉命回罗云坝发动暴动，也于此时离开了河面铺。

杨森队伍在当地民团的配合下，对农暴队伍穷追不舍，对崇德乡群众进行了疯狂报复，一时白色恐怖弥漫。陈光鑫率领农暴军继续在河面铺、皮家场、双碾盘一带与敌人周旋，后来在双龙坝被石相典的民团包围，陈光鑫被俘，押到万县被敌人杀害。同时被杀害的还有农暴军的领导人唐华清等人。

　　暴动失败后，经过县委做工作，很多参加暴动的失散人员又回乡坚持隐蔽斗争。翌年，中共丰都县委在崇德乡建立了区委，领导当地群众积极开展各种革命活动，一支支化整为零的革命武装小分队又揭竿而起。这些都为后来在涪陵起义的四川第二路红军游击队来到崇德建立根据地打下了良好的基础。

遂蓬边界邝继勋旅起义[*]

梅子乾

　　四一二反革命政变后，四川反动派的气焰随之嚣张起来，天府之国笼罩在一片白色恐怖之中。但是，哪里有压迫，哪里就有反抗。中共四川省委领导邝继勋发动的遂宁、蓬溪边界起义，就发生在这个时期。

　　邝继勋，号集成，贵州思南县人，1920 年当兵入川，他很早就接受了孙中山的"耕者有其田""工者有其器"的民主革命思想。从军后，他抱着军人应为国为民干一番事业的信念，刻苦钻研军事技术，逐级升为排长、连长、营长，1926 年升任川军邓锡侯部江防军第七混成旅第二团团长。二团是第七混成旅的主力团，该旅旅长刘丹五因与我搞地下工作的同志时有接触，思想较进步，对邝继勋的革命活动有所帮助。这年冬天，为策应北伐战争，刘伯承根据中共四川

---

　　* 本文原标题为《遂蓬边界起义始末》，收录时做了适当修改。

省委的指示，发动了泸（州）顺（庆）起义。邝继勋表态支持。

在刘伯承和大革命的影响下，邝继勋决心把部队带成叶挺独立团那样的"铁军"。1926年底，他派钟克戎到广东参观考察，调查革命发展情况。钟克戎在广州加入了中国共产党，回到彭县后，在第七混成旅积极发展党组织。中共川西特委为了加强对该旅党组织的领导，陆续派去一些党员，后来又派曾经留法勤工俭学的共产党员秦青川与钟克戎一起做这个旅的兵运工作。秦后任该旅政治部主任。

邝继勋在党的培养教育下，思想觉悟不断提高，于1926年底由秦青川介绍加入中国共产党。为了进一步壮大党组织，加强党的工作，中共川西特委经常派人前去指导，该旅兵运工作迅速发展起来——创办了政治学校。团、营、连增设的政工干部，全部由共产党员担任。通过党员对部队进行整顿，团、营、连成立经济委员会，实行经济公开，禁止官长体罚士兵，官兵关系融洽；在崇宁县（今属郫县）开办团练学校，培养农村青年骨干，逐步改造民团武装；注意做群众工作，以多种形式向贫苦农民宣传"耕者有其田"的思想。对于这些进步活动，邓锡侯和江防军司令黄隐如芒刺在背，欲清除第七混成旅这个潜在的威胁，但一时又难于下手。

1928年冬和1929年春，军阀杨森等与刘湘、刘文辉展开了混战，先后进行了"下川东战役"和"上川东战役"。

邓锡侯派第七混成旅参加杨森"联军"，投入军阀争夺地盘的内战。尽管该旅战斗力强，屡获胜利，但"联军"却遭到失败，防地缩小，军需不济。官兵因生活困难，愤慨万分。就在这种情况下，第七混成旅移驻潼南双江镇。旅长刘丹五无力控制这支部队，便托病离队，由邝继勋代理旅长。

第七混成旅休整期间，中共四川省委书记刘愿安与刘披云、李鸣珂、程子健等同志到双江镇慰问全体官兵，同时也指出："我们的军队是人民的军队，应保护人民群众的利益。上川、下川东之战是军阀之间分赃的战争，第七混成旅不应付出如此大力，使我们的同志受损失。"该旅党组织负责人李国平（化名李伯均，四川泸县人）和邝继勋等人解释说，在目前情况下，这是迫不得已的，如果不给军阀卖命，就领不到军饷，就连现有为数不多的革命力量也很难保住。

不久，该旅自潼南双江镇移驻遂宁射洪嘴休整，处境更为艰难。邓锡侯、黄隐为了消除第七混成旅这个隐患，命令该旅开回成都改编。邝继勋一面借故拖延，一面加紧军政训练，同时向中共四川省委报告情况，请求批准起义。

当时，中共四川省委认为：革命正处于低潮，四川群众不如湖南、广东、江西发动充分，部队起义难以得到民众的支持和掩护；加之党组织刚遭到破坏，正在恢复，难以实施有力的领导；四川军阀力量还相当强大，冒险起义很可能失败。为此，省委又指示该旅先做好士兵的说服教育工作，等待时机成熟，再图起义，但是没过多久，省委又接连两次收到该旅要求立即起义的报告。第三次报告的大意是，情况严重，如再不举行起义，马上就有被敌人消灭的危险；与其被消灭，还不如与敌决一死战；如省委再不派人来加强领导，万不得已时，部队要自行组织起义。在这种情况下，省委同意该旅举行起义。

我在 1927 年 8 月参加南昌起义失败后，同刘伯承一道到苏联莫斯科高级射击学校学习，于 1929 年 3 月间回川，在成都中共川西特委任秘书，负责军事工作。不久，被派到第七混成旅协助做起义准备工作。随后，省委陆续派来周三元（邹进贤）、罗世文等加强对起义工作的领导。我到后了解到，有许多上层同志都赞成马上起义。他们的想法是：起义胜利了是革命英雄，失败了可以请求党中央送到苏联留学。当时，上上下下都摩拳擦掌，急于起义。

罗世文等到邝旅后，立即开会研究起义计划和组织领导问题，成立了由五人组成的前敌委员会，周三元任前委书记，邝继勋任总指挥，罗世文任党代表，王金轼任参谋长。为了迷惑敌人和争取群众支持，前委委员名单还包括当时并不在四川的吴玉章、恽代英、刘伯承等人。

前敌委员会将邝旅 3 个团编为 2 个师和 1 个特遣支队：第一师师长傅介藩，党代表刘曼，我任参谋长；第二师师长马芝骥，党代表廖宗泽，参谋长黄孔香；特遣支队司令石光楷。起义的口号是："杀杀杀，杀尽土豪劣绅！杀杀杀，杀尽贪官污吏！""工农兵组织起来，推翻国民党政府！""实行耕者有其田!""建立苏维埃政府!""红军是人民的武装!"

起义行动总计划是迅速过渠江,打到长江边上,然后向湖南方向前进,与湘鄂西贺龙领导的红军会合。如果达不到上述目的,就向下川东打去,与王维舟、李家俊领导的游击队靠拢,建立巩固强大的游击根据地。

起义前,准备先打遂宁,消灭李家钰的部队。前委派我到遂宁侦察。据查城内驻有敌人8个团,射洪嘴距遂宁15公里,要渡过一条河,必需木船。我认为,从战术上看打遂宁是危险的,如果敌人截断退路,后果将不堪设想。于是,前委决定改变计划,打安居坝陈鸿文部,我去侦察后也认为风险太大。前委又计划打蓬溪县城,派我前去侦察。我到蓬溪县城内,侦察到城里只驻有敌1个骑兵团,约6个连的兵力,容易消灭,而蓬溪又为我起义后的必由之路,攻占之后,既扫清了前进道路的障碍,又可阻击敌人的追击。前委会最后决定打蓬溪。

1929年6月29日下午,总指挥部率领全旅离开已被李家钰、陈鸿文部严密监视的射洪嘴,向遂宁、蓬溪交界的大石桥聚集。部队到齐后,立即召开全体官兵大会,宣布举行起义,脱离国民党军队,竖起了"中国工农红军四川第一路"大旗。李伯均宣布前敌委员会人员组成名单。邝继勋宣布起义目的及进军路线,随即进行了简短的政治动员,大意是:"我们这支队伍现在是中国共产党领导的队伍,是为广大工农群众谋福利的，是彻底为工农解放而斗争的，要为劳苦大众做好事。我们再也不能为军阀卖命了，我们今天起义，就是要为工农利益而革命，为工农利益而战斗。"前委的其他同志也分别做了简短的讲话。一时间全场红旗舞动，掌声经久不息。

当晚，邝继勋率领全旅 3000 多官兵向蓬溪进发，按计划分两路进攻县城，第一师为右翼，第二师为左翼，特遣支队为预备队。敌军尹克诚骑兵团无迎战准备，一经接触，打了几枪就仓皇逃跑了，起义部队轻而易举地攻下了蓬溪。

红军进城后，惩办了大土豪劣绅，焚毁了伪县府征收局的全部档案材料，释放了监狱中的"犯人"，成立了县苏维埃政府，前委派刘汉秋同志为县苏维埃主席，筹集了一些现金和粮食。红军派出宣传队沿街进行宣传，张贴标语。广大人民群众见红军是为劳苦大众谋利益的，都欢天喜地地迎接红军的到来。一时间，蓬溪县城呈现出一派热闹的革命氛围。

为了迅速到达目的地，避免与敌人发生大规模的战斗，起义部队的开进路线选择在军阀田颂尧、罗泽洲防地交界地区。起义部队在蓬溪仅驻扎了一天即向东转移。李家钰闻报蓬溪失陷，从遂宁急调两个团前来进攻。敌人赶到蓬溪时，红军早已到达西充、南部交界的古楼场了。

在古楼场，前委举行了临时军事会议，研究决定将部队转移到南坝场，然后兵分两路绕道南部县城。途经流马场时，红军接受群众的意见，召开公审大会，枪毙了作恶多端、民愤极大的范海鱼等两个恶霸地主。接着，红军东渡嘉陵江，解放了南部新镇，成立了县苏维埃政府，由何庸任主席；镇压了团总邱俊成，没收了他的家产，把粮食、衣物分给了穷苦农民；并召集群众大会，烧毁了县征收局的所有档案。红军在新镇休整两天后，又向营山方向进发。

到达流马场的次日拂晓，军阀田颂尧派了1个旅向红军进攻。为了不与敌人正面交战，以免打乱前进计划，前委在一个小镇上开会决定，将特遣支队2个营缩编为第二路游击队，由我负责留在后方打游击，以迟滞军阀部队，掩护红军2个师迅速渡过渠江。待大部队过江以后，把两个游击队拉到通（江）、南（江）、巴（中）去打游击。如果达不到目的，在万不得已的情况下，可以把部队交给罗泽洲收编。

我接受任务后，带着两支游击队在军阀防地接合部打游击，以牵制敌人，掩护主力部队行动。敌地方团队多是本地人，熟悉道路，占据重要山头，不时向我袭击，我们不能进行大的交战。打了五六天游击后，我们的粮食、弹药越来越少了，加之掩护大部队过渠江的任务已完成，于是我率领部队日夜兼程东进，在渠江岸边追上了部队。

红军在行军途中，人民群众都送菜送水，热烈迎送自己的队伍。在渠县，红军对军阀官僚、土豪劣绅的财产尽量予以没收，一半散于贫民，一半发给士兵，人民群众十分欢迎，许多农民志愿加入红军，使红军的力量得到壮大。

红军渡过渠江后，向下川东进发，在大竹县吉安场休整了两天，继续进军到梁平县，准备攻打猫儿寨，弄一些粮食补充部队。猫儿寨内有地下党组织，红军原以为攻打时会得到内应，战斗打响后，里面却没有反应，寨门紧闭（事后才知寨内党组织已遭敌人破坏）。邝继勋亲自督战，强攻不下。在这种情况下，红军损失较重，再加上伤病员日渐增多，医药极为缺乏，处境相当困难。与此同时，附近的大小军阀皆为邝部起义所震动，纷纷派兵进行防堵。红军如果继续作战，将会造成更大的伤亡。于是前委决定，不再实施强攻，从猫儿寨撤退。

红军在撤退中2个师被敌人隔断，大部队进至开江马鞍山夹槽沟时被敌人包围击溃，余部从唐家槽撤到达县万家坝，有的被军阀收编，有的被遣散回乡。我带领的游击队因与大部队脱离，也难再继续坚持，我与先遣司令石光楷商量，为了保存党的力量，拟请原旅长刘丹五来接收部队。可在这时，由彭玉初做代表将剩下的人员交由罗泽洲收编。这些人后来都被罗泽洲遣散了。我被迫回到成都。

起义失败后，邝继勋和多数党员负责干部被迫离开四川，少数中下级党员干部则分散隐蔽到军阀部队中继续做兵运工作，以待时机再行起事。

震撼巴蜀的第二十八军江防第七混成旅遂蓬边界起义，部队在一个多月时间，转战川北、川东十余县，驰骋嘉陵江两岸，给反动势力以有力打击。红军沿途爱护群众、严守军纪的优良作风，在人民群众中产生了良好影响。

遂蓬边界起义虽然失败了，但它所竖起的"中国工农红军四川第一路"的革命旗帜，鼓舞了全川人民的斗志，在四川革命史册上留下了永不磨灭的光辉一页。

宜宾大塔农民暴动[*]

曾特生

　　大塔乡位于四川省宜宾县城北约 40 公里处，土地革命战争时期是中共宜宾地下党开展农民运动的基地之一。1928 年 5 月，中共宜宾县委决定以大塔、双石铺为中心举行农民暴动，后因县委负责人被捕牺牲而未成。9 月，中共党组织派余宏文和我等人到大塔加强农运，继续做暴动的准备工作。我们经过几个月的深入发动，农民协会迅速发展，逐渐由秘密转向公开。农协还把会员编成小组，联组为队，取名"赤卫队"。农协会壮大后，以"反对地主加租退佃"为号召，发动农民广泛开展减租斗争。

　　1929 年 6 月，县委为了充分发动群众，推动整个减租、抗租运动，准备秋暴，于月底在古柏乡兴福寺召开群众代表大会。县委负责人郑佑之传达了荣县、威远、宜宾、高县、

---

　　* 本文原标题为《忆宜宾大塔农民暴动》，收录时做了适当修改。

南溪五县"二五减租会议"精神；着重讨论并通过了减租方案和组织赤卫军的问题。减租的方案是："田减三成，土减一半，利息减少四成。"赤卫军由农协会精壮会员组成，各乡设立大队。参加此会议的有邹云芳、杨淑修、余宏文、傅谦谟、叶旬夫、戴仁章、我、张海云、刘心太、石明等。郑佑之指定常委邹云芳代理县委书记，余宏文（常委）兼秘书，傅谦谟（执委）常驻机关，我任执委，领导花古场、马场农协组织。

7月，大塔农民在农协会的领导下，纷纷向地主提出减租要求，并把租谷扣留起来。地主如若不同意减租，他们就不交。地主张国凡偏与农协作对，公开扬言他"硬是不减租"。7月21日，他带了几个荷枪实弹的家丁，大摇大摆地去李家湾佃户黎维之家收租。农协会得知消息后，立即派出几十个会员赶来质问张国凡，当场打跑了家丁，并把张国凡的大儿子押到赤卫军指挥部关了起来。地主迫于压力，与农协代表进行"二五减租"谈判，因地主在减租的成数上坚持意见，谈判失败。于是群情激愤，纷纷要求暴动。

1929年8月20日，宜宾县委派人向四川省委请求助款，并希望其对工作给予指导。省委根据宜宾地区过去武装斗争的经验教训，指示宜宾县委：要以抗捐、减租、抗债、雇农加工资等来满足农村广大农民的要求。并指示，如果群众示威活动能达到减租的目的，就不必采取武装冲突的形式，但应有武装准备。然而，宜宾的减租斗争却在省委指示到达之前就爆发了。

郑佑之的传达报告贯彻到基层后，大塔农村负责人张海云与其兄张海青及刘心太在农协中大力鼓动夸大自己的力量，并把郑佑之传达的精神扩大化，提出减租减息非达到三成不可；不给地主送租谷，如送租谷必须付工资；地主的私枪和民团及驻军的枪弹一律交农会。这些主张得到群众的一致拥护。他们未向组织请示，即提前于8月29日（农历七月二十五，暴动时间原计划是9月3日，即农历八月初一）发动群众提枪，挑运地主的谷子。刘心太下令"抗拒者捕杀，烧毁其房屋"，各路戒严，断绝交通。

在行动中，瓦房子地主张子安的房子被焚，地主开枪打伤农民一人。顿时，激起了群众愤恨。这时，赤卫队面临的形势是：邹云芳去宜宾未回，仅有余宏文、傅谦谟、戴仁章和我在铁炉湾；省委的指示和布置尚未下达到县委，而张海云、刘心太又一定要坚持干下去，并称他们在桐子林设立了大本营，做了红旗，群众在那里等候，请县委赶快派人前去指挥。

余宏文当即批评他们这样干是蛮干，并立即赶到桐子林，一看确有几百群众携带刀、矛、枪械等候在那里，各路口均有赤卫队把守，形势颇为紧张。当时，大塔境内的地主都逃到了大塔场上，场上有驻军一个连。

余宏文在群众已经行动起来的情况下，为顺民意，只好组织力量，自任总指挥，石明担负筹集粮秣的任务，张海云、刘心太领导武装群众，傅谦谟和我设立临时指挥部。这时，原县委委员、地下武装负责人之一的江绍辅派党员樊振声到大塔了解实际上已经开始了的农暴情况。余宏文派我和刘心太去会见。樊振声告诫农协不要盲动、急躁，应该正确估计自己的力量。同时指出，这样行动是不对的，如能赶快平息下去还来得及；如果造成武装冲突，流血死人由谁负责？他主张稍缓一步从长计议，并问现在武装暴动是谁主张的？我说这是广大群众的要求，现在局势很难掌握，群众态度又非常坚决。樊振声又问："群众的具体要求是什么？"我回答说："一是租减三成，一粒不少；二是佃户不给地主送租，如要佃户送租必须付给工资；三是地主、民团、驻军的所有枪械全部交给农民协会。"樊振声听后，认为第一个、第二个问题可以达到目的，而第三个问题恐怕难以解决，让我回去找江绍辅商量。

9月2日，大塔数百农民集合了起来，由余保和任分队长，刘敏忠、樊坤廷任联络，拿起长矛、明火枪、牛角叉、斧头等，奔向大塔四周的要道隘口，控制各重要据点。同时，邻近各乡的农民赤卫队队员，也从四面八方拥来大塔。具体部署是：李场赤卫队100多人，驻守田家岩、棋盘岩一带；马场赤卫队100多人，驻守柑子岩、二斗岩一带；古柏、龙坛赤卫队100多人，驻守黄角岩、小马村、下桐子林、杀猪坳一带；参加暴动的还有花古、永兴等乡的赤卫队，1000 余名农民赤卫军形成一个马蹄形的包围圈，将大塔镇团团围困。

9 月 3 日，大塔全街罢市，街面上冷冷清清，就连驻镇上的国民党军都缩在屋子内没有出来。中午，花古、马场的赤卫队，由黄毛、卢四带队到距大塔街 200 余米的望场坡示威，并打开斑竹林地主张锡伍的粮仓，将 9 石多稻谷分给了农民。下午，赤卫队分头向地主"借枪"，王家湾、石坝、飞凤嘴、画眉沟、长庆河、斑竹林等处的地主，以及保甲的枪和部分子弹纷纷被搜了出来。9 月 4 日，一恶霸地主拒不交枪，竟然开枪射击，重伤赤卫队队员 1 人，轻伤 2 人。暴动队伍当即焚烧了他家的庄园，人群向大塔拥去，一时呼声四起、枪声乱响，队伍失去了控制。队伍逼近场口时，国民党军代表出面交涉，要求暴动队伍后退半里，才同意缴枪。当时，群众以为国民党驻军人少真的要缴枪，群众刚向后移动，国民党军就开枪射击，当场打死七八人，打伤一人。

9 月 5 日晨，国民党驻军和警卫队分两路向暴动队伍合围。赤卫队虽奋力抗击，但力不能敌，终被挫败。敌人趁势四处搜杀中共地下党员和农民协会会员，中共宜宾县委负责人只得带着机关中的十多名党员从大塔的包谷湾转移到仙马的高石梯，由县委书记邹云芳主持召开临时会议，决定大家暂时分散隐蔽，等候通知。轰轰烈烈的大塔农民武装暴动被敌人镇压下去了，在这次农民暴动中及随后的"清乡"中，被捕杀的中共地下党员和农民协会会员达40余人。

虎南暴动[*]

李云程

　　1927 年初，从北平回来的学生石子安、石卫卿、石轻尘、石怀宝等人在虎城成立了共产党的地下组织。他们在任教的小学组织了"教育研究会"，作为党的外围组织，金治平、胡尚志、袁树森、石世修、石特生、胡代斌、李大荣和我都入了会。起初，我们不知道怎样去发动群众，石子安便化装带领我们一道下乡，教我们怎样去动员和说服农民参加农民协会。当我们学会了做群众工作后，我们几个人就分成几路独立进行工作，向农民讲革命道理，教唱《庄稼佬》等歌曲。经过几个月的发动，全乡的贫苦农民，一传十、十传百，普遍地参加了农民协会，呈现出一派崭新气象。

　　虎城乡当时匪患严重，有时白天都公开拉肥、劫场、烧房子、焚谷仓，不分贫富都感到很恐慌。党组织便借此派石

---

[*] 本文原标题为《虎南暴动半月》，收录时做了适当修改。

子安去与团局商讨，让群众自己来办民团，团局满口同意，富绅也赞成，愿意把手枪、步枪交出来办团。于是党组织就派我们"教育研究会"的会员出来办民团，直接掌握武装。全乡编为 1 个大队，袁树森出任大队长，金治平和我任中队长。另一个中队长是蔡奎，他刚从万县二十军军校毕业回来，在军校时就入了党。其余的分队队长和班长及壮丁都是农民协会的会员。除几个常练中队外，还编了 4 个中队的预备队，也是人手一支枪。另外，还组织了 2 个排的手枪队，直属大队部领导。

我们有了农民协会的组织，又办了民团。小的土匪入境，就由预备队消灭，大的土匪来，就由我们常练队去解决。几个月内，打败了一批又一批的土匪。从此，大小土匪都不敢来虎城。拉肥、烧房、焚仓的事也没有了，黑夜再不用东寻岩洞西寻树林躲藏了，人民安居乐业。全乡老少都说我们青年办事很行，富绅们也愿意承担常练队的饷款和伙食。

这一年，金治平、袁树森、胡尚志、石世修和我经过严格的考验和锻炼，都先后入了党，第二年李大荣、刘湘臣也入了党。

省委、县委领导十分关心虎城武装力量的思想建设，常派人来向常练队讲政治课，讲国际国内形势，启发大家的觉悟。有时还带一两名忠实勇敢的常练队员到别的场去参加会议，做示范。

1928 年春天，党又号召各个农民协会的会员动员家里的妇女、儿童参加妇女会和儿童团，除了地主豪绅和他们的走狗外，虎城全体农民（包括家属）几乎都参加了农民协会和其他革命群众团体，革命的力量更壮大了。

1928 年夏收前，党组织召开农民协会负责人会议，布置减租。会议决定：原来全交的现只交七八成，原来交七八成的现只交五六成，不准多交，违者开除农协会员。若地主夺佃，除向他做斗争外，不准其他人投佃，让田荒起来。减租斗争大获胜利。这次斗争，农民不仅因为得到利益而高兴，还认识到团结的力量，团结可以战胜敌人。可地主因少收了租谷而怀恨在心，他们勾结上头，解除了我们的职务，将大队长、中队长换成他们的亲信。但事情并未了结。1928 年冬天，从垫江来了一股土匪，把民团打得大败，还抓去了好些人，地主豪绅的生命财产受到威胁，不得不请我们复职。此后，石轻尘当上大队长，袁树森、金治平、张子善和我当中队长，石怀宝、刘湘臣当团总。虎城乡的军、学大权都掌握在党的手中。

1929 年，虎城革命力量与反革命力量的较量是曲折的、复杂的、连续不断的。在斗争中，我们组织力量打死大土豪石文蛟，但我们也付出了代价，石轻尘同志被他们杀害。

那时，虎城与北边连界的达县南岳乡关系十分密切。两地贫苦群众在梁山党的统一领导下，在斗争中互相支援，互相配合，革命友谊日益增强。

214

1930 年春，南岳人民在军阀刘存厚苛捐重赋的压榨下，连吃饭都成问题。党组织决定，金治平回乡领导群众进行抗捐斗争。此后，在虎城群众的全力支援下南岳成立了抗捐大同盟。一天，两地上千群众在南岳街上举行了声势浩大的游行示威，反对苛捐杂税。这次活动以后，尽管当地民团勾结一个营的正规军驻在那里强征捐税，也都徒劳无获。此外，其他方面的斗争也取得胜利：派农会会员消灭了敌人混入农会的一个奸细，组织手枪队趁夜暗营救出了被关押的几个农协会员……

　　1930 年农历六月，我党负责人蔡奎、金治平等带领一部分武装在南岳乡向家嘴、赵家沟组织农协会员开会，回来途经施家河，与刘存厚部相遇，战斗相持了一个小时，因敌众我寡被迫后撤到联升寨内。敌人以一个营的兵力围住寨子，断粮断水。这时，我同杨勃同志正在太平场训练李光华的队伍。7 月 25 日，梁山县委得知蔡奎、金治平等被包围，派人通知我俩立即返回虎城去解围。我们星夜赶至腊树沟李大荣家里。不久，袁树森、胡尚志也闻讯来到。当即，李大荣将敌情、我情和联升寨的地形等情况做了介绍，我们研究并制定了解围的方法，当夜就通知各农民协会负责人到李大荣家开会。人到齐后，我们布置：明天中午，各农协的武装开到孔家沟集合，听候命令；联升寨附近腊树沟、旱田坝等十多个村子的男女老少聚集在寨子周围的高地上，听到攻击部队吹冲锋号时，一齐喊杀助威。

7月26日上午，我们几个前往联升寨察看敌情、地势，区分了任务。我和杨勃带一半兵力攻击寨子的后面，袁树森带另一半兵力从前面左侧方攻击。午后，各支武装到齐，共有步枪105支、战刀30多把、手枪10多支。我这一部分所攻击的联升寨左侧后，地势虽险，但从石门关进兵，沿途竹林茂密，寨下的梯形地里种有苞谷，方便隐蔽接敌。果然，由于我们前进时行动迅速、隐蔽，过河时动作轻捷，直到江对岸，爬拢寨角时，敌人都未发觉。我下达进攻命令后，随着一阵急促的冲锋号音，战士们发起猛烈冲锋，敌人的枪还来不及发射，我们的战刀就砍到敌人头上，一个个人头落地，血流成河。敌人损失惨重，他们听到战场上震耳的号声以及四周上千的群众喊杀声，也不知我们有多少兵力，只能惊慌失措，弃甲而逃。联升寨的重大胜利，是我党几年工作的丰硕果实，是虎南武装力量的重大显示，也是虎南人民斗争的一座里程碑。

联升寨解围后，省委派到梁山来的特派员覃文也赶到腊树沟。他说，省委决定把梁山的武装（包括虎城、太平、龙沙场等地武装）编为四川第三路红军，任命李光华为第三路红军的总指挥、王维舟为副总指挥，指挥部下设政治部，要马上游击起来。覃文还叫我们通知各农民协会，自愿参加游击队的到腊树沟来集合。

28日半夜，部队开始游击起来，从腊树沟过凉风垭、三墩坡、刘家坝、卡家垭口、来家桥到达龚家箭滩，这时天将拂晓，县委书记王炎离已经在那儿等候，他对我说："这一带有三个劣绅，名叫杨祖汉、杨祖雄和龚树之，一贯为非作歹，鱼肉百姓，你们务必把这些家伙解决，为民除害。"于是，我就派人分别包围他们的家，杨氏兄弟闻风逃跑了，只没收他家一挑鸦片、几百块生洋和20多挑粮食。抓住了龚树之，在河坝上把他杀了。接着，部队开到马家场，打了团防，得到6箱子弹，烧毁收款收粮的单据、账簿后，继续南下到达龙沙场宿营，在那里我们见到掌握乡民团武装的李维、王一贯同志。

29日，我们翻山越岭进入忠县境内，到达黄钦坝，与李光华、李次华带领的太平的队伍，王一贯、李维带领的龙沙的队伍会合在一起。王维舟副总指挥一个人来的，他的队伍没有带来。在这里，正式宣布成立了四川红军第三路游击队。由李光华任总指挥，王维舟任副总指挥。

30日，我军分成左、中、右三路向驻扎在花桥寺的陈兰亭部的一个营发起了进攻，他们抵挡不住，就向东岩寨上退去了。这次战斗是王维舟指挥的，他身材单条、高长。他在指挥部队时，见有些农民未经军事训练，下达散开的命令还挤成一堆堆的，就摇头说："这样的队伍能作战吗?"以后没再见着他，可能执行别的任务去了。

在花桥寺我们一面宣传、发动群众，一面把地主的谷子、衣物、银钱等分给了穷人。贫苦农民被发动起来，主动向我们报告反动派的情况，带领我们抄地主的家。第一天下午，一个农民气喘吁吁地跑来对我和杨勃说："李同志，杨同志！你们今天晚上要注意，东岩寨上的敌人要来攻打你们。这事我听得实实在在的，你们千万小心。"为了搞清情况，我和杨勃就借了背篼、镰刀和草帽，装成割草的农民往东岩寨上爬。那时苞谷还没收，我们在苞谷地里穿行，刚上寨子，就听见敌人长官正在向集合的队伍讲话："这些'共匪'是梁山县的团防组成的，今天晚上我们就要向他们进攻。喊冲锋时只准前进不准后退，后退者坚决枪毙。"这个家伙刚说完，我俩抽出手枪，向他打去一排子弹。士兵正立正听长官训话，听到枪声吓得心慌意乱，不知所措，到处乱跑，长官也跟在后面跑。我和杨勃从隐蔽处跃出来扑上去各夺得一支手枪，就迅速往回走。自此，寨上的敌军再也不敢轻举妄动。我们借此大张旗鼓地发动群众破仓分粮，红红火火搞了三天，大长了劳动人民的士气。

8月3日，我们离开花桥东。出发时，政治部宣布行军纪律：不准乱拿群众一针一线；不准住民房，只住庙宇或露宿。沿途，红军受到当地老百姓的热烈欢迎。在农村，群众怕我们喝了冷水泻肚，处处都有凉水桶，桶内还放了醋。每到一场镇，都是鞭炮相迎，夜间沿街点着灯。快到九亭时，群众向我们反映，九亭有一个营的敌兵，经过那儿要小心，还详细介绍了九亭的地形和敌军驻扎情况。总指挥部根据情报，命令我们这一大队任前卫，大队手枪队化装担任武装侦察。第二天九亭逢场，敌人在场西的树林放了哨兵。手枪队队员分头向农民借背篼和皮箩，装成赶场的，又请两个农民在前面任向导。两位向导走在前面，我们的手枪队三三两两跟在后面。到那树林时，敌人问："是什么人?"农民答："赶场的!"并举起手让哨兵搜身检查。趁哨兵检查农民向导的时机，手枪队队员从裤带里抽出手枪打死了哨兵，飞奔上前向排哨扫射，排哨拖枪向后跑。我们追到九亭街上时，敌人已全部逃走。在这里缴获一批子弹，烧掉了团局的收款票据和粮册，又没收了一些银洋分给街上的穷人。总指挥部见这里地势低洼不宜宿营，又率队连夜行军，到雨济滩驻扎下来。第二天下午，红军吹着军号，迈着整齐的步伐开进长江北岸的石宝寨，场上居民燃着鞭炮迎接我们。红军没有休息，依次渡江。担任后卫警戒的是李次华大队。尾队刚上船，敌军就赶来了，向我军射击，我们也鸣枪还击。

天黑时，红军到西界沱宿营。这里有个共产党员叫秦伯卿，他是川东南一支革命武装的领导人，当我们过江后，他根据地方党组织指示，带领一部分人前来会合。听说他是个留学日本的士官生，熟悉军事，就任命为副总指挥。第二天，红军进入石柱县境内，离家乡越来越远了，逃亡的人也多起来了。总指挥部命令担任后卫的部队要制止这种现象发生。到西罗坪时，政治部决定在这里整顿内部，再行前进。部队休整期间，一面向群众宣传，一面破仓分粮。正准备组织力量攻打大土豪冉正本的碉楼时，"八德会"（民间自发组织的抗捐抗税的武装团体）送来情报：军阀陈兰亭集合部队要利用夜间向我们进攻。我们立即进行了周密部署，准备迎击敌人进攻。第二天拂晓，敌人开始向总指挥部据守的阵地发起冲击，李光华一面组织直属队应战，一面调我们虎城两个队增援，攻击敌人的左方。正在我们进入指定位置时，秦伯卿的队伍抵抗不住，擅自退走，龙沙场的武装也跟着退。敌人趁势发动猛攻，占领了指挥部阵地，李光华总指挥负重伤被俘，他的兄弟、太平场武装的领导人李次华也被俘，后来兄弟二人都遭敌人杀害。我这支队伍即刻夺占了打牌垭，掩护政治部撤退。袁树森那一队也增援上来，挡住了敌人的进攻。等政治部退完了，我们才和太平场的剩余武装一道边打边退下来，同"八德会"的武装会合。

这一带是"八德会"活动的地区。"八德会"对我们的同志很好，杀猪犒劳，并派人侦察情况，设法让我们避开敌人警戒分散回去。过了几天，我们剩下的300来人，在当地党组织和"八德会"的帮助下，装成背木板的、抬滑竿的，陆续离开石柱县，三三两两地经过曲折的历程返回了家乡。

土桥升起第一面红旗[*]

彭如春

　　1929 年，川东一带军阀割据、混战不休。国民党蒋介石和地方军阀互相勾结，争权夺利，镇压革命人民。川军第二十八军陈书农师师部驻扎在合川，所辖游广居旅旅部驻扎在铜梁，他们拥兵自重，不择手段横征暴敛，强占民财。加之土豪、恶霸盘剥，广大人民生活苦不堪言。

　　那时，铜梁土桥乡梭萝村徐家湾有个叫雷汝维的，是黄埔军校学生，曾在张发奎的部队任过排长、连长，参加过广州起义。大革命失败后，于 1929 年秋回到土桥，在私立王氏达学校教书。他是中共地下党土桥区委书记，经常以走访学生家长的名义，深入农村开展群众工作。

　　当时，我家住在土桥场煤炭市，经营小生意，赶场天卖粑粑，闲天给别人挑煤炭。我大哥彭东山，住我家背后的山

　　* 本文原标题为《土桥升起第一面红旗——忆铜梁土桥农民暴动》，收录时做了适当修改。

坡上，经营一个磨面作坊。雷汝维经常带师生来土桥街上搞宣传、演出，也经常来我家借东西，彼此熟悉后，就给我们讲时事和革命道理。他见我大哥家位置偏僻，又是独门独户，而且可以利用磨面的噪声做掩护，非常便于开展革命活动，就在我大哥家里设了一个联络点。从此，山上山下的工农积极分子都来这开会商量事情。经过雷汝维的努力，土桥乡党的组织有了较大的发展，我大哥彭东山和谢炳清、彭海山、曹树林等人也在他的介绍下先后加入了中国共产党。

1929 年下半年，雷汝维趁修铜（梁）大（足）公路的机会，以筑路民工为对象，在土桥中心校开办了平民夜校，并与正谊中学联系，在学生中聘请王国文、唐川秀等十多名同学来平民夜校任教。夜校全靠自己筹集资金，自编教材，但办得很活跃，深受学员欢迎，参加学习的学员多达 200 余人。通过教识字，灌输革命道理，平民夜校成了组织群众、宣传群众、团结群众和教育群众的有力阵地。

为了进一步深入发动群众，扩大革命力量，党组织决定将沿山一带的煤窑、石灰窑、纸厂的工人组织起来；并选择较僻静的松林口冉鸿章纸厂作为联络点。先是针对各类人，通过不同方式进行宣传教育：对家住山上的骨干进行重点培养；对厂矿工人，利用他们休假赶场的机会，向他们进行宣传教育；对坝上的人，利用他们上山砍柴、挑石灰、挑煤炭的机会，向他们进行宣传。有了群众基础后，就利用工人休假的晚上，在纸厂将工人和附近的农民有计划地集中组织培训。培训内容，全由南郭冷氏萃英校教师周述良（共产党员）负责，前后共培训了积极分子200多人。这时，土桥党团组织已有了相当的发展，土桥中心校、王氏达立校、胡氏挺杰校、冷氏萃英校等小学和农村计有党员20多人，绝大多数农村还成立了农会、建立了农民武装，这些为土桥暴动奠定了基础。

为了做好暴动的准备，成立了武装暴动指挥部，地点设在巴岳山手爬岩潘延兴纸厂，万平任司令员、濮文昶任政委，雷汝维任副政委，江正隆负责联络，冉欣向负责后勤工作，并决定事先将土桥地区的武装和枪支掌握起来。采取的具体办法：一是做乡民团、山防队等地方武装的策反工作；二是派可靠的人打入乡民团、山防队当兵持枪；三是对土豪劣绅手中的枪支进行调查摸底，以便暴动时夺得武器。同时，对粮食、油盐、医药等物资都做了较充分的准备。

暴动时间，原定在1930年10月6日，这天是中秋节，又逢场，场上要演戏，是暴动的好时机。9月底，在指挥部的统一组织指挥下，将准备好的粮食、油盐等物资提前赶运指挥部，部分总部的负责人和工作人员也先后到了指挥部。

正当指挥部积极进行暴动准备的时候，不幸泄露消息，为防止敌人抢先采取军事行动，即派人去斑竹场通知参加起义的山防大队黄明渊分队，务必于10月1日晚开往指挥部。黄在出发时，在破坏斑竹场通往县城的电话线时，不慎被敌人发现飞报县府。县府闻报后电令土桥场团总夏作舟，立即派人前往侦察。我方指挥部得到这一情报后，立即采取紧急措施，将预定举行暴动日期提前到 10 月 2 日。

10 月 2 日一早，附近各地武装力量和工人群众手持刀、矛、枪支等武器陆续向指挥点集中。总指挥万平将暴动队员 300 余人编为 3 个大队：有步枪、火药枪的编为第一大队，负责作战任务；其余编为第二、三大队，负责抓土豪劣绅和管后勤。

黄明渊部为指挥部的警卫队，其余参加暴动的师生被编入政工队担任宣传工作。暴动人员每人发给一根红布带，系在左臂上作为标志，各队都打出了"四川红军第七路川东游击军"的旗帜。随即命令一、二大队向土桥进发，黄明渊部作为尖兵，走在队伍的最前面。当走到蒋家垣花生茔处，碰巧土桥场团总夏作舟带领团丁携带武器出街，就击毙了夏作舟，俘虏了 4 个团丁，缴获长枪 4 支、手枪 1 支。随即暴动队伍冲进场里，追击俘虏团丁 20 多人，缴获长短枪 20 余支，并打下了乡公所，捣毁了钱庄、当铺和税捐分卡。

暴动队伍在街上张贴布告、标语，散发传单和进行演讲，总指挥万平向群众讲了话。后来，探知县警备队已向土桥压来，情况紧迫，暴动队伍退至玉龙（现安平乡）龙神门，还未来得及吃午饭，又探知驻古龙村的铜（梁）大（足）璧（山）三县联防司令部的团丁从南面扑来，城内驻军游广居旅的队伍从北面逼近，暴动队伍处于三面受敌的境地。为保存革命力量，万平宣布将暴动武装化整为零，就地分散转移，暴动失败。

暴动失败后，铜梁驻军和县团练局派出大批军警前往土桥抓人，先后有共产党员及革命群众 60 余人被捕入狱。共产党员周江河、彭海山和农民蒋吉山被杀害，不少本地人怕连累家人也都纷纷外逃。

为了保存实力，组织上任命冉欣向为铜梁县委书记，负责清理组织、营救和转移同志，领导全县革命人民继续坚持隐蔽斗争，为革命保留火种。

威震川西的广汉起义

刘连波

1930 年 8 月，中共四川省委为贯彻 6 月中央政治局会议关于《新的革命高潮与一省或几省的首先胜利》的决议，将党、团、工会合并，成立党的各级行动委员会，加紧进行武装起义的准备工作。

川西行委成立前，我担任共青团川西特委组织部部长。行委成立后，管组织工作的廖恩波同志对我说，行委学习和讨论了中央决议，决定按照省行委指示，组织发动我党基础较好的广汉驻军第二十八军第二混成旅起义。行委指派我为川西北路巡视员，巡视成都、广汉、什邡、绵竹等县党的工作，动员组织农民武装配合部队起义。

中秋节前，我用 10 天左右的时间，巡视了成都、广汉、什邡、绵竹四县，了解到这几个县的党、团员主要是小学教员，少数是中学教师和学生，各县人数不等，多的 20 余人，少的不到 10 人。我在什邡农村一个中学生团员家中，会见

226

过八九个农民，发现组织不够健全，缺乏旺盛的战斗意志。地方党组织无法对武装起义给予有力的配合。

回到成都，我向廖恩波汇报了这些情况，希望行委考虑当前实际情况。但没过两天，廖恩波告诉我，行委仍然决定在广汉组织起义，并要我参加。随即召集曹健民（曹荻秋）、徐孟超、廖宗泽和我开会。

会上廖恩波说，省行委为了执行中央夺取中心城市的计划，原定在川东组织合川、江津两处武装起义攻占重庆，在川西发动新津、广汉两处武装起义攻占成都。现江津起义失败，合川起义未实现，川西的担子就更重了。徐孟超原来领导党的广汉军支，他说，士兵群众精神振奋，早就做好起义的思想准备，而且希望大干，不要小干，士兵群众起义的条件已经成熟。发动广汉武装起义是党的重大决策，必须加紧准备，坚决执行。自二十八军第二混成旅赴成都参加双十节阅兵后，就有消息传出要解散或改编第二混成旅。若再延误时机，被敌人抢先下手，革命力量将遭受严重损失。后来，大家考虑到江津起义失败的教训和农民武装不强的情况，决定将原定攻占成都的计划改为起义后在绵竹西山一带开展游击战争，进行土地革命，建立革命根据地和苏维埃政权。

同时廖恩波宣布了前委组成人选，以及起义后红军的编制和主要领导人名单：

（一）前委由我、曹健民（曹荻秋）、徐孟超、廖宗泽四人组成。前委书记，由上级派人担任。

（二）起义后，编为中国工农红军第二十六军第一路，徐孟超任司令员，我任政治委员兼政治部主任，雷润侯任参谋长，薛彦夫任副官长，刘元海（刘铁夫）任秘书长，罗南辉任直属警卫大队大队长。

（三）路以下设第一、第二纵队，第一纵队司令由徐孟超兼任，廖宗泽任政治委员。第二纵队司令员由易心固担任，曹健民任政治委员。

（四）纵队以下设大队、支队，大队以下军事负责人，由徐孟超从士兵中提名，前委决定。

会后，我们几个立即奔赴广汉，开始筹划各项准备工作。其间，前委认真剖析了江津起义失败的主要原因，一致认为，行动计划是否周密是起义成败的关键。这个观点得到了川西行委的赞同。所以，起义准备期间，前委的主要精力都用在这个问题上，从各个方面进行了认真细致的准备。

前委根据广汉部队的战斗力强于附近各县国民党军队这一特点，决定起义后，首先攻占绵竹县城，争取初战胜利，以壮大红军声威，鼓舞部队的士气，提高士兵群众的革命热情和胜利信心，并筹措钱物，尽可能解决部队的供给问题。同时，根据当时"立三路线"要兵不要官的错误政策，川西行委决定，有关起义的消息，均不通知担任军官职务的党员；起义成功后，这些党员同其他军官一样遣送离队。

前委起义做了如下分工：

（一）在书记未到之前，由我负总责。

（二）徐孟超继续领导军支，负责部队起义的各项准备工作，由廖宗泽、易心固协助工作。曹健民负责联系地方党组织（行委决定，部队所到之处，地方党组织即由前委领导），并利用广汉中学教员身份和家住成都的有利条件，负责前委和川西行委之间的联系。

经过10天左右的紧张准备，廖宗泽、易心固和我分别会见了部分党员士兵骨干，他们态度坚决、热情高涨、工作积极，给我们很大的鼓舞。曹健民负责布置地方工作：由小学女教员中的党员、团员连夜赶制红军旗帜；由地方党组织的同志开出土豪劣绅名单及其应交的赎罪金数目；给红军派向导等。同时对农民武装的发动和编组等也做了布置。行委廖恩波和行委军委书记周国淦，先后来广汉检查，行委批准我们按预定计划，于10月25日晚间举行起义。

起义这天下午，行委派刘元海、吴健庄等20余人来到广汉，加强起义部队的政治工作。入夜，前委四个同志分两组隐蔽下来。大家既兴奋又紧张地期待着起义的信号。

每逢星期六，国民党军队的军官们一般都沉醉于吃、喝、嫖、赌，少数不嫖不赌的，也忙于个人私事。晚上，各团、营、连只留值星官，营地戒备松懈。10月25日正是星期六，晚上11点，全城的电灯熄灭了，广汉中学里传来了激动人心的钟声，象征着旧军队灭亡，新红军诞生的起义信号发出了。我们前委的同志立即从隐蔽点转入事先选择好的指挥点。稀疏的枪声告诉我们，各主力营已顺利地实现了起义计划。我们当即指示他们派出得力连队，就近支援党组织力量薄弱的营地。经过几小时，除手枪连外，各营地都胜利地实现起义，革命力量迅速控制了全城。这时司令部进驻电灯公司，由罗南辉率步兵第一营担任警卫。广汉驻军手枪连，驻扎在一个庙里，背靠城墙，负隅顽抗。经包围喊话无效，我部于拂晓时发起总攻，他们随即越城逃散。

广汉驻军有两个团，加上直属部队，共 20 多个连队，计人枪 2000 余。三分之二的连队有党的组织，其中八九个连队的党组织很强大。起义后，按预定计划派参谋长雷润侯率 1 个营向成都方面警戒。26 日上午，我们从革命力量较强的营抽出一些力量，与革命力量薄弱的营对换，以加强党对这些连队的领导。由地方党组织派出同志，引导、协助红军按名单逮捕土豪劣绅，催缴赎金。同时打开监狱，释放在押无辜群众；由军队、地方党组织分别派出宣传队，上街宣传红军打土豪、铲恶霸的政策。

在胜利的凯歌声中，所有同志都在忘我地工作。这时原该部参谋长刘的均向徐孟超要求参加红军。徐认为，我们的军事干部太少，刘的均又是我党未暴露的地下党员，主张把他留下协助工作。前委的同志也都表示同意，但没有明确他的任务。

另有一个党员排长（姓名忘记了）并未参加起义准备工作，但在起义信号发出时，他乘机宣布起义，夺得了该营领导权。我们感到党在该营力量薄弱，任命他为大队长。在我们向土豪劣绅家属催缴赎金过程中，他率领十多个持枪的战士，来到司令部为某豪绅说情，遭到我的拒绝。他心怀不满，悻悻而去。我速将这件事通知了前委各委员。

下午4点，全部起义部队集中在广汉公园开大会。由雷润侯率部在城外警戒。曹健民代表前委宣布将原第二混成旅驻广汉的第一、第二团改编为中国工农红军第二十六军第一路军，下设2个纵队，纵队下设大队，大队下设支队，任命了路和纵队的司令员、政治委员等。这些同志逐一走到台前同革命士兵见面。我们几个从外面派去的同志，当时还穿着长衫。这时，在部队里暗中活动的反动势力鼓动群众要求刘的均出面指挥，会场有些嘈杂。前委当即决定刘的均为总指挥，借以稳定军心。会后，部队向绵竹方向进发，当晚夜宿高骈镇。

四川军阀邓锡侯、田颂尧获悉广汉驻军2个团起义，分别集合所部协同"追剿"起义军。两部共抽调5个团2个营的兵力，另组织所辖防区的德阳、什邡、绵竹等县保安部队和民团协同"围剿"。在强大敌人的围追堵截下，起义军且战且走，沿途伤亡溃散甚多。

27日晨，部队继续向绵竹方向前进，后卫部队全无消息（雷润侯同志从此不知下落，可能牺牲了）。这时，我们纵队以上领导人都换上了军装，但行军途中，仍不时传出损害领导威信的流言，部队中出现了不稳定的因素。针对这个情况，前委联系到刘的均的突然出现和那个由排长提升的大队长的表现，认为起义部队有反革命复辟危险，决定进行肃反，并秘密通知各大队党的负责人，提出肃反名单。

第二纵队司令员易心固，曾参加过刘伯承领导的泸顺起义，在旧军队中历任排长、连长、营长，有丰富的战斗经验。我们同刘的均商定，任命易心固为进攻绵竹县城的指挥员，请刘的均亲往前线督战。战斗在 27 日夜间开始。前委趁刘的均亲往前线督战之际，立即在新市镇召开紧急会议，参加会议的有徐孟超、曹健民和我，以及各大队党的负责人（第一纵队政治委员廖宗泽，黄埔四期学生，曾参加邝继勋所部起义，当时正在前线，没有参加）。我讲了红军面临的危险，前委决心肃反。会议审定了肃反名单（其中包括刘的均和那个由排长提升的大队长），决定攻绵竹县城后，立即执行。

这次会开得不长，我们随即赶赴前线与刘的均会合。午夜后，易心固派通信员前来报告，攻城受阻，正当调集主力集中突破时，那个由排长提升的大队长，擅自率部撤离阵地，波及全线。经制止无效，请示办法。我们被迫改变攻城计划，下令后撤，到遵道场集中待命。曹健民因患高度近视，在撤退过程中，与部队失去联系。

部队仓促后撤，队列混乱，不少战士掉队，到遵道场已近 28 日黎明，部队就地休息。司令部召集纵队负责同志开会，讨论下一步的计划。有人提出彭县海窝子铜矿有矿工，地形也好，建议部队撤向那里。天明后一个主力大队和那个排长带领的大队开往海窝子，大部队仍向汉旺场前进。后来向海窝子撤退的两个大队与主力部队失去联系，部队越来越分散。在赴汉旺场途中，反动地主武装、民团不时从大路两侧放冷枪。刘的均乘机夸大敌情，独断专行，不断发出各种命令，无视前委领导。到汉旺场后，一面擅自出面乞求袍哥、地主、恶霸援助，并要我们做同样妥协；一面纵容、指使部队中的反动势力，蒙蔽部分落后群众，在军内制造摩擦。忠诚勇敢的士兵党员骨干感到控制不住局势，建议我们迅速离开部队，以免遭到暗算。前委徐孟超、廖宗泽和我召集易心固、罗南辉及部分大队党员负责人开会，决定立即发放本月薪饷，尽可能地把更多的群众团结在自己的周围（在广汉筹得大洋 4000 余元）。外来干部一律撤离。由徐孟超、罗南辉掩护，易心固和廖宗泽、薛彦夫和我随即分两路离开汉旺场。分散在各大队的外来干部，也分别自行撤退。

广汉武装起义，给国民党反动派以沉重的打击，对社会震动和影响也很大。但是，由于党的"左"倾冒险主义的错误指导和强敌的协力"围剿"，以及起义军的内部不纯，一场威震川西平原的起义最终失败了。

起义失败后，国民党反动派疯狂反扑，在广汉、成都等地残酷捕杀共产党人和进步群众，一时白色恐怖笼罩广汉全城。在严峻的考验下，少数人动摇、退缩，离开了革命阵营；个别人向反动派屈膝投降，成为可耻的叛徒；大多数同

志坚持革命、继续斗争。易心固在川东地区开展革命斗争，
1932 年在达县牺牲；曹健民、罗南辉最后成长为我党的
骨干。

江津起义

苏爱吾

1930 年 8 月 27 日，我据中共四川省委指示同于渊（号邦齐，原二十军杨森部旅长，万县"九五"惨案就是他指挥炮击英国兵舰"嘉禾号"的）去江津，领导驻军起义。

当时，省委执行"立三路线"，决定在合川、江津同时举行兵变，成功后从嘉陵江、长江而下直逼重庆；夺取重庆后，即从长江上游与湖北鄂西特委联合进攻武汉。此时，江津驻军为第二混成旅，这个师的副师长兼旅长是共产党员张清平。

8 月 28 日，省委负责人罗世文和我到重庆通远门外一家小茶馆，与于渊会面，之后立刻动身。同行的有徐幼平（重庆高中学生，团员），他的职务是秘书，当晚宿白市驿，次日中午到江津，住在贺竞华（当时在地下党江巴县委工作）的家里。我们到江津后会见了李克俊，他是暂编第一师第二混成旅党的负责人。

29 日傍晚，在江津城对岸德感坝的一位同志家中开了一次联席会议，参加的有省委军委、旅党委和江津地下县委的同志。会议对起义做了部署，定于 9 月 5 日起义；成立了行动委员会，行动委员会的成员有我和于渊、李克俊、龚慰农和曹泽芝（女，江津人，黄埔军校武汉分校学生）。会后，县委书记龚秉仁与军委同志发生过争论，龚秉仁认为，起义危险性大，纵使士兵起义成功，以少数兵力行几千里路程，会师武汉，前途难以预测。军委同志反复做他的思想工作。最后说："党中央的决议，你怎样对待？"龚秉仁只好表示服从，并准备调动力量响应，当时江津地下党同志在江津城的只有三四人，团员要多一些。当时，张清平认为时机不成熟，也不赞成起义。因此，我们确定起义的时间是在他去成都的时候。张清平离开江津时，将所任职务交与第四团团长魏镛代行。

起义准备过程中，不慎泄露机密。敌人立即采取了预防措施：其一，一到傍晚，就把士兵的枪收起来，锁在一间屋子里，并派人看守；其二，晚上点名后，把士兵的衣服、裤子集中保管。同时派人在邮局检查来往信件。

干部和战士都感觉到气氛紧张，私底下议论纷纷。得知起义计划泄露，敌人已有准备，我们在小什字曹泽芝家里召开了紧急会议，参加德感坝会议的人都参加了。于渊提出：起义不能发动，硬要发动不仅要失败，连部队里的党组织也将遭到破坏。他的建议没有被接受。决定提前到 9 月 3 日起义。

9 月 3 日，我和于渊、徐幼平在贺家忙着研究具体行动计划，约了地下党同志在下午电灯亮时在板桥街明星书店（秦志敦等人合伙经营的）开会。驻大西门外的机枪连率先发动了起义。

那天，机枪连在城外操练，因为要示范，发了两挺重机枪。傍晚将要收操的时候，李克俊带了几个精干的同志按照事先约定的口号，配合机枪连党组织的同志夺了机枪，几个人把它抬在肩上，打响了起义的第一枪。然后发现其中一挺机枪没有撞针。因为大西门附近驻扎的二十四团第三营和起义队伍没有联系，而驻通泰门的第四团二营第一、三连是准备参加起义的，于是机枪连起义士兵就绕道通泰门打进城，进城门时，第一连（连长彭树森）、三连（连长吴毓英）鸣枪响应。二营营长王文德赶来弹压，被起义士兵打死在通泰门门口。驻七贤街的第五连原列入起义行列，但武器库被把守，营门被关闭，一、三连士兵来到五连门口喊他们冲出来，没有成功。

起义后，天已擦黑，起义士兵们从通泰街冲向小什字，然后向东直攻县府，城内的同志也闻声前来参加，但有的有枪，有的没枪。敌人方面警卫县府的是四团一营，他们在县府门前用沙袋垒起工事，进行顽抗。起义战士冲了几次，也冲不进去；后打算用火攻，因怕烧毁老百姓住宅没有实行。

　　敌人师、旅部驻扎在城内离县府不远的考棚。守卫师、旅部的四团六连的一个排，是参加起义的部队，听到枪声后立即响应，打死过来镇压的师部上校副官长张伯卿，并打算拿下考棚。敌人指挥考棚左侧的四团一营二连据守考棚后半段。此时，驻县府右侧的四团三营派队伍支援据守师、旅部的一营、二营，同时截断了县府门口东西大街的通道，阻断了攻打县府起义士兵与师、旅部门口起义士兵的会合；驻东门城门口下面的第四团一营四连，占领了东门城楼，居高临下，截断了起义士兵进出东门的道路。驻城南部和西南部的第二十四团魏鸿均部没有参加起义。驻城中、城北部和东部的四团其他连队没有参加起义，他们占据了东西大街的各个街口，设了警戒线。二十四团团长魏鸿均同一营营长兼城防司令陈子卿率队伍从三品金绸缎铺后面翻墙过来，袭击起义士兵的背后。起义部队腹背受敌，被逼到通泰街和七贤街的一段狭小的区域内继续坚持战斗。天快亮的时候，驻扎在城外的敌人又攻进城来。起义失败。

　　江津地下党的同志，事前并不清楚 9 月 3 日的什么时间起义，开会途中，枪声响起来了，接着敌人的火力封锁住了街面，交通断绝，龚慰农被阻挡于大河沟。稍晚，曾庆云、曹泽芝主动跑出来了解情况，并担负交通联络工作，曹泽芝中弹受伤。9 月 4 日上午，我们回到贺家。当军队来查户口时，主人说我们是他的亲戚。于渊个子特高，目标显著，又怕碰见熟人，所以就搭船回重庆去了。我又住了两天，等到张清平从成都赶回来，才回到省行委汇报情况，并请示善后工作。

起义失败后，敌人逮捕和杀害了许多人，残酷无比。

升钟寺起义*

任足才

  我家住在南部县升钟乡的任家湾，自幼家贫，青年时代为糊口，先后在川军何光烈、田颂尧部当兵，官至司务长。1930年返乡后，在县公安局局长、同乡张友民（共产党）的下面任公安队队长。后来，因公安局的成员许多是共产党员，县政府就把张友民以下一大批人撤了职。1931年7月，我随张友民一块儿回到了升钟。

  回到升钟后，张友民同小学校长赵清源、教师张汉儒、赵子文、杨介伯等一批共产党员一道，深入发动贫苦农民，秘密组织农民协会，发展、壮大党团组织。1931年夏天，升钟区建立了六个农民协会，我就在这时经张友民介绍参加了农协，并担任了代表。8月，各个农民协会成立"三抗团"，我根据党的指示，积极领导赤色群众起来抗粮、抗税、

---

  * 本文原标题为《升钟寺起义点滴》，收录时做了适当修改。

抗债。这时，升钟地区方圆百余里革命搞得热火朝天，在此期间我也受到了锻炼和考验。这段时间，张友民几次找我谈话，给我讲共产党的主张、理想，讲人类的前途，讲苏联革命成功后的好日子。在他的帮助下，我的阶级觉悟有很大提高。

1932 年初，经张友民、杨介伯、张汉儒介绍，我正式加入共产党。6 月间，中共升钟区委成立，我担任升钟第一支部的组织委员兼区委通信员。那时，区委很重视党的舆论工作，办有《红球月刊》《镰刀半月刊》和《镰刀旬刊》，并经常抄写油印各种标语、传单。我的任务是将这些宣传品上送南充中心县委、阆（中）南（部）县委和分送各支部。不久，我专任区委组织部工作。这时，升钟区委下辖六个支部，各支部以地区划分，下辖若干小组。另外，保城、双柏垭各有一个特支。特支就是几个党员，下面没有小组。

这年 9 月间，省委派来覃文同志，南充中心县委派来罗敏、王灵山，县委派来李汛山、罗守朴，负责组织领导暴动。区委开会研究决定，暴动时间预定在冬月中旬。此后，各项准备工作加紧进行。各乡农会暗地制造刀矛，购买枪弹，在夜间训练武装。

因各农会不分昼夜，赶造刀矛，风声过大，引起反动派重视。本区恶霸地主豪绅集体报请县政府，派兵前来镇压。11 月，县政府开来民团一个多中队。民团头子与土劣密商，打算由团总何义普借长子结婚名义，于 11 月 25 日晚上请

"共党分子"做客吃酒，趁机一网打尽。由于民团内有我们的人，他们派人来报信后，省委特派员覃文等与升钟区委书记张友民经过商量，决定将计就计，提前发动暴动。

11 月 23 日夜，区委在铁罗寺召开农民协会代表大会，听取群众意见。各代表一致表示不能坐以待毙，要求提前暴动，攻下升钟，夺取敌人的武器，镇压一切反革命分子和恶霸地主。第二天夜里，又召集群众大会。会上，广大群众表示愿意牺牲性命，舍去家庭，跟着共产党赴汤蹈火在所不辞。会场上，革命情绪高涨万分。

夜里二更时分，随着革命信号枪响，数百名武装队员蜂拥进升钟场上，冲入区公所，缴获了民团的枪弹，打死区民团大队大队长伏蕴山，处决了区长的堂弟团正赵晋臣，副区长杜庭直，团正何吉斋、敬道周，恶霸宋奎、杜寿贤、杜群林，反革命分子陈顺先、杜元恺等十七八人。

次日，起义军移驻铁罗寺，成立川北红军游击总指挥部，张友民任总指挥，我任副总指挥。下设有政治部，主任覃文，副主任王灵山，教宣部主任李汛山，财经部主任罗守朴。指挥部下分中队，一中队中队长罗敏，二中队中队长杜彦波，三中队中队长由我兼任。同时，建立了一个区苏维埃政府，两个乡苏维埃政府。并在附近各场张贴安民布告，派男女宣传队员散发传单和标语，号召广大群众一致联合起来，援助革命军与县政府的军队作战。

三天后，阆中派来二十九军 2 个营和阆中、苍溪、剑阁等六县民团，向我们发动了大规模的围攻。经过七昼夜血战，终因敌大我小、敌强我弱，又兼弹尽粮绝，无力抵抗，我军只得遣散。覃文、罗敏、张友民等领导人潜往成都等地，我也到亲戚家躲了起来。起义失败。

十多天后，南充中心县委派人来找我，要我秘密转去清理组织并调查损失情况。因敌军尚未退完，不敢详细调查。据不完全统计，这次起义敌人杀害党员和群众280余名，烧毁房子3000多间，牵走牛、马、猪2000头左右，抢走衣服农器家具不计其数，很多同志和群众家破人亡，流离失所。

敌人的血腥镇压，扑不灭革命播下的火种，活着的同志又继续以各种形式战斗，为再度掀起革命斗争高潮积蓄力量。

苍溪苟英寨起义[*]

何知春

　　我家住在苍溪北面的雍河乡，这个乡南边同新观、西面同龙王连接。这一带地处大巴山区，山高坡陡，沟深林密，土地贫瘠；加上地主、豪绅的无情压榨，人民生活十分困苦，强烈要求翻身解放。

　　1929 年冬天，在南充读中学的共产党员何苈和张仁权回到家乡，在雍河找到我妻舅杨良芝和堂舅杨良彦二人商谈建立党的组织和开展革命活动。他们俩将一切工作安排妥当后，又返回南充，此后，雍河党的工作就落到杨良芝、杨良彦肩上。

　　他们的任务首先是壮大党的组织。杨良芝多次找杨良泽和我谈话，他从我们穷人的苦处谈起，宣传党的主张和革命道理，要我们坚定意志，增强信心。他说只要大家一条心，

---

* 本文原标题为《苍溪苟英寨起义纪实》，收录时做了适当修改。

244

就可以把土豪劣绅和军阀打垮。开初，我不懂什么叫作革命，听说还要拿起刀枪干，有些害怕。后来，知道的道理多了，一想起穷人受的苦和我家的血泪仇，革命勇气就来了，胆子就大了，决心跟着他们干，把那些披着人皮的豺狼斩尽杀绝。

我们的战斗组织叫"农民协会"，是何苎和张仁权回来时组织的，这时更加发展了。农协提出了"打倒土豪劣绅""反对苛捐杂税""打倒贪官污吏""反对封建迷信""建立苏维埃政权"等战斗口号，制定了纪律，研究了行动计划：一是进一步壮大组织；二是制造舆论；三是发动群众抗粮抗捐。我们白天在田里劳动，晚上分头进行革命活动。分给我们的任务是贴标语，散传单。有一天晚上我到雍河场上贴标语，东贴一张，西贴一张，甚至贴到了乡政府行人检查站的桌子上。第二天，人们一上街，看见许许多多的标语，一下子闹得满城风雨。都说："共产党来了!"吓得敌人慌了手脚，团总宋文安派团防到处抓人拷问，连叫花子也抓起来了。结果什么也问不出来，只好把人放了。

还有一次，我到离家30里的龙土场贴标语，当时团总陈星五正在场上召集雍河、龙工、新观的团正开会，讨论如何对付共产党。我把标语交给团总的跟班彭友德去贴。彭是我们的人，是杨良芝的亲内弟，很信得过。晚上，陈星五睡觉后，彭友德就把标语贴在他的蚊帐上，外面大街上也贴了许多。第二天满场像锅里沸腾的水一样闹开了，敌人更加恐慌。陈星五大骂团丁是饭桶，并把其中的一些人和场上的可疑分子以及叫花子都抓了起来。审问仍然是瞎子点灯白费蜡，什么也查不出来。这样，革命的空气造起来了，团保和当地的劣绅地主连睡觉都不安稳。穷苦人民暗地里喜笑颜开，大大地出了一口怨气，都在传说："共产党真是来了啊！"

1932 年下半年，地下党又派来了领导人陈子谦，他是苍溪云峰人，三台县高中的学生。他与何芗都是受阆南中心县委于江震同志的领导。陈子谦化装成小商贩来到雍河地区，我们把他安在杨良彦家的楼上居住，那里僻静，易于隐蔽，也便于党组织开会。陈子谦的任务是领导雍河、新观一带开展武装斗争。他说："要革命，就必须要有强大的组织和力量；要有力量，就得展开武装斗争，才能打垮土豪劣绅和军阀。我们按照这个指示研究决定：一要继续发展组织，充实力量；二要大搞宣传；三要打土豪；四要向地主要武器，夺取民团的枪支。宣传工作，主要是大量地散发传单，张贴标语，宣传党的主张，动摇地主和团防，教育穷苦人民起来革命。组织工作，不仅要在积极分子中发展同志，还要找线索打进陈星五、宋文安的团防内部，发展我们的人。"

经过一段时间的艰苦工作，党的组织发展了，在雍河的土岭坪和新观的陈家沟建立了党支部；同时，从农协会员中挑选了第一批游击队队员。因为苟英寨地处雍河和新观之间，地形复杂，道路崎岖，山势险峻，敌人的武装平时极少去那里，于是我们就把苟英寨作为这一带农协代表和游击队队员活动的基地。

搞武装，要有武器。一天晚上，我们开始了第一次打土豪夺武器的战斗。陈子谦带领游击队队员到龙王场大地主祖永直、陈家沟天主教神父头子白某、杨仕均、马廷深等人的家，巧妙地夺取了五条钢枪和部分子弹，还没收了大量物资。大家的劲头更足了。

这年冬天，红四方面军从鄂豫皖苏区西征，进入四川境内，占领了通江、巴中、南江等县城，距离我们这里不远了。红军入川这件事震动了全川，土豪劣绅闻风而逃，党员同志和革命群众却得到极大的鼓舞，更加坚定了同阶级敌人做殊死斗争的意志，革命的积极性更加旺盛，广大的劳苦人民也比以前更为积极地拥护和支持我们，参加农协和游击队的人更多了，光土岭坪和陈家沟的游击队队员就有 70 多人。1933 年 4 月，上级党组织派负责人陈洪钧到苟英寨，同陈子谦商量，组织了一支正式的游击队，指导员陈洪钧，队长陈子谦，杨良泽是排长，我是第一班班长，另外两个班长是彭友德、张宗海。

游击队成立后的第一个行动是再打大土豪祖永直。这次行动因走漏了消息被报告到苍溪县政府。县政府派来三名差人办案，捉拿共产党，主要抓我和杨良芝、杨良彦。群众报了信，我们事先就隐藏起来，差人没有抓到我们，就罚我们三家的款，其中我家 20 块大洋，是最多的，不过后来我家坚持不交。差人没抓到人，就把我家附近的李春桃和杨良泽的妻子抓住，吊在梁上拷打，要他们供出谁是共产党员。他们俩都同情革命，意志都很坚定，没吐一句真言。差人就准备把他们俩带回县政府严刑审问。游击队闻讯，在附近的土门垭山林中召开会议，决定组织营救。于是，派遣几个队员携带武器，埋伏在途中，当差人押着两个人经过时，不费多少力气，将三个差人俘虏了。押到山梁上准备枪决时，由于我们没有经验，没有用绳子捆住，只打死了一个，其余两个跑进丛林中藏起来了。队员们东寻西找，好一会儿才把这两个家伙抓住打死了。为了不让敌人找到证据，大家把三具死尸埋在半山岩上一个很深的石缝里。

就在这一天黄昏的时候，陈子谦、陈洪钧召集全体队员开会。会上宣布正式举行武装暴动；同时，号召群众团结起来，打土豪、闹革命。当时苟英寨周围的形势很紧张：东面20里是新观场陈家团防，北边10里是宋家团防，南面5里左右也有一支团丁武装。敌我力量对比相当悬殊。为了对付敌人的镇压，会议几经商讨，决定了三条措施：一是用计谋赶跑敌人；二是连夜赶制缀有镰刀斧头的红旗，第二天就要把旗帜打出来，以鼓舞群众；三是设法搞到更多的武器弹药。

为了达到不用动刀枪就将敌人赶跑的目的，我们派人化装抓了团总、保正的两名狗腿子。把他们关在一所离密林不远的房子里，派四名游击队队员看守。天黑时，我们的队伍全部集中到树林中，让他俩隐隐约约看得见，而又看不清楚。几十个队员在树林里重复报数、来回跑动，边跑边大声喊口令。故意虚张声势。就这样，喧闹了两个小时。两个家伙模模糊糊地看着，清清楚楚地听着，吓得哆哆嗦嗦，认为我们是一支上千人的游击队。不仅如此，为了进一步迷惑敌人，接下来，我们又把队伍分散在白云庵附近的青杠林里，三个一群，两个一堆，大声武气地谈论着，摆出大队伍就在这里宿营的架势，这两人更是怕得不可名状。眼看敌人已经上了圈套，我们就把他俩押到一个事先布置好的地方，这儿插有一杆大红旗，两旁有六名队员持刀守卫，十分威严。我们告诉他们俩如果要活命，就回去把团总、保正抓来，否则，就砍下他俩的头。两人连声答应，保证执行，慌慌张张地跑回去向其主子通风报信。

果然，两个狗腿子回去添油加醋地一说游击队的力量怎么的大，枪怎么的多，声势怎么的壮，本来民团头头们对前不久的红军入川就心怀恐惧，现在再加上身边的游击队又是这么强大，吓得当夜立即带上团防武装和金银珠宝、妻儿老小逃进苍溪县城。

第二天游击队召开群众大会，宣传党的主张，号召群众踊跃参加工农游击队，又把打土豪得来的粮食和其他物资分给大家。贫苦农民看到用血汗浇灌出来的粮食又回到了自己手中，笑得嘴都合不拢，深深觉悟到只有共产党才是自己的大救星，只有共产党指引的工农武装暴动，才是穷人翻身求解放的正确道路。参加游击队的人数迅速增多，不到三天时间，我们的队伍就扩充到500余人。在这个基础上，成立了一支有150人的基干游击队，其余的编为赤卫军，共同守卫这一块革命根据地。

有一天晚上，我们的队伍开到新观团总家中。团总早已吓跑了，我们就把他的狗腿子街长杀了，搞了七条钢枪和弹药。群众见除掉了这个眼中钉、肉中刺，都拍手称快，赞扬我们杀得好，除了祸根。

这次暴动，扩大了工农武装，建立了游击队，打击了地主、土豪和国民党反动势力，提高了群众的觉悟，有力地推进了革命的发展。

武装暴动成功后，党派游击队队长陈子谦去通江县与红军取得联系。过了半个来月，陈子谦来信，叫我们整顿好队伍，马上去广元县庙儿弯红三十一军军部领武器。当指导员陈洪钧在队前把信一念完，大家高兴得跳起来，说这一下可实现多年的心愿了。每个队员把自己改制的军装和八角帽穿戴起来，枪支弹药刀矛按统一规定携带，在打着缀有镰刀斧头红旗的引导下，开始了夜行军，由白云庵出发，经过雍河场、傅家沟、庙垭口，下山到了张化沟，天亮时到了庙儿弯红军军部。红军热情接待了我们。

队伍在庙儿弯住了七天。这段时间，军部派政工干部对我们进行了阶级教育，了解了部队的发展和每个战士的情况，又教了我们一些军事技术。军训中，我们不仅学习了如何打枪等军事知识，更重要的是懂得了为谁拿枪、为谁打仗的道理，红军那种朴实的和严守纪律的作风，阶级友爱的革命精神，使我们深受感动。尤其难忘的是发枪仪式上，孙玉清副军长的讲话，使我们对于革命有了更加明确的认识。他说："我们这枪是来之不易的，是革命战士浴血奋战，用鲜血和生命换来的，你们要紧紧握住手中枪，可以说，枪是宝中之宝，枪是人的生命，有人就有枪，必须保护好。要节省弹药，不能随意开枪，一颗子弹出去，就要杀死一个敌人，争取革命胜利。"

领好枪弹后，我们游击队就要同红军分别了，临走时，红军一个团和一个游击大队排成四列，敲锣打鼓，号兵连吹起欢送的号音，把我们送到庙儿弯场外，游击队同红军面对面地行了举枪礼，双方就分别了。

回程途中，队伍从庙垭口下山到傅家沟里，遇上了团正汪淮泗的团防 30 余人，给了他们一个迎头痛击，缴获了部分土枪、刀矛，胜利地返回白云庵根据地。

不久，国民党苍溪县府为扑灭我们这团革命烈火，派出一个大队的县民团，对我们进行反革命"围剿"，并趁我们去东溪袭击杨廷植，占领了游击队基地苟英寨。为了粉碎敌人的"围剿"，我们决定首先夺回苟英寨。苟英寨山高谷深，非常险要，只可智取，不可强攻。我们就化装成敌人的民团，向苟英寨开去。驻守的敌人根本没有想到我们有这一手，以为是自己人，毫无防备。我们爬上山去，左右包抄，正面攻打，很快就拿下了寨子。这仗共毙敌 30 多名，缴获了不少武器。

不久，游击队又配合红军在新观场西南的玄坛庙打了个漂亮仗。作战对象是县保安团的第三大队。开始，敌人没有估计到我们有正规红军配合，有点轻视我们。战斗一打响，冲锋号一吹，我们游击队和红军人人勇往直前，一个冲锋就把敌人打死打伤一大片，剩下的敌人狼狈而逃。我们乘胜追击，不仅控制了玄坛庙，还占领了敌人的老巢三川寺。几天以后，游击队又和红军的一个连在龙王场歼民团 30 多人。

在党的哺育下，在群众的支持下，在武装斗争的实践中，游击队不断壮大。1933 年六七月间，游击队配合红三十一军围攻广元县九华岩的过程中，接到命令整编为红四方面军第三十一军九十一师二七一团三营特务连。我担任排长。

阆中老观农民暴动[*]

赵承丰

　　1929 年阆中有了中共党组织。1930 年春，彭蕴山等人在老观山区建立了党小组。党小组建立以后，决定每个共产党员分别在本乡本村广泛向贫苦农民宣传革命道理，培养革命骨干，进一步壮大党的队伍。1932 年 7 月，党组织的负责人彭蕴山在老观庙召开了党的骨干分子会议，正式建立了老观党支部，由彭蕴山任支部书记，王仕福任组织干事，张兴邦任宣传干事，侯正方负责军运工作。这时我的年纪还小，只能做些联络、通信工作。

　　那时，老观一带农民在军阀、官僚、地主的残酷压榨下，为了求得生存，铤而走险，已由捆打甲长、团总，发展到自发联合起来同反动派展开斗争。党支部根据有利形势，制订了准备暴动的初步计划，提出三项任务：一是多做群众

---

* 本文原标题为《回忆参加阆中老观农民暴动情况》，收录时做了适当修改。

工作，特别是做好贫苦农民的思想发动工作，启发他们的阶级觉悟，动员更多的农民起来开展抗捐抗税斗争；二是发展党的组织和建立游击队，开展武装斗争，准备农民暴动；三是做好老观及附近民团的争取工作和各种自发组织的转化工作，从各方面掌握武装力量。

这一时期，老观一带党员已发展到 30 多人，党在群众中的工作有了良好的基础。

1930 年，侯正方打入老观区保卫团担任队长，他利用职务之便，在保卫团通过交朋友、聊天、关心团丁家庭疾苦等方式，秘密宣传党的政治主张和扛枪为穷人才有出路的道理，启发团丁的觉悟，培养积极分子，逐步掌握了他所领导的这一部分地方武装。他还多次去石滩和苍溪县王渡等地争取民团武装。

1932 年 7 月，老观乡的各种群众组织，特别是"农民协会"已发展到三四百人，共产党员王仕福、邓彦邦等深入到会员中去宣传党的主张和革命道理，使他们成为老观农民暴动的一支重要力量。

为了建立和发展农民武装，迅速组建游击队，党支部指派王仕福、张兴邦、刘朝金等党员，先后回到西山、老观毛庙子、龙蟠坪等地，组建了三支农民武装游击队。由张兴邦、杨万银、侯正孝分任游击大队大队长，下辖若干中队。不到四个月时间，游击队发展到 360 多人。每个游击队队员均自备大刀、长矛或铁棍、火枪等武器。

1932 年底，红四方面军进入川北，老观的地下党员、游击队队员和贫苦农民受到很大鼓舞。1933 年 2 月，党组织派刘朝金扮成小商绕道陕南去通江毛浴镇找到了红军，向红军汇报了准备暴动的情况，红四方面军立即派出共产党员、组织科科长冯伦奎随刘朝金到老观。

1933 年 6 月 17 日，红四方面军十一师（后扩编为三十军）的先遣部队直抵苍溪县的白庙场，距老观场仅十余里。在此形势下，老观党支部认为，举行农民暴动的时机已经成熟，决定立即行动，武装夺取政权，建立苏维埃政府，以胜利迎接红军的到来。于是老观地下党在小老君山召开两次党、团员和骨干分子会议，成立了老观农民暴动总指挥部，由彭蕴山任总指挥，侯正方、王仕福任副总指挥，冯伦奎任军事参谋。暴动时间定在 6 月 7 日（农历五月十五）。

暴动武装分四路出动：第一路由侯正方掌握的保卫团负责牵制老观场上敌人的兵力，并负责联系王渡、石滩的民团，争取他们反正；第二路由张兴邦带领老观游击队，从毛庙子出发，包围老观场；第三路由杨万银带领西山游击队，从小老君山一带出发，沿天回山、严家坟进攻老观场；第四路由侯正孝带领龙蟠坪游击队，从龙蟠坪出发，经老君山脚下向老观场进逼。

各游击队又从农会组织中抽出一部分人员，随大队出发配合进攻老观场。另外，派少数共产党员带领部分农会会员和贫苦老百姓，分头行动，打土豪，开仓分粮。

由于暴动信息被泄露，总指挥部决定提前于6月6日晚上行动。暴动队伍在统一指挥下，四路队伍按时出击。这天夜里，侯正方将老观保卫团岗哨换成了我方掌握的团丁。各路游击队包围老观场，与民团发生激战，多数团丁当了俘虏，少数在混乱中逃上了老君山。接着，彭蕴山带领游击队冲进区政府，团总彭典初、区办事处的张子厚、傅定九等头目潜逃；其余敌军政人员，有的被击毙，有的被擒。暴动队伍摧毁了老观区、乡旧政权，烧毁了一切文书档案，缴获枪支40多支、子弹1000余发，没收了土豪劣绅的财产。暴动取得完全胜利。

第二天，红四方面军第十一师派出代表来老观，与游击队队员、群众共庆胜利。老观解放后，划归川陕苏区长池县管辖，编为该县第十一区。红四方面军总指挥徐向前对暴动给予表扬，亲笔题写"曙光在前"的锦旗一面，派专人送到老观，给老观人民以巨大的鼓舞。

老观农民暴动胜利后，在苍溪白庙建立了川陕游击队独立营。营长是红军派来的冯伦奎，侯正方是党代表，张兴邦为副营长。后来，独立营编入红军，我同张兴邦编到红三十军八十八师。

三堆石的烽火

赵　继

　　三堆石位于四川苍溪县南部，嘉陵江支流东河的左岸，因境内有元山子、罐儿山、马鞍山等三座山相连接而得名。土地革命战争时期，这里的封建势力很强大，农民 70% 的土地都被地主强占，多数农民被迫沦为佃户。地主和高利贷的剥削，使这个地区的农民越来越穷，过着非常悲惨的生活。广大群众要求革命和翻身的愿望十分强烈。

　　当时，中共苍溪县的党组织属阆（中）南（部）中心县委领导。1931 年下半年，中心县委决定，党的工作重点由城市转入乡村，秘密发动组织贫苦农民建立农民协会，把广大农民发动起来。自此，三堆石地区在一批回乡学生、共产党员的努力工作下，农民运动蓬勃兴起。

　　我家住在紧靠三堆石的王渡。世代贫穷。1930 年小学未毕业即去东河船上帮工，目睹有钱人欺压、剥削工农的种种罪行，产生了强烈的阶级仇恨，暗中参加了革命活动。

1931 年，在阆中读书的共产党员罗治平等人回到王渡，发动群众，发展党、团组织。革命形势迅速发展。一年多时间，三堆石一带先后发展党员 30 多人，建立起了党的支部。普遍成立了农会小组，农民武装也建立起来。

1932 年底，中国工农红军第四方面军入川。1933 年春，三堆石地下党派人到通江与红军取得联系，得到了"发展组织，发动群众，成立游击队，在条件成熟的时候，建立苏维埃政权"的指示。此时，三堆石地区的游击队已发展到 150 多人，有枪几十支，由车云海、孟知先（又叫孟晓川）分任队长和指导员。农协会员发展到上千人。

1933 年 4 月，三堆石党组织召开会议研究当前形势，认为：其一，红军的入川，使敌人恐慌；其二，这一带是几县交界的山区，敌人统治力量比较薄弱；其三，各地党小组和农会已经充分发动起来；其四，已组织起游击武装 200 余人，有枪数十支；其五，附近王渡、老观地区的民团已争取过来。综合上述情况，在这一带举行暴动、成立苏维埃政府的条件已经基本具备，决定立即筹备成立苏维埃政权，进一步把广大农民组织发动起来。先成立了一个九人领导小组，由主席罗旭初（又名罗文荣）、副主席陈子谦负责，积极进行各项准备工作。

4 月下旬的一天，由赵鲁平（又名赵文治）主持，在三堆石召开群众大会，庆祝苏维埃政权的诞生。各场的农协会员举着红旗，抬着大肥猪，儿童团、少先队举着刀、枪、棍棒，还有从老观、白庙、文昌等远处赶来的群众，一块从四面八方拥进了会场。新当选的苏维埃主席罗旭初宣布苏维埃政府正式成立时，台下、台上锣鼓声、口号声，响彻云霄。

会上还宣布了苏维埃政权的主要任务：第一是打土豪，分田地，实行耕者有其田；第二是加强共产党的领导，发展农民协会；第三是开展武装斗争，打击恶霸地主，保卫红色政权，迎接红军到来。

会上选举陈子谦任苏维埃政府的主席。委员有：组织委员孟知先，宣传委员陈子谦，武装委员黄维德、车云海，统战委员陈洪钧、罗孟修，少共委员罗治平，土地委员陈邦玉，交通委员李廷斌、赵四孝，还有行政委员、财务委员、妇女委员、生产委员等，分别担负起了苏维埃政府的各项工作。

三堆石苏维埃政权管辖的范围，包括三乡（土垭、柏山、中土）一镇（王渡），共20余村，人口数万。

这时反动政府十分惊慌，立即集中了苍溪、阆中两县民团，沿东河以西的回龙、王渡镇、麻溪壕、元坝子、歧坪、东溪，南面的土垭、老观一带组成长80余公里的防线，并且封锁了全部渡口、要道，企图将新生的苏维埃政权困死。

面对这一严峻局势，党的组织决定进一步扩大武装，将原有的500余人、200余支枪的游击队改编成独立营，由车云海任营长，苟正贵、黄维德、赵继胜任副营长，下设3个连，1个直属排，分驻麻坪梁、三堆石、王渡山，保卫苏区不受敌人的袭扰，并配合政府镇压恶霸地主。

独立营虽然装备很差，武器是夹板枪、套筒枪、毛瑟枪、火药枪、大刀、长矛等，但这毕竟是三堆石红色政权的第一支人民自卫武装，战士们热情很高，出操，训练，上军事课，经过一段时间的训练，正正规规地像个军队的样子，组织纪律性也得到了加强，提高了战斗能力。同时，我们还在东河沿岸布防，封锁道路，修筑工事，建立哨所，严防西岸之敌的侵犯。

为了监视敌人，苏区不分男女老少，一齐动员起来站岗放哨。儿童团、少共组织监视要道、路口，发现敌人过河，即点火为号。驻在河对岸烟丰楼的民团团总罗敬三早已被我党争取过来，曾多次给我们送枪支、弹药。这段时间，他按约定暗号，把敌人的活动情况、口号、部署等都及时地送了过来。一个多月时间里，敌人过河进攻十多次，但在武装起来的革命群众面前，丝毫未占到便宜，反而被独立营击败，并被缴获了几十支枪、俘虏近百人，始终未在河东立住脚。

形势发展很快，6月中旬主力红军逼进苍溪，独立营按照上级指示扩充为独立团，下属3个营，由车云海任团长，黄维德任副团长兼参谋长，李斌、赵继胜、罗治平分任营长。不久，四蛮寨游击队也合并进来，独立团共有1200余人、4000余支枪，我们的力量更为强大了。

260

7月底，军阀田颂尧调二十九军1个营，配合民团向三堆石发动了大规模的"扫荡"。之前，我们得到罗敬三送来的紧急情报，团长车云海、参谋长黄维德立即召开了军事会议，决定采取"诱敌深入、伺机歼敌"的作战方针，具体作战部署是：右翼，由黄维德、李斌率2个连埋伏于麻坪梁；左翼，由赵继胜、罗治平带2个连隐蔽于冉家梁；中路由车云海带2个连和农民自卫队诱敌深入，再留2个连做预备队。

第二天，敌人从麻溪壕、朱家壕滩口分两路过河，企图对三堆石形成钳形包围。埋伏在麻坪梁的游击队放过敌人，将其退路切断；而车云海则按计划边打边退，一直退到两公里以外的元山子。这时，冲锋号响，埋伏的部队、自卫队、群众几千人如潮水般涌出来，号声、喊杀声吓得敌人忙从原路撤退，待退到麻坪梁、冉家梁，又遭黄维德、赵继胜两部的夹击。我们放过罗敬三民团，集中火力攻击敌军主力。敌毛营长急喊罗敬三增援，罗假意增兵，出动援兵并不多，而且途中都被我们活捉。这一仗，我们取得了不小的胜利，敌人被打死打伤的不少，摔死、淹死的不计其数，仅俘虏的就有200多人，只三分之一的敌人逃回西岸。罗敬三的民团被放回去后还得到敌人嘉奖，说他们增援有功。此后，敌人尝到了苦头，再也不敢轻举妄动了。

1933年8月中旬，红四方面军发起仪（陇）南（部）战役，红三十军进至阆中，红军一个主力营在独立团配合下，攻占了太和城。同年 11 月，以刘湘为首的敌人向川陕苏区发动了"六路围攻"，红军主力先避敌锋芒，待机实施反击，遂收缩阵地，撤离了三堆石。独立团奉令编入红三十军，临行前，将全团武器弹药留给了地方赤卫军。

上川南抗捐军[*]

王明安

　　1932 年红四方面军进入四川后，四川的中共地下党员和革命群众受到很大鼓舞，四川的革命形势有了较大发展。当时，中共四川省委将我从自流井川南特委调到邛崃、大邑地区工作，并指示：在清理组织的基础上，筹建中共邛大县委。后来县委成立，我任书记，王荣忠负责宣传工作，宋其康负责组织工作。

　　邛崃扼川康大道咽喉，历来为兵家所必争。从四川防区制时代开始，邛崃先后是川军刘成勋、刘文辉、李家钰等军阀的防区。他们盘踞期间都拼命搜刮农民群众。我记得 1932 年时，就预征 1970 年的粮税了。至于国防捐、剿赤捐、军服费、子弹费等苛捐杂税，更是名目繁多，不可胜数。抓丁催款，不分昼夜，弄得城乡鸡犬不宁，天怒人怨。群众生活

---

　　* 本文原标题为《高潮迭起的上川南抗捐军》，收录时做了适当修改。

穷困潦倒，不少人被盘剥得家破人亡、妻离子散，被迫走上了劫富济贫的绿林道路。

邛崃地下党组织根据中共四川省委关于在农村发动农民反对军阀拉丁派款，开展抗捐抗税和游击战争，以扰乱敌人后方、配合红军斗争的指示精神，决定发起抗捐运动，开展同国民党反动派的斗争。首先以"上川南抗捐大同盟"邛崃分部的名义（上川南泛指东山以北，威远、仁寿以西，邛崃、雅安以南的广大地区），发出公函、布告、宣言和告各县民众书等。同时，制发了抗捐大同盟斗争纲领、组织原则和斗争口号等文件，并要求在各乡镇成立抗捐大同盟支、分部。1933年春，为集中力量开展宣传工作，组织决定宋其康辞去他在王泗担任的小学教员职务，主抓县委《翻身报》的工作。《翻身报》的内容主要是揭露军阀政府勒索捐税的苛政，宣传全国革命斗争的形势，特别是宣传苏区的情况。

在扩大宣传的同时，一方面在农村穷苦群众中组织农民协会，一方面通过各种关系，联络、教育、争取"绿林"队伍。如"绿林"头目王斌武（邛崃王店人，上山采药为母治病，同在山上逃避捐税的农民结拜为兄弟，随即开始了劫富济贫生涯）、魏尧光（原是地主家的长工，被逼走上了绿林道路）等，就是被我们争取过来的。宣传工作的扩大、群众工作和统战工作的开展，为武装抗捐斗争打下了基础。

当时，我们的党员中，孟光远担任王店、王营、郑店三个乡的侦缉队队长，有长枪30多支；植尚荣担任石头乡团总，控制有几百支各式武器；李福康的社会职业是医生，他联络的群众中有 20 多支枪。这期间我们又买了 20 多支步枪。孟光远还以侦缉队的名义，在王店关帝庙内造土枪土炮和刀矛。争取过来的绿林部队，其武器是自带的。

经过多方面的准备后，我们秘密组建了上川南抗捐军。县委决定，抗捐军设立总司令部，孟光远任总司令，宋其康任总参谋长。下辖 2 个路司令部：第一路司令由孟光远兼任，副司令徐焕堂。下设 3 个大队，第一大队大队长由徐焕堂兼任，下辖 4 个分队；第二大队大队长李福康，下辖 3 个分队；第三大队大队长植尚荣，下辖 4 个分队。第一路的 200 多人是抗捐军的基本队伍。第二路的正副司令，分别由王斌武、魏尧光担任，下面的建制由王、魏两人自定。

武装暴动准备工作刚基本就绪，县委负责组织工作的宋其康，在 4 月 17 日途经名山县中丰场时，不幸被捕。县委得到消息后，一面立即组织"宋案后援会"，广发宣言，进行营救；一面派人向省委汇报这一突发情况并请示暴动等问题。当时省委要我们继续加强联系群众、组织群众的工作，武装暴动要伺机而行。为贯彻省委指示，县委领导成员先后到邛崃南路廖场附近的李荣成、郑高轩等人家中，召集有关人员开会。会上大家反映，群众强烈要求武装抗捐，若早点发动暴动，既可直接配合苏区斗争，又符合群众意愿。加之王店、郑店一带的秘密农民协会揭露当地团总残害群众的传单被发现；王店团总企图以请客赴宴名义逮捕孟光远、徐焕堂等人。阴谋破产后，又扬言对他们下毒手。鉴于情况紧急，会议决定提前发动武装暴动。

1933 年 5 月 24 日，在邛崃南路王店场打响了武装暴动的第一枪。暴动队伍捕杀了当地的团总，公开打出了"上川南抗捐军"的旗帜。

暴动消息传到夹关，川军第二十四军驻夹关催捐逼款的王营长，集合其部分队伍，会同夹关区团防队向王店扑来，被我抗捐军击溃。接着，六县"清乡"司令兼邛崃县县长陈少夔亲自带二十四军一部和团防队，共 200 多人前来"围剿"，在肖河坝遭抗捐军伏击，狼狈逃窜。后来我听说，战斗中，陈少夔连人带轿落入水中，从轿内爬出后，藏在一架水车下面，天黑后才只身爬上岸，惊慌地逃回县城。

几天后，抗捐军攻下邛崃南部重镇夹关，在街上贴标语、布告，废除苛捐杂税，惩办土豪劣绅，宣传抗捐军的宗旨，并处决了当地的团总、恶霸、土豪吴连廷弟兄及杨五弟。抗捐军很快发展到 600 多人。

在夹关期间，中共四川省委派陈济民（又名陈伯峦，真名余宏文，宜宾县人）到抗捐军总司令部任政治委员。不久，陈少夔又带领各乡团防队，会同二十四军 1 个营，共 1000 多人前来"围剿"。经过几个小时激战，抗捐队伍被迫退到场后的铁碑寺山上。在寺内，我们召开紧急会议，决定分路突围，然后到总岗山会师。突围时，我同陈济民随第一路行动。

在突围与进军总岗山途中，我们曾多次同反动部队激战。孟光远身先士卒，带领第一路接连冲垮敌人 12 道防卡。转战至蒲江县何老鸹林时，又同国民党蒲江县县长何本初带领的"清乡军"发生激战，抗捐军第一路副司令兼第一大队大队长徐焕堂，为掩护队伍撤退，独自一人断后，英勇奋战牺牲。

9 月下旬，我们第一路攻下名山县东南重镇车岭，接着第二路各队也相继赶到车岭。进驻车岭后，首先是宣传抗捐军的宗旨，宣布废除苛捐杂税，停交田赋，惩办贪官污吏和土豪劣绅，并枪决了在车岭催捐逼款的县府委员向某和车岭团防副队长陈某。这时，当地团总郑朝俊勾结二十四军驻新店的王守一营前来偷袭。经激战后，双方相持不下。后来天降大雨，平地起水一尺多深，王守一无法坚持，退了回去。

9 月下旬，我们开进马鬃岭，在总岗山的竹叶寺、火烧庙、骑山庙、插旗山一带活动。一面休整，一面深入群众开展宣传组织工作。从车岭到总岗山这段时间，除沿途吸收群众参加抗捐军外，还积极开展"匪运"工作，将蒲江、名山两股绿林队伍编为第三路。至此，队伍发展到了 1000 多人。是时，省委又派来军事干部王痣胡子（我不知道真名），加强抗捐军的领导。

总岗山，主峰在洪雅县境内，东起新津永商，西至雅安水口，北对蒙顶、莲花，南接夹江、青神，东西绵亘 100 多公里，南北宽 30 多公里，俯瞰名山、雅安、邛崃、蒲江、新津、彭山、眉山、丹棱、青神、洪雅等县，回旋余地大。当时，我同陈济民召集干部研究，准备在此开个群众大会，成立苏维埃政府，建立革命根据地。但这个计划未能实现，主要原因是这里山高、地广、人稀，给养来源远不如邛崃、蒲江、名山浅丘地带。第二路、第三路部队很不习惯这里的生活，急于要求攻占蒲江、名山等县城。而党组织和总司令部的领导从全面考虑，坚决不同意这种冒险做法。为此，他们意欲离开抗捐军，就连第一路的领导人植尚荣也产生了动摇，想投奔二十八军刘乃铸旅讨官做。面对这种情况，我同陈济民、孟光远等研究决定，与其勉强挽留第二、第三路，不如让其自行离去，以免影响抗捐军的基本队伍。

第二、第三路队伍离开抗捐军后，李家钰部敫集生旅派出 6 个连围攻抗捐军。我们利用居高临下的有利地形，奋力还击，在接连打退敌人多次进攻后，部队撤离了总岗山，回到邛、蒲、名交界的丘陵地区，利用人地两熟条件，开展游击战争。撤离过程中，军事干部王痣胡子因枪走火负伤，我派人将他送到成都治疗。接着总司令孟光远又患重病，行动困难，不得不留在马鬃岭治疗（后听说他在 1934 年 8 月病故于马鬃岭）。

我们撤回邛、蒲、名丘陵地带后，军需给养，除群众送一些外，全靠从敌人手中夺取。当时由于西有刘文辉部、东有李家钰部，不时对我们进行"围剿"，我们只得转战于名、蒲、邛和大邑的王泗、灌口等山丘地区。1933 年 11 月 27 日晚上，抗捐军在大邑县凤凰台中计受挫，边撤边打，拉回王泗时，由于沿途伤亡溃散，最后只剩下 20 多人。上述险恶情况，我们派人连夜去成都向四川省委做了汇报。第三天晚上接到省委指示，将枪弹隐藏起来，由陈济民将现有人员带到成都另行安置。我留下坚持工作。这年冬月底，陈济民奉省委指示又率原班人马从成都返回王泗，取出隐藏的枪弹，继续开展斗争。腊月底，我们将人拉到邛崃西门外的金龟山上。根据石河子党支部的情报，腊月三十，驻西桥头王爷庙内的"铲共团"放假，只留少数人守营，其中有三个人是我们派进去的。我同陈济民商量，决定夺取"铲共团"的枪弹，借以武装自己。

除夕（1934 年 2 月 13 日）晚上中共石河子支部发动部分群众协助抗捐军行动，成功地实现了里应外合，没费一枪一弹，就缴获了 40 多支枪、300 多发子弹、2 口袋手榴弹和 3 袋大米及其他一些物品。待第二天城内敌人察觉追来时，我同陈济民已率队向老根据地王店一带转移了。

1934 年 4 月间，省委指示我到成都治病。5 月 5 日途经大邑县境，我出席大邑北外凤凰村山口埝党支部会议时，在支书何辉家被捕。后被送到成都华阳监狱关押。在监狱中，我听说省委又派曾海云等人去邛大地区领导武装斗争，并将抗捐军整编为川康边工农红军游击队，建立了苏维埃政权。1934 年下半年在反动军队重兵"围剿"下，虽英勇奋战，终因敌众我寡，于次年 1 月前后解体。游击队队员分散转入地下活动。

上川南抗捐军的英勇战斗，不仅扩大了党在四川地区的政治影响，而且牵制了部分军阀部队，有力地配合了通南巴红军的作战，支援了川陕苏区的反"围剿"斗争。

土地坡暴动与弹子山游击队

廖瑞呈

1933 年冬季的一天晚上，田鹤鸣、戴北星、秦石琴和我在丰都县城卢文修的家里，由田鹤鸣主持开了一个会。田鹤鸣首先传达了上级关于在军阀刘湘的后方搞暴动，以支持红四方面军在川北斗争的指示，然后他分析了当前丰都、涪陵的情况，主张我们离开丰都城到农村去组织群众，扩充势力，进行武装暴动，带队伍上山打游击。

大家经过研究，感到搞武装关键要有武器。当时我们只有几支手枪，远远不够组织暴动，哪里去弄武器？这时，秦石琴发言，他说他在弹子台掌握了一支有 20 人、10 余支长短枪的武装。顿时，与会者皆大欢喜。接着，讨论另一个话题：队伍有了，武器也有了，到哪里搞暴动？大家七嘴八舌，讨论了好久，列出好几个地方，最后确定在涪陵东北面的土地坡（今平安乡）。土地坡距曾经两次举行过暴动的罗云坝比较近，群众基础较好，特别是那里的民团，是共产党

271

员王伯瑜在当队长。事情定下来后，田鹤鸣分工秦石琴与土地坡联系，其余人员分头做好准备。会后，秦石琴即派人去土地坡找王伯瑜商量，王伯瑜表示完全同意。两人进一步研究了细节，并把日期定在阴历正月十五。接着，秦石琴又派人到弹子台通知人，约定正月十四大家在丰都城西十余里朱家嘴一个朋友家集中。为不引人注目，泄露事机，吩咐大家要在夜间三五人一组行动。

正月十四这天黄昏，我们一行几个人身藏手枪从丰都出发，半夜到达朱家嘴，见弹子台来的同志除少数人在站岗放哨外，都在沉沉大睡，大概是养精蓄锐，以迎接即将来临的重大任务。当即，我们把大家叫醒，由田鹤鸣简单交代了任务即动身去涪陵。这天夜晚，皓月当空，天蓝如洗，不用手电筒都能辨别方向，看清道路。一路上，大家兴致勃勃，身披寒霜，脚踏枯叶，急匆匆、静悄悄地向土地坡进发。下半夜3点钟左右，到达了土地坡东面三四里的一户贫农家里，这是王伯瑜给我们安排的集中点。田鹤鸣招呼大家休息后，即赶往土地坡街上与王伯瑜商量当晚暴动的具体办法、步骤，把一件件事情落实下来。

正月十五，是传统的元宵佳节，又逢土地坡赶集，因此这天夜幕刚刚收起，晨光熹微中，熙熙攘攘的人群就喧哗着去赶场。我们因有特殊任务在身，几十个人拥塞在两间茅草房里，屏息静气地打发着时光。好不容易挨到了擦黑，只听见一阵阵锣鼓声由远而近，一拨拨龙灯、彩灯在一束束火把的照耀下从门前走过，向土地坡街上拥去。这时，田鹤鸣向20多个整装待发的队员发出命令：全体人员分两拨执行任务，三分之二由他和秦石琴率领，直扑场口民团营房；三分之一由戴北星率领，捉拿住在街中央大院的乡长；大家听到三声信号枪响，立即行动，任务完成后，闻哨音到下场口集合。接着，队员们三三两两机灵地随着看玩龙灯的人群嬉笑着向街上走去。

这个时候，场口上民团队部正热闹非凡。一切都按照田鹤鸣和王伯瑜制订的计划进行。上午，王伯瑜就以庆贺佳节、官兵同乐为名，派人到街上买菜、打酒、割肉。下午，伙房里杀鸡、宰鸭，一片嘈杂。入夜，华灯初上，队部一张张桌子上摆放着美味佳肴，酒香、肉香四溢。王伯瑜亲切地招呼团丁入座，并逐一频频劝酒。七杯八盏把一个个贪杯的团丁灌得酩酊大醉。正在此时，"砰""砰""砰"三声尖厉枪声划破长空。田鹤鸣和秦石琴带领着队伍冲进营门，敌人目瞪口呆，无力反抗，被缴了械；其中除部分我们的同志和进步士兵参加我们的队伍外，其余都被押在空屋里锁着。为了保护王伯瑜，以利他今后继续工作，也将他用绳子绑了，反锁在屋子里。然后，部队走出营房，前去接应戴北星。

戴北星他们的行动也很顺手，他们听到枪响后，就冲进乡长宅院，高喊："乡长，拜年喽！"乡长正在红烛高烧的大厅里，举行夜宴。他听到喊声，急忙离席出来迎接。戴北星飞跑上前，将他一把揪了出来。我们到来后，双方会合一起，同到下场口集合。田鹤鸣清点人数，一个不少。

这次行动，速战速决，干脆利索，计获手枪 3 支、长枪 20 余支，打了个漂亮仗。队员们兴高采烈，带着胜利品从场上撤出。行不数里，田鹤鸣、戴北星等人商量，就地处决乡长，为人民出一口气。于是戴北星提枪上前，"砰""砰"两枪，结果了他的性命。我们趁着月色，迈开大步，向着丰都、涪陵交界的弹子山飞奔而去。

部队来到山上，住在贫苦人家里。起初，当地群众都有些畏惧，不愿和我们接近，有的甚至把粮食和贵重的东西藏起来逃跑了。后来我们向他们进行宣传，说我们是共产党领导的游击队，专为穷人打天下的。他们见我们态度和善、言语亲切，不像凶神恶煞的国民党兵，才渐渐和我们亲近起来。我们向他们了解当地恶棍和土豪情况，他们一一说了。我们根据他们介绍的情况，分别惩治了这些坏家伙，帮群众申了冤、雪了恨，并把从地主手中缴来的粮食、财物分给大家。这样，他们就更和我们亲近，并暗中为我们刺探消息、当向导，给游击队以很大支持和帮助。

我们在方圆百余里的弹子山上开展游击战争，行踪没有一定，时而这里、时而那里，同上山来"进剿"的民团相周旋，有时找到机会还狠狠地揍他们一顿。比如在竹枝坝，就把一支几十人的敌人打得四处乱窜。后来，由于经过近一个月的作战，弹药消耗很大，医药奇缺，粮食也接济不上，田鹤鸣与秦石琴等人商量，决定将游击队化整为零，向山下转移。自此，游击队停止了活动。

青神西山暴动[*]

周亚光

　　1933 年底，我离开共青团安县中心县委书记职务，到成都任共青团四川省委宣传部部长。这个时候，咱们红军在川北胜利不断，革命烈火已迅速燃遍了川东、川北的大片土地。为了配合红军的行动，争取四川全省革命率先胜利，中共四川省委发出指示，要青神等地下党组织坚决领导群众斗争，实行武装暴动，创造赤区。

　　1934 年夏秋之际，省委接到中共青神中心县委即将举行暴动的报告，派我去青神传达省委关于如何进行斗争以发展到武装暴动的指示。11 月下旬，我由青神中心县委负责秘书工作的段玉章带路到达青神。一天晚上，在莲花场一家很宽敞的人家里，我主持召开了会议。青神中心县委的领导许本达、邱骏、毛慈影等人参加了会议，许本达等介绍了西

---

　　* 本文原标题为《青神西山暴动始末》，收录时做了适当修改。

山的情况和暴动的准备工作。我传达省委的指示说，省委认为青神暴动的客观条件已基本成熟，但在主观上还要着重发动群众，开展一系列大大小小的斗争，使干部经受锻炼，增长才干，使群众组织得到加强，待主观条件进一步成熟后再走向暴动。与会同志一致同意省委的意见。

会后，我留在青神，在毛慈影的工作区域蹲点，和中心县委领导一道积极抓紧暴动准备工作：一是采取多种形式扩建农协会，筹建苏维埃政权；二是广泛讨论破仓分粮、土地分配等问题。还针对军事人才、枪弹的缺乏等问题，研究了解决办法。为了确保安全，我们坚持白天深居简出，晚上开会。在青神蹲点的十余天里，我看到西山地瘠民贫，土地都集中在两三个地主手中，租谷三七成，高利贷利息达四分五。农民终年劳动，到头来除去苛捐杂税所剩无几，生活十分困苦，还要经常受到乡里保甲长的随意欺凌，被拉去当兵或做苦役，他们活不下去，只有依靠共产党闹革命，分土地，求出路。因此，不少农民听到要组织起来打地主老财都积极筹集资金，打造、购买武器，主动参加军事训练。

青神的党组织建立较早，1927 年就建立了党的支部，帅昌时、曾聿修等领导群众举行过"挽范"游行，捣毁过团务局及其他一些反土豪劣绅、反贪官污吏、反苛捐杂税的斗争。党组织在各乡还广泛建立农会，兴办农民夜校，发展党员，壮大党的力量。1928 年冬建立了县委，全县各地党员迅猛发展，尤以西山最为突出，至 1934 年，全县党员 183

人，西山占 143 人；团员 24 人，西山占 21 人；农会会员 1282 人，西山占 510 人。此外各区、乡游击队、赤卫队、妇女会及儿童团的建立，西山也占多数。党力量的增强和革命组织的壮大发展，为西山暴动奠定了基础。

1934 年 9 月 15 日遵照省委的指示，青神县委从嘉定中心县委划分出来，建立了青神中心县委，进行西山暴动的准备工作。中心县委领导分工是：许本达任书记，刘怀彬管组织，段兆麟管宣传，邱骏管军事，毛慈影管妇运，段玉章任秘书。

大约在 12 月上旬，青神中心县委给我转达了省委的通知，要我返回省里讨论武装问题。刚回成都两天，就看到国民党的报纸登出了青神县西山发生暴动的消息。省委当即决定派我迅速返回青神协助领导暴动，但还未起身，报纸上又登出西山暴动已经失败的消息。省委立即改变我的任务，要我到青神清理组织。1935 年 1 月，我参加了青神中心县委组织委员刘怀彬在青神莲花主持召开的青神中心县委执委会，总结西山暴动失败的原因和研究今后的工作。会后，刘怀彬在西山清理组织，我到东山清理组织。在青神县委执委会上和在清理组织的过程中，我了解了西山暴动的大致经过。

我离青神回省城时，中心县委并未确定暴动的时间，后来由于叛徒的告密，准备起义的事被反动当局察觉，他们多次派人来西山抓人。党组织虽及时派人处决了叛徒，但威胁并未解除。同时，中心县委领导的农民群众打土豪、分田地的心情特别急切，巴不得马上干起来。因此，中心县委决定提前发动暴动。

暴动的具体情况是：首先，秘密交通员把中心县委的决定迅速地传向各乡各村，各地秘密召开了各种动员大会，农民群情激奋，有的写标语，有的磨刀，有的擦枪，有的准备棍棒，等待暴动日子的到来。12 月 14 日上午，中心县委在土主乡王绍清家召开暴动骨干会，县委书记许本达向与会者讲明这次暴动要利用今晚罗明山建房宴宾的机会，多抓几个乡长、团正和乡队队长，并要求大家在斗争中拿出勇气来。会上，与会者还杀鸡祭旗，表示了决心。

晚上，300 多农民组成的起义队伍，按照预先有关规定，举着土枪、斧头、长矛、马刀、棍棒等武器，从四面八方会集到梧凤、土主交界的观音阁河坝上。中心县委的领导做了简短的战斗动员后，军事委员邱骏一声令下，暴动队伍兵分三路，以红旗为前导，向罗明山家飞奔而去。

此时，罗明山院内正灯火通明，鞭炮轰响，梧凤乡乡长何汇川等土豪劣绅及其远亲近戚都纷纷前去朝贺。正值宴席高潮，暴动队伍将罗明山家团团包围。平时作恶多端的罗明山时刻都提心吊胆，今日建房宴宾，虽请何汇川为他派了两个班的冬防丁担任警卫，但在这突如其来的农暴队伍面前，冬防丁一个个都吓得缴枪投降了。

农暴队队员为了大造声势，在房外点燃了事前放在煤油桶内的鞭炮，借"机关枪"声助威。部分担任攻击任务的队员随即冲进屋里，将躲进内室的罗明山抓了出来，大甲长朱良山、地痞何金海、冬防队队长杨树高等，当场被邱骏、王绍清等镇压。而狡猾的何汇川吃了第一轮宴席后便回梧凤场去了。农暴队伍为扩大战果，押着罗明山向梧凤场进发。途中，罗明山死活不走，并伺机逃跑，邱骏怕贻误战机，便将他斩首弃道。

暴动队伍抵达梧凤场口，受到冬防丁的阻击。暴动队队员邓锡成扔出一颗手榴弹，炸伤了一个冬防丁，其他人望风而逃。暴动队伍乘势攻进梧凤场，砸了乡公所，乡长何汇川钻进杨家的草堆里躲藏起来。暴动队队员抄了他的家，将其各种契约账簿连同乡公所的公文一起烧毁。随即又攻打了土主、新场乡公所。

新场战斗结束后，已是天明时分，中心县委决定，离家近的暴动队队员回家隐藏，离家远的和暴动骨干到新场附近的安子冲休息待命，准备夜间攻打青神县城。

12月15日拂晓，驻青神、夹江、眉山等地的反动军警调动500余人开向新场。下午2点左右，反动武装围攻安子冲。起义队伍英勇迎战，寡不敌众，中心县委书记许本达、宣传委员段兆麟等7人当场壮烈牺牲；军事委员邱骏、妇运委员毛慈影和起义骨干王绍清等25人被捕。敌人在搜山过程中，残暴地将许本达、段兆麟等7位同志的头颅割下，分别挑回青神、夹江，悬于城门"示众"。在"清乡"过程中，又逮捕了暴动骨干赵汉生、邓锡成等及其家属20多人。

邱骏、毛慈影先后被押往夹江、眉山、成都审讯，在敌人软硬兼施、威逼利诱、酷刑拷打下，他们坚贞不屈，大义凛然。随后被押回青神，于 1935 年 1 月 22 日昂首挺胸，走赴刑场，英勇就义。不久，敌人又残酷地杀害了王绍清、邓锡成等 5 人，并悬首"示众"。至此，西山暴动的革命者，为了劳苦大众的翻身解放共有 18 人献出了生命，用鲜血谱写了川南人民革命斗争史上的光辉篇章。

　　青神县西山农民武装暴动虽然失败了，但它却充分显示了青神农民的大觉醒和共产党人大无畏的革命英雄气概，有力地打击了当地反动势力，鼓舞了全川人民。

丁沛生部平关起义[*]

谢速航

  1935 年 1 月，遵义会议后党中央批准成立贵州省工委不久，派杨涛（潘汉年）到贵阳向省工委委员秦天真传达做好"面向遵义，背靠云南"发动游击战争准备的指示。省工委根据这一指示，决定在安顺的黔军中策动起义，拖枪出来，组建游击队，开辟革命根据地。

  为领导这一斗争，省工委成立了由李光庭、喻雷、王芸生、丁沛生、宁仿陶、张恒兹组成的六人军事小组，由秦天真同志直接领导。1935 年 4 月，秦天真同志来到安顺，建立了安顺县党支部，不久又升格为工委，我任工委书记。当时工委的任务除了为中央红军搞敌电台密码、军用地图外，主要任务是在黔军中组织兵运搞兵变。

  当时安顺驻有黔军一〇三师和一二一师。这两个师原为

---

  * 本文原标题为《忆平关起义》，收录时做了适当修改。

贵州军阀王家烈的部队，在追击中央红军时，王家烈被蒋介石搞垮了，剩余的部队都被中央军改编，驻防安顺地区。蒋介石为"围剿"中央红军，大量嫡系部队进入贵州，他们处处歧视、压迫地方军，黔军官兵意见非常大，这就为我们开展策反工作创造了条件。我们先着重策反一〇三师，因为这个师已有一批党员打入进去。地下党员黄大陆打入后任师参谋长，肖世铣、龙兴权为作战参谋，李逸生任书记官，缪正元、周凤逸、王树艺任电台报务员。正当这项工作顺利开展时，不料一〇三师奉令被调离贵州，策反的目标只好改向一二一师。

对一二一师策反工作，重点放在师机关和直属队。共产党员、省工委军事小组成员丁沛生已打入该师警卫连任连长，他是云南华坪人，出身穷苦，被叔叔收为养子，读了高小，因反对尊孔，主张新学，被学校开除，由老师介绍到昆明发印局当学徒，后在龙石部队受训一年。他向往革命，1931年与六名同学结伴开小差，前往江西苏区。途经贵州，因同学生病滞留贵阳，又无路费，不得已在黔军王家烈部当了兵。1933年升为排长，到王家烈的军官教导团深造，毕业后调到二十五军军部工作，1934年调到吴剑平的一二一师警卫连当连长。

丁沛生同志一直想参加红军，在安顺四处打听共产党的消息。党这时也正派人在国民党中下层军官中发展骨干，1935年初，经省工委秦天真和李光庭同志介绍，丁沛生同志加入了中国共产党。省工委认为，丁沛生同志是一个坚定的革命者，决定利用他任警卫连连长的公开身份，在一二一师进行"兵运"工作。

丁沛生同志平日关心爱护部属，不占不贪，平易近人，很得人心，不仅警卫连的官兵喜欢他，其他连队的人也很尊重他。他接受"兵运"的任务后，积极做中下层军官和进步士兵的工作，动员他们起义，参加中国工农红军，兵运工作进展得很顺利。正当深入开展工作时，中央红军长征进入黔西境内。贵州省工委认为兵变时机已成熟，必须抓住这个有利时机，在黔西地区建立革命根据地，配合中央红军作战。于是决定抓紧时间在安顺举行起义。

我找到丁沛生，向他传达省工委的决定，并商量了起义的部署。丁沛生接受任务后，周密计划，趁从盘县等地押送军饷回安顺的机会，率领随去的两个排（本连另一个排留师部担任警卫）70余人，于1935年6月1日在关岭县的平街举行起义，召开起义宣誓大会，提出了在"盘八地区"（即当时盘县地区所辖的八个县）建立革命根据地的主张，把部分军饷分给士兵和穷人，深受广大士兵和群众的欢迎。为了壮大革命声势，这支起义部队命名为"中共黔西游击纵队第七支队"，丁沛生同志任支队队长，省工委又派王芸生同志去任支队政治指导员。

丁沛生、王芸生同志按照省工委"面向遵义，背靠云南"的指示，带领第七支队在滇黔公路干线两旁和北盘江流域的广大地区，打土豪，分粮食，搜缴国民党乡公所、区公所的武器，宣传中国共产党的主张，宣传红军是穷人的军队，游击队是为老百姓办事的队伍等。第七支队的行动得到了"盘八地区"人民的支持、拥护，队伍很快发展到700多人。

国民党一二一师师长吴剑平得到丁沛生携军饷暴动的报告后，非常恼火，一面派兵"夺回粮饷"，一面向国民党贵州省主席兼保安司令员吴忠信"请罪发落"。这时，吴忠信又接连收到黔西各县官府、土司乡绅关于第七支队"兵刃官府，行劫乡绅"的"十万火急"电报，即命令第四绥靖区主任犹国才，督促吴剑平和各保安团、县大队、稽查队等，集中主力准备将丁沛生、王芸生支队就地"剿灭"。

吴剑平决心用"牛刀杀鸡"，他派出近1个团的兵力，犹国才号令本绥靖区的保安团、县大队、稽查队合力"剿灭"红军游击队。第七支队在敌重兵围追堵截下，伤亡较重，减员很大，难以在巴昂山区立足和建立根据地，只好在盘八地区打游击，劫官济贫，补充自己。

盘八地区封建地主土司的势力很强，这些势力往往是政权财权神权结为一体，根深蒂固，很难动摇。游击队往往是打一富户，会牵动全乡乃至全县敌人的反扑，一些穷苦人民也慑于封建势力不敢帮助游击队。这样，迫使游击队打下一乡一区"土围子"后，赶快把财产分给穷人，休整补充两三天后，就得马上转移，游击队的发展受到很大限制。

这一年 7 月，秦天真同志来安顺检查工作，了解第七支队的情况。我向他报告说："丁沛生他们在盘八地区活动，战斗很艰苦，他们没有来人联系过，也许是来过人没联系上。我已派宁仿陶找他们去了，还给他们带去一点钱、药品和一封信，要求他们到群众基础比较好的安（顺）、紫（云）、长（顺）边区活动。"秦天真听后很高兴，说我们和省工委想到一块儿了。他说普定、织金群众基础好，党在那边有点基础，可以游击到那些地方去开辟根据地。

这个月，贵阳市发生震惊省内外的七一九事件。7 月 19日，国民党逮捕了一批共产党员，省工委书记林青同志被捕入狱，秦天真同志遭到通缉。他在安顺一布置完工作即离开贵州，经广西去了香港，这给第七游击支队的活动带来了极为不利的影响。

大约是在 1935 年 11 月，宁仿陶风尘仆仆地回来了。他向我报告，他在盘八地区像捉迷藏似的追踪了两个月，沿路见到第七支队写的标语，听到他们打官济贫的故事，在水城与六枝交界的一个小山村里，追上游击队，见到丁沛生。丁沛生向宁仿陶讲，一二一师在 5 月调离安顺后，第七支队与地方保安团、县大队、地主土司武装的仗更难打了，因为彼此都很了解，小股对小股，互有攻守，每天疲于应付。游击队只剩下不足两个排，而且还有分化的苗头。丁沛生读了我写给他的信，感动得哭了。他说，党一直在关怀着他，他丁沛生一定要把第七游击支队带回安顺交给党。事实上丁沛生也这样做了。他们往回撤退，边走边打，逐渐向安顺靠拢。

1936 年初，丁沛生派李白华到安顺向我报告，说他带着剩下的 30 多名骨干往回赶，在关岭的一个小街上宿营时被国民党军五十四师包围，打了一场恶仗，部队被打散了，有个叫邓飞的班长拖枪投了敌人。战斗中，丁沛生几处负伤，腿骨被打断，处于昏迷中。李白华是原随丁沛生从昆明去江西苏区的六位同志之一。李白华背他突出重围后，历经艰辛把他转移到镇宁县黄果树的一个山村里养伤。

我们派人带着钱和药品把丁沛生接到安顺养伤。养伤期间，我们在一起认真总结了这次起义的经验教训。一致认为，武装斗争的路子是对的，这次失败的根本原因在于：缺乏坚定的政治骨干队伍，在部队中没有建立起坚强的党组织；缺乏对士兵进行深入的思想政治教育；特别是没有建立起稳定、巩固的根据地，使"游击"变成了"流寇主义"；敌我军事力量的对比悬殊也是一个主要原因。

丁沛生伤好后，党又派他去贵州师管区做地下工作，当了补充营的营长。1938 年春，他借送新兵去陕西的机会，带着中共贵州省工委委员黄大陆的信件，到八路军西安办事处向伍云甫处长报到。随后，他走上了抗日前线。

马关八寨暴动[*]

马逸飞　黄文礼

1927 年四一二反革命政变后，国民党反动派到处屠杀共产党人。中共云南省临时委员会（简称省临委）根据中共中央八七会议精神，结合云南形势，决定把工作重心转移到滇越铁路两侧的工矿和农村，建立革命武装，实行土地革命，建立人民政权。为此，先后派了十多名党员前往个旧、建水、石屏、蒙自、文山、马关等地进行宣传组织和发动群众的工作，开辟据点，建立党的支部和党领导下的人民革命武装。

八寨是马关县西部的一个大镇，是文山、马关通往屏边、河口、蒙自、个旧的交通要道，是汉族、壮族、苗族、彝族、傣族、瑶族等多民族杂居的山区，社会基本矛盾十分尖锐。发动八寨起义，拯救在水深火热之中的劳动人民，推

---

* 本文原标题为《马关八寨暴动片断回忆》，收录时做了适当修改。

动滇南革命斗争的发展，对滇南有着重要的意义。

李国定（号静安，化名杨由之）是马关八寨起义的重要领导人，1929 年 1 月他到昆明出席省临委扩大会，被选为临委审查委员。2 月 1 日，在蒙自召开的迤南各县代表会议上，李国定被选为迤南特委常委兼个旧县工委书记。同月，在个旧县党代表会上被正式选为县委书记。

4 月，李国定被调回马关八寨，以八寨小学教师的合法身份为掩护，积极发展革命力量。他生活俭朴，不抽烟，不喝酒，穿的是土蓝布衣，腰系草绳，脚穿草鞋，裤脚卷得老高；知识渊博，教学质量高，深受师生爱戴。他为了尽快把群众发动起来，先在学校组织了有 12 名师生参加的宣传队，教唱《国际歌》《工农兵联合起来》《满江红》《穷人苦》等进步歌曲；书写和张贴"打倒帝国主义！""打倒土豪劣绅！""农民兄弟团结起来，分田分地，抗租抗税，抗兵抗粮！"等革命标语；公开向农民演讲，揭露国民党反动军队到乌木、山后、铺者底、红石岩等村寨进行抢劫的罪恶；宣传共产主义的前景，群众受到很大鼓舞。

他还经常晚上深入附近村寨，串联发动群众，培养积极分子，成立农民协会，商讨开展武装起义。八寨小学成了地下党组织进行革命活动的据点，白马脚李国定的家也成了农民群众经常碰头议事的地方。在李国定的教育培养和考察下，八寨小学校长李新阶和农民吴世林入了党，成立了八寨党支部。经过全体党员的努力，八寨地区的农民运动迅速发展到周围 40 多个村，团结了近 7000 人。此时，准备接任蒙自中心县委书记的吴少默被派来协助李国定工作。

当党组织准备进一步把各村群众武装起来的时候，被马关县派来的八寨团首曹仁恭发觉。1930 年 2 月上旬，曹仁恭从文山搬来了几百名地主武装，到了离八寨 10 公里的大腻科，和地霸肖保珩密谋，准备袭击八寨街。曹仁恭还亲自带领 20 多名心腹到腻科街打听农民运动的情况。当我们得知这一情报后，及时研究，商量对策，决定提前暴动，打算在他们还没有行动之前就将其歼灭在腻科街。

1930 年 2 月 11 日晚，我们在响水旁的石旮里召开了有农民代表和附近的积极分子参加的紧急动员大会，部署了暴动行动。一夜之间，就动员了 40 多个村寨的 1000 多名武装群众，连夜向腻科街推进，占领了腻科街以西的马鞍山高地。次日拂晓暴动信号枪声响了，队伍向腻科街发起了进攻。"反对收租、反对苛捐杂税！""反对曹仁恭提枪！""捉拿曹仁恭"的喊声和枪声震动山谷，吓得曹部龟缩在聂世珍家不敢还枪。

正在此时，曹仁恭驻扎在大腻科的武装和肖保珩的地霸武装共数百人赶到。曹见援兵赶到，便率部冲出。由于曹部惯匪较多，有作战经验，且武器较好，战斗力强。战至 11点钟，我们渐渐战力不支，其中一部分率先溃退，动摇了全线阵脚，暴动队伍只得被迫撤退。

当李国定到达我们约定的撤退地点后，被一个姓郑的富农所出卖，他带领着曹部100多匪徒追来，我们身边还不到10支枪。由于当时大雾弥漫，我们和李国定才机智地摆脱了敌人的包围，到达那农村。

第二天清晨，李国定继续撤退到倮摩凹坛，被地主武装发现。肖颜鹏带领一支队伍来抓他。浓雾中，李国定和肖颜鹏二人相距很近才互相发现。肖颜鹏向李国定猛扑过来，李国定身材高大，把身披的破棉衣甩向肖颜鹏，几个箭步脱离了险境。另一支敌人尾追暴动队伍到上岩脚村。杂乱的枪声使村里的人很惊恐，逃走都来不及了。

此时，参加暴动的黄文礼、黄文颜、黄文芳、夏成国、黄思闵、颜汉刚等人刚由石桥大山脚下开会回来，知道情况危急，正聚集在黄文礼家商议如何突围，叛徒黄文品冲到门口大叫："黄文礼、夏成国，你们快把枪交出来，团总到了，否则，惹出大祸就怪不得我了。"黄文品是想把枪骗到手去冒功，黄思闵趁他不备，迎胸一枪将他击毙。黄文礼趁势冲出去，夺了黄文品的枪就往山上跑，其他人也跟着冲了出去。

敌人冲进寨子，烧杀掳掠，全村100多户全被洗劫一空，黄思闵、黄文学两家房子被烧，一时火光冲天。

这次武装暴动失败的主要原因，是党支部力量比较薄弱，没起到核心堡垒作用；组织不严密，没有依靠贫农组成中坚力量；不加选择地把一些居心不良的地主富农吸收进来，在关键时刻，他们最先叛变，甚至充当曹仁恭实行白色恐怖的爪牙，对参加暴动的村寨进行了猖狂的"清剿"。

这次暴动，由于主客观条件的限制，没能实现从消灭地霸武装到准备攻取县城，建立红军和苏维埃政权的预期目标，但在黑夜沉沉的祖国边疆，照亮了边疆各族人民争取解放斗争的道路，在滇南革命史册上增添了光辉的一页。

陆良暴动[*]

骆　彪

　　1929 年初，中共云南临时省委针对云南军阀到处抓捕、屠杀共产党员和革命青年的情况，决定把工作重心由城市转移到农村。陆良县是省临委工作重点之一。省临委书记王德三、宣传部部长张经辰，在传达完党的六大会议精神之后，设法把中共秘密党员熊从周从建水调到陆良任县长。时在昆明的陆良籍中共党员程杲、刘苑梅等根据王德三、张经辰的指示，于 1929 年 3 月介绍吴永康、丁锡禄、解振邦、康建侯等人到陆良工作。吴永康、丁锡禄被安排到县第一小学任教。吴永康很快发展了张秉仁、毕光星、马如龙、陈发、程金华等人加入党的外围组织"互济会"，他们后来加入了中国共产党。解振邦分到县立师范任校长，开展学生运动工作。康建侯到旧州小学任校长，开展农民运动和对旧军人的

---

　　* 本文原标题为《陆良暴动前后》，收录时做了适当修改。

293

策反工作。

9 月，程杲、刘苑梅又把在曲靖省立第三师范学校搞学运被开除的中共秘密党员、学生徐文烈、周子安等人介绍到陆良工作。徐、周二人被安排到县第二小学教书，同来的共产党员保其真到天保寺小学教书。这年秋天，吴永康调任三岔河小学校长，继续在那里开展学运、农运、兵运工作。他建立了"互济会"，发展我（当时名骆德昌）和高荣昌、保维忠、陈小九等人入了党。他给我们传达了百色起义的情况，通过组织传阅《中共党史简介》《醒炮》《斗争》革命刊物，进行党性和党的知识教育。

1930 年 2 月中旬，程杲、刘苑梅根据省委指示介绍中共党员李希白、王启瑞、王飞鹏等人到陆良工作，他们都以教书为掩护进行党的秘密工作。李希白、王启瑞在县立师范发展了黄德明、何汉珍、张金堂等人入党。3 月初，中共党员赵光明、殷祖佑也到了陆良。赵到马街小学任校长、殷任教师，做学运和兵运工作。

从 1929 年到 1930 年 7 月，在中共云南省委的领导下，陆良地区人才荟萃，加以地下党员、县长熊从周的掩护和支持，党的工作十分活跃，先后组织了禁烟会、禁赌会、学生会、狮灯团等公开的群众团体，积极而又巧妙地开展了学运、农运、兵运工作和一系列的革命斗争。

1929 年夏秋之交，程杲和熊从周以进步人士方鹤鸣的县团防中队为主力，剿灭了大恶霸计明山（号称计大队长），为陆良人民除了一大公害。1930年3月，吴永康率领三岔河小学和部分群众，对恶霸、县团防大队大队长孙昆欺行霸市的行为做坚决斗争。游行群众迫使孙昆交出了大秤、大斗。3月底，马街小学的革命师生发动了反对保董毋培林毒打海洛村学生的斗争，传单撒遍全县各校，要求县府查办恶棍。熊从周立即发出对毋培林"撤职查办"的文告，鼓舞了全县学生的斗争士气。以上斗争活动，为实行武装暴动打下了良好的基础。

1930年1月28日，吴永康参加了中共云南省委扩大会议，被选为省委候补委员。他回陆良后，在张经辰具体指导下，整顿了党组织，清除了异己分子朱光华，建立了陆良县中心县委，书记是吴永康，委员有李希白、王启瑞、赵光明、徐文烈等人。稍后，张经辰又到旧州建立了兵委会，主任是吴永康，委员有康建侯、方鹤鸣等人。对三岔河的建党工作吴永康花了很多心血，至1930年夏，党所掌握的武装力量已达1000余人。吴永康与熊从周、程杲等人研究，决定发动武装暴动，并得到省委同意。县委向旧州兵委会和马街的徐文烈、殷祖佑、李希白、王启瑞等传达了指示，并商定于1930年7月3日举行暴动。省委指示：暴动队伍暂编为中国工农红军第三十八军，军长吴永康，政委省委调配，下设政治部。起事后，兵分两路进攻县城：康建侯率西路白鹤铺方面的方鹤鸣、陈东祜、马朝亮队伍共300余人；吴永康率东路700余人（老鸦召徐文烈等部300余人，马街殷祖佑部200余人，三岔河保麦轩、高培昌部200余人），两路暴动队伍共计1000余人。

暴动如期举行。傍晚时分，西路白鹤铺暴动武装首先将板桥警察分局局长卢永庆等四人击毙，解除警察武装，继而攻打旧州。旧州与板桥相距5公里多，暴动武装包围旧州后，民团首领李兰亭在家中顽抗，暴动队伍采用火攻，将他杀死。西路暴动武装胜利地完成了战斗任务，按预定计划向陆良县城挺进，是夜驻扎于离城5公里的普济寺。

东路暴动武装，在吴永康指挥下，于天黑后陆续秘密进入埋伏阵地，把县团防大队长孙昆驻地层层包围起来。这时出现了一个意外情况，三岔河有个惯偷，人称"鸡司令"，恰好于此刻进孙宅作案被发现。孙昆闻讯，倏地从烟榻上爬起来，叫号兵吹号，紧急集合部队，捉拿"鸡司令"。暴动队伍见孙昆调集部队，误认为消息泄露。吴永康等领导人研究，认为敌人武器精良、弹药充足，硬打会吃亏，命令部队暂缓行动。第二天一早，孙昆得知板桥及旧州情况以及暴动部队昨夜曾对他设伏包围，即派人通知曲靖、沾益等地调集了近2000人的团防队，镇压暴动武装。已到达城郊的旧州、板桥的暴动武装与三岔河的暴动队伍怎么也联系不上，估计出了问题，等到快天亮时，绕城而过，把队伍拉上了白鹤堡后山。

东路的徐文烈，已把老鸦召等地的武装按计划开到白岩后山的树林中，同东路的其余两支队伍一样都未向县城开进。东路的暴动计划就这样落空了。

第三天，拉上白鹤堡后山的暴动队伍，遭到近 2000 敌人围攻，在阿保村的滑敌坡被打散。

陆良暴动失败不久，中共云南省委王德三、张经辰等领导人在昆明遭敌人杀害。这次暴动失败的原因是多方面的，主要是：作战部署不够周密，情报不灵，缺乏处置意外情况的多种预案；暴动队伍革命激情高，军政素质差，事前组织训练不足，等等。暴动虽遭到镇压，但云南地下党员没有被吓倒，他们继续在这片被烈士鲜血浸染过的土地上顽强战斗。吴永康总结暴动的经验教训，撰写了《支部接头办法》等小册子，转移到富民地区继续活动。一些被囚禁的暴动人员，在熊从周营救下相继出狱，继续投入新的战斗。